国家社科基金
后期资助项目

蒲柏诗歌研究

On Alexander Pope's poetry

马 弦 著

社会科学文献出版社
SOCIAL SCIENCES ACADEMIC PRESS (CHINA)

国家社科基金后期资助项目
出版说明

后期资助项目是国家社科基金设立的一类重要项目，旨在鼓励广大社科研究者潜心治学，支持基础研究多出优秀成果。它是经过严格评审，从接近完成的科研成果中遴选立项的。为扩大后期资助项目的影响，更好地推动学术发展，促进成果转化，全国哲学社会科学规划办公室按照"统一设计、统一标识、统一版式、形成系列"的总体要求，组织出版国家社科基金后期资助项目成果。

全国哲学社会科学规划办公室

序

马弦教授的国家社科基金后期资助项目《蒲柏诗歌研究》即将出版，作为她的导师，我甚感欣慰。她请我为她的这本专著写序，我欣然答应了，并不是因为我是她的导师的缘故，而是因为这本专著的确有不少值得称道之处，是值得推荐的。

亚历山大·蒲柏是 18 世纪英国最伟大的诗人之一，出生在一个罗马天主教家庭。由于当时英国法律规定学校要强制推行英国国教圣公会，因此蒲柏直到 10 岁以后才进入泰福德学校（Twyford School）读书，后来他又进入伦敦的两所天主教学校里学习。蒲柏 12 岁时患上结核性脊柱炎疾病，给他造成背驼腿跛的身体残疾。由于身患多种疾病，阻碍了他的健康发育，因此身材矮小，身高仅有 1.37 米。但是，他仍然凭借自己的坚强和毅力，除了英文之外，掌握了拉丁文、希腊文、法文、意大利文等多种语言，阅读了大量经典文学作品，如古罗马讽刺诗人贺拉斯（Horace）、朱维诺尔（Juvenal）的诗歌，荷马和维吉尔的史诗，以及杰弗里·乔叟、莎士比亚、约翰·屈莱顿等人的作品。蒲柏自幼喜爱文学，尽管没有上过大学，但是他通过自己的阅读，为未来成为伟大的诗人奠定了基础。

蒲柏很早开始创作诗歌，1711 年 23 岁时出版第一部重要诗体作品《论批评》，第二年创作长篇讽刺诗《夺发记》，从而一举成名。蒲柏还创作有《群愚史记》《温沙森林》《人论》《道德论》等著作，不仅确立了自己在英国文学史上的永久地位，而且还为我们留下一笔宝贵的文学遗产。就思想性和艺术性而言，蒲柏的诗歌创作是英国文学中最复杂的文学现象之一，自 18 世纪以来一直受到国外学界的关注。但是，同英国其他重要诗人相比，我国学界对蒲柏的研究却比较薄弱，尤其鲜有学者对蒲柏的诗歌进行全面、系统的深入研究。近十年来，不仅没有研究蒲柏的学术专著出版，即使有关蒲柏诗歌的研究论文也不多见。这不能不说是一个很大的遗憾。然而，令人感到特别高兴的是，杭州师范大学的马弦教授在蒲柏诗歌研究领域默默地耕耘，其专著《蒲柏诗歌研究》在经过多年打磨之后，即将问世。这部学术著作的出版是马弦对蒲柏诗歌研究的重要贡献，将打破长期以来我国蒲柏诗歌研究的寂静，为蒲柏诗歌研究注入新的热情与动力，引领蒲柏诗歌研究深入发展。这部著作的出版是我国学界的一件大喜事，值得祝贺。

在研究英国文学的年轻学者中间，马弦是佼佼者。她先是研究英国小说家哈代，发表过一系列有影响的研究论文。后来在攻读博士学位期间，她放弃小说转而研究英国诗歌。蒲柏的诗歌富有哲理，思想上同宗教相连，多种文本交互使用，引用典故繁多，艺术独具特点，研究难度很大，因此选择蒲柏的诗歌作为研究的对象不仅需要深厚的学术功底，而且还需要学术勇气。马弦不仅是一个学术境界高、功底扎实的学者，而且还是一个学风严谨、肯于钻研和敢于迎难而上的研究者。自 2005 年以来，她努力从图书馆收集到了有关蒲柏研究的大量珍贵资料，细心地阅读蒲柏的诗歌文本，对研究中出现的学术问题仔细地加以考证，深入地思考，潜心于蒲柏的诗歌研究，终于完成了《蒲柏诗歌研究》的初稿。此后，她又利用在剑桥大学访学的机会，大量查证文献资料，访问蒲柏研究专家，积极进行学术交流，得到剑桥大学同行的高度赞赏。她凭借自己的艰苦努力，不断丰富自己的学术积累，对《蒲柏诗歌研究》一书反复进行修改、充实，质量再次得到提升，于 2011 年经过学界专家评审，她的这项成果被列入国家社会科学基金后期资助项目。这是学界对她长期研究蒲柏的认可和肯定，也是对她研究蒲柏所付出努力的最好报偿。

马弦的这部著作很快就要出版了。她这部著作由五章构成，主要从文学伦理学批评的视角切入，系统讨论了《温沙森林》《论批评》《夺发记》《人论》《道德论》以及《群愚史记》里的思想内容及艺术特点。书中重点讨论的几部长诗，都是蒲柏诗歌创作的精华，其中有的长达一千多行，此前国内的研究虽偶尔提及，但大多只是一些简明扼要的介绍和评论，缺少深入细致的分析研究。例如，国内"英国文学史"谈到蒲柏的《论批评》时往往把重点放在他提倡的模仿自然的主要原则上，遵从"优美趣味"规律，以避免丑陋、畸形之物的干扰。但马弦的研究并没有停留于此，而是在对《论批评》艺术模仿自然的思想进行研究的基础上更进一步，深入研究了渗透在《论批评》里的伦理道德问题，这是对此前关于《论批评》研究的超越和发展。再如，国内英国文学史对《温莎森林》的评价，往往倾向于认为这首长诗的特色主要在于对田园景色的描写，而马弦在分析、讨论这首长诗时，却从生态伦理批评的视角理解这首长诗，发掘诗中蕴涵的和谐、秩序与社会价值。在讨论《夺发记》时，马弦对文本进行细读，结合对诗歌艺术的分析，重点考察蒲柏诗歌中的伦理、道德思想，认为蒲柏对"引喻"的巧妙运用，不但使作品在语言表达上增添了绚丽多姿的色彩，加大了讽刺的力度，而且有效地深化了作品主题的内涵，拓展了读者的想象空间，尤其是强化了对道德的联想。显然，马弦的研究让我们看到，蒲柏的诗歌已经超越了诗人的时代局限和诗歌本身的表层意义，在中国当前这个特殊的文化语境中彰显出新的活力，让我们发现了他的诗歌对于我们今天的社会有着重要的道德启示。马弦这部著作有不少闪光之处，我没有必要在这里一一细加评说，读者自己可以通过阅读去发现其中的众多优点。

马弦精心写作的这部著作，视角独特、理解深刻、分析精辟、观点新颖、多有创见，值得高度肯定。但是，这并不是说她这部著作已经十全十美，也许还存在这样或那样的不足和缺陷。这需要研究蒲柏的同仁参与讨论和争论，需要大家共同作出努力，通过更多的学术讨论完善对蒲柏的诗歌研究。我相信马弦不会就此止步，而会再接再厉，继续作出努力，在现有基础上把对蒲柏的研究提升到另一个新的高度。我们期待着马弦继续向学界奉献她研究蒲柏诗歌的新成果。

聂珍钊

2012 年春于华中师范大学

目 录

绪　论

一

　　进入 18 世纪的英国，资本主义经济迅速发展。这是一个在政治、经济和文化领域都产生了剧烈变革的时代，自然科学在世纪之交的迅猛发展给西方社会的各个方面带来了巨大变化。在英国，以牛顿（Isaac Newton，1642-1727）为代表的新型资产阶级科学家在自然科学各个领域的新发现，启发了人们对大自然和宇宙的好奇和认识，从而也推动了思想界和文艺界对科学理性的推崇。牛顿天体学发现，宇宙间具有惊人般的对称和机械般的精确性。它表明，自然界的确存在着可由物理和数学得以论证的规律，并认为宇宙普遍存在秩序和规律是造物主的精心规划。宗教原来模糊而神秘的面纱从此被科学理性思维所摘除。理性精神、科学精神无处不在，深刻影响着社会在政治、哲学、宗教、道德等许多领域的变化，而这所有一切都在文学当中得到了生动、真实的反映。

　　英国朝廷在 1688 年的"光荣革命"中将詹姆斯二世赶下台，其目的是保证议会和法律在英国政治中的最高地位，把国家从王权独裁中解放出来。君主立宪制在英国得以确立之后，在经历了安妮女王的统治，再到乔治一世、乔治二世王朝统治的这三四十年中，英国一直保持表面的和谐与稳定，再没有发生流血的冲突和战争。一时间，在当时人们的头脑中，反映自然、顺应天意、和谐、安定的政治秩序理想，在理性、自由和法律的保障下暂时得到了实现，从某种意义上似乎体现了上帝所代表的永恒不变的宇宙和谐与秩序，理性、公正、平衡与有序的社会道德理想似乎离人们不远了。英国诗人亚历山大·蒲柏（Alexander Pope，1688-1744）就出生在这个时代。文学史家们习惯于将这个时期称为"奥古斯都时期"，就是源自蒲柏献给当时英王乔治二世的颂诗《致奥古斯都》（*To Augustus*，1737）。蒲柏选择这个名称的用意，是借以赞美古罗马奥古斯都皇帝统治时期罗马文化的兴旺发达，把 18 世纪的英国比喻为第二个奥古斯都时代。这是因为，许多伟大的古典诗人如维吉尔、奥维德、贺拉斯等都涌现在那个著名的时代，而如今，科学理性给英国带来了空前的繁荣和发达，古代文明发展的最高峰又拥有了旗鼓相当、可以与之媲美的继承人，即现在这批具有创新、进步、开明思想的科学家、哲学家和文学家们。因此，英国人又把英国历史上的这段和平盛世自豪地称作"黄金时代"。这一切的一切无不体现了这个时代所拥有的种种骄傲和不容忽视的价值，自然、科学、理性、启蒙等时髦的名词，都被赋予了这个时代崭新的、独特的色彩，并透射出种种耐人寻味的、前所未有的意义。

在哲学和思想领域，出现了一股代表资本主义发展的社会思潮——启蒙主义。作为资产阶级革命的先导和理论体系，启蒙主义迅速发展为一场全欧洲范围的轰轰烈烈的政治、思想和文化运动。启蒙主义者主张平等、自由，热烈捍卫民主和个人权利，代表着这个时代的进步思潮。

英国的经验主义哲学家约翰·洛克（John Locke，1632-1704）是启蒙主义思想的先驱。洛克是一位对英国乃至欧洲 18 世纪思想界产生了巨大影响的思想家，他也是西方自由主义道德学说的主要代表。他的主要著作有《人类理解论》（*Essay Concerning Human Understanding*，1690）《论宗教宽容》（*The Reasonableness of Christianity*，1695）等。洛克站在唯物主义经验论的立场上认为，思维的原理和道德的原则并不是天赋的，而是人们在直接或间接经验的基础上，通过理性发现的。① 洛克所说的实践原则其实就是指道德原则。他认为道德原则同其他所有真实性原则一样，是从具体的经验当中获得的。

洛克在《教育漫话》中还特别强调道德原则不是天赋的，而是从环境和教育中获得的，这就为文学能够作用于人的思想转变和道德修炼提供了理论上的依据和论证。正是基于这种认识，资产阶级启蒙主义者才把文学、艺术当做教育民众、改造思想，宣传自己道德观念和政治理想的重要手段。当时，英国许多杰出的文人亚历山大·蒲柏、塞缪尔·约翰逊（Samuel Johnson，1709–1784）、乔纳森·斯威夫特（Jonathan Swift，1667–1745）等，就在他们的文学创作中表现出资产阶级启蒙主义思想的明显特征与倾向性。

洛克在宗教上持宽容态度，主张信仰自由并力图以理性来解释宗教。他的这种理性主义神学反对传统狭隘教义对人的束缚，强调理性认识在宗教上对人的作用，因此洛克反对宗教激情与狂热，主张用理性思维来指导人的行动。洛克提出，一个合格的公民应该具有明智、豁达的头脑，他要求人类要认识到自己的局限，从一定程度上反映了当时社会对理性思维、人间常理和平衡对称等理念的追捧，以及对迷信、狂热、浮躁和夸张等现象的排斥。比如，蒲柏在他著名的哲理诗《人论》当中，一句"先了解自己吧，切莫妄想窥测上帝，人类应该研究的对象就是人自己"，② 就精彩地表达了这一观点。

18世纪科学技术的迅速发展为启蒙主义的兴起提供了重要契机。牛顿学说宣告了人类知识的胜利，为许多新的思想和理论的产生提供了坚实的基础。启蒙主义是在资本主义经济发展的基础上，在自然科学和唯物主义思想的影响下，逐渐形成的一套资产阶级思想体系。所

---

① 宋希仁主编《西方伦理思想史》，北京：中国人民大学出版社，2004，第209页。
② Butt, John, ed. "Essay on Man", *The Poems of Alexander Pope.* London: Methuen & CO LTD, 1963. p. 516.

谓启蒙（enlightenment），就是用理性之光去照亮和启迪人们被封建迷信所蒙蔽的心灵，它的核心内容和重要支柱是"理性"。需要说明的是，理性并不是一个笼统的、固定不变的概念，它的内在含义在不同的时期和阶段是有差别的。17世纪是"唯理论"流行的世纪，法国哲学家笛卡尔（Rene Descarte，1596-1650）是那个时代高举理性主义旗帜的先师。在笛卡尔看来，"理性"就是人"天生的判断和辨别事物的能力"，它使人先验地发现和把握事物的某种秩序、规律和原理，表现为一种事先预设的、先于现象的认识方法，一套封闭的内在认知体系。而到了18世纪启蒙主义者那里，"理性"增添了新的时代意义，它是指一种引导我们去发现真理、确定真理的具有独创性的理智能力。它不是运用一些先在的、抽象的原理来演绎和证明事实或原理，而是采用实证分析的方法，首先对经验材料进行观察、分析与研究，然后再从事实中得出规范和原理。启蒙运动的宗旨在于使当时的人们脱离未成熟状态，把人们从迷信或偏见中解放出来。这种思想的解放是全方位的，它最初用自然神论继而用无神论来反对上帝和宗教迷信，在哲学上借用机械唯物论批判中世纪的经院哲学，经济上主张以开明利己、自由放任原则对抗封建官僚机构的束缚，政治上以社会契约论否定王权神授，用理性、自由和平等的原则批驳中世纪的等级特权，用知识、科学启迪人们的愚昧无知、传统偏见，来打破旧的风俗习惯，从而为资本主义的发展扫清各种障碍，为建立自由竞争的资本主义制度在思想上、理论上铺平道路。

　　从牛顿力学中发展而来的宇宙与自然界的整齐秩序和普遍规律的科学思想，深刻地影响和改变了当时许多思想家、哲学家和文学家们的思维方式。无疑，生活在那个为科学真理所照亮的世界里的蒲柏，同样受到理性主义的影响，启蒙主义伦理价值观念和道德理想在他的诗歌艺术中得到了真实反应。蒲柏在为牛顿所写的墓志铭上欣喜地写道："自然和自然法则在黑暗中隐藏，上帝说：让牛顿降生！于是一切全被照亮。"① 自然和自然法则是上帝的创造，而上帝以其创造物证实了它在世间的显现。资产阶级的启蒙哲学就在自然神论与自然法理论的基础上产生。启蒙思想家认为，自然法则的基础在于人性的自然，人性包含着两个方面的内容：一是自我利益和自我保护，二是人的社会交往性。人可以凭借理性发现和认识这一自然法则，而理性的要求也就是对自然法则的遵从。自然与理性是紧密联系在一起的，所谓自然法则，也就是理性的法则。如此一来，自然和理性成为启蒙思想理论的两大基石。蒲柏在诗歌中满怀信心地告诉我们："第一就要信奉自然，当作一切的判断标准！"② 启蒙主义者将理性当做认识社会、改造社会的工具，并视之为衡量一切事物的尺度。他们利用理性来重新检验和改造一切旧的社会制度、传统习俗和道德观念。他们断定，过去的世界和人类为某些封建偏见和宗教迷信所统治；现在，理性统治的时代已经来临，一切愚见、迷信、非正义、特权和受压迫现象，从此让位于永恒的真理、正义、天赋的平等和人的不容剥夺的权利。卡西勒在他的著作《启蒙哲学》中评价："毋宁说，所有形形色色的精神力量汇聚到了一个共同的力量中心。……当 18 世纪想用一个词来表述这种力量的特征时，就称之为'理性'。'理性'成了 18世纪的汇聚点和中心，它表达了该世纪所追求并为之奋斗的一切，表达了该世纪所取得的一切成就。"③

在时代转型期，社会意识形态的各个领域必定发生一系列显著的变化，而无论是政治、哲学、文化、文学还是宗教领域，都不可能与道德无涉。一个时代或一个阶级的伦理、道德观念，作为一种最根本、最普遍的思想意识形态，就从众多的领域中显露出来。

---

①　Butt, John, ed. "Essay on Man", *The Poems of Alexander Pope.* London：Methuen & CO LTD, 1963. p. 808.

②　Ibid. p. 146.

③　E. 卡西勒：《启蒙哲学》，顾伟铭等译，济南：山东人民出版社，1988，第 3 页。

　　洛克反对宗教狂热，主张用理性分析来看待世界的观点，这对于重理性的英国新古典主义文学艺术的产生与发展起了很大作用。18 世纪新古典主义主要模仿和推崇古希腊罗马的文艺传统与创作原则，崇尚理性，注重节制，讲究形式与规范，内容则以说教与讽刺为主。由于洛克强调理性的作用，抑制了文学创作，尤其是诗歌艺术创作的想象和激情因素，这对于蒲柏等人在诗歌创作中讲究理智和平衡，具有说理特征产生了很大影响。蒲柏、约翰逊、斯威夫特等人的诗歌创作大量采用英雄双韵体，这种体裁具有工整典雅、平衡对仗、音韵和谐的特点，就是由于它遵循了理性、克制与得体的艺术创作原则，是对古典主义文学理论和创作方法的继承。其代表作有蒲柏的成名之作《论批评》，约翰逊的《人生希望多空幻》和斯威夫特脍炙人口的《城市阵雨写景》等。

　　18 世纪初期的启蒙主义哲学家和作家力图制订符合理性原则和社会正义原则的道德行为准则。在最初的阶段，他们相信，只要依靠"理性"，就能在现存的资产阶级文明范围内树立起美德的标准并创造民主、自由的生活。启蒙文学中所表现的理性是指人类认识真理的自然能力，因而也是人与社会在伦理、道德意义上的理性，具有社会价值、道德价值和审美价值的内在统一性。因此，全部的启蒙文学都具有其明显的伦理、道德的倾向性，并大多是以道德劝善与说教为主要目的和特征。蒲柏的诗歌创作中丰富的伦理思想正是这方面的突出代表之一。

　　尽管这一时期英国实现了君主立宪与民主联合，从宪法上保证了合理的政治制度，反映了资产阶级向往和平与自由的政治抱负和道德理想；然而，在许多实际的方面，理想却与社会现实相去甚远，表面的繁荣并不能掩盖早已存在的矛盾、堕落与不合理因素，而真正的稳定和秩序在这个世纪与在以往的任何世纪一样难以把握。在那些被大肆宣传的价值或被沦为幻想的意义背后，隐藏着社会内部某种虚无的本质。在社会现实中，理性和秩序并没有得到真正的保障。虽然表面上避免了流血的内战，政治和宗教也不似从前那样狂热、偏激，但政党和议会派别之间争夺权利的斗争仍然频繁激烈，思想与道德领域也并非风平浪静。代表贵族阶层利益的托利和代表新兴中产阶级的辉格两党之间的争斗也从来没有停止过。议会虽然早在"光荣革命"的第二年就通过了《信仰自由法》，但因为许多国民不信仰国教，所以并没有获得真正的权利和自由，而那些信仰天主教的人更是受到严厉限制和排挤。国家与政府在政治上的不稳定，给政治、哲学、宗教、文学、艺术等意识形态领域带来了极度的不安与混乱，也给社会各个阶层人们的思想和信念上增添了怀疑、失望和矛盾，整个社会弥漫着一种不协调的、失去平衡的、虚无的情绪。这种虚无的体验，来自对人生终极意义的迷惘和疑问以及人的价值观的失落，并且是多向度、多层面的。它从人们对理性、情感、信仰、秩序、自由等诸多问题的思考中散发出来。

18 世纪情感主义伦理学说的出现，预示了这个时期社会观念和思想倾向的转变。沙甫兹伯利（Anthony Ashley Cooper, 3rd earl of Shaftesbury, 1671–1713）是英国著名的伦理思想家和情感主义哲学的发起人，其伦理思想主要体现在《人、习俗、舆论、时代的特征》（*Characteristics of Men, Manners, Opinions and Times*, 1711）一书中。沙甫兹伯利反对理性主义的伦理观，而坚持情感主义的道德价值观，他从价值观的角度，把情感而非理性看作判断道德价值的基础。他从人性论出发认为，道德不能完全建立在理性的基础上，道德的善与恶、是与非，与人性的某些特征有关。他认为人天生就有仁爱的本性。沙甫兹伯利对于心灵和情感作用的强调，促使了诗歌创作从 18 世纪早期重理性、重说教的哲理诗、教训诗和讽刺诗等，逐渐转向重情感作用的感伤主义和浪漫主义文学。

对诗歌趣味的转变产生巨大影响的，还有英国重要的情感主义思想家大卫·休谟（David Hume，1711－1776）和亚丁·斯密（Adam Smith，1723－1790）。休谟发表了多部伦理道德著作，如《人性论》《道德原理探究》等。休谟通过对人类思想、感觉、行为的分析和归纳，发现在人性中对道德起决定作用的不是理性，而是人的情感。他还对理性主义伦理观从正、反两面作了详尽的批驳，并得出结论：虽然理性也是人性的一个部分，但是，真正能够区分人的道德善恶的最终依据是情感，而不是理性。

亚丁·斯密的《道德情操论》是对伦理、道德问题的专门论述。斯密以"同情"和"情感共鸣"为两大基石，认为在人性中普遍具有天生的同情心和怜悯心，在这个基础上，他提出情感共鸣或同感的观点。亚丁·斯密的情感学说与当时流行的感伤主义文学的艺术特征相吻合。正是基于对人的情感具有共通性心理的认同，感伤主义在文学创作中极力表现复杂、丰富的情感，用充满感情的笔调和伤感的叙述来支配和影响读者的情绪，从而显露出极强的敏感性。他们力图以此打动读者的内心，引起他们对不幸者的怜悯和同情。

这种新涌现的哲学思潮反映到当时的文学当中，预示高举"理性"大旗的新古典主义即将逐步退出它的历史舞台。启蒙思想者宣扬的"理性"法宝逐渐失去其表面的光芒，并丧失它的权威性，如同建立在沙滩上的"金字塔"一样，根基发生了动摇，最终要倒塌下来。

文学可以反映人类社会生活的各个方面，是社会意识形态领域的一面镜子。在文学作品中再现的思想意识和伦理、道德倾向，必定会受到时代流行的哲学观念和社会思潮的渗透和影响，并与之保持基本一致。从蒲柏诗歌中反映出来的价值观和伦理观不无与当时英国社会思想潮流相吻合，他诗歌中体现出来的伦理意识和道德观念就是一个极好的例子。蒲柏的诗歌所反映的，就是一种资本主义的伦理精神和道德理想，具体地说，是他对于在理性观照下的自然、和谐与秩序的信仰和追求。

尽管在蒲柏、约翰逊、斯威夫特等人那里，主要遵循的是理性主义的思想路线，但资本主义社会暴露出来的种种弊端，也使他们开始了对理性的反思与批判以及对人性和情感的关注和思考，这也预示了文艺思想未来新的趋向。感伤主义文学思潮正是在这样悲观、失望与彷徨的背景下应运而生，成为启蒙主义思想运动发展的新阶段。在新一代的启蒙主义者看来，资产阶级的"理性"王国只不过是"空中楼阁"，前段时期启蒙主义者信奉的"理性"权威，现在已经遭到怀疑和批判。

二

亚历山大·蒲柏是 18 世纪上半期英国第一位伟大诗人。蒲柏出生于 1688 年，这一年恰逢英国发生资产阶级"光荣革命"，这预示着他成长和进行创作的历史时代将会充满无数的动荡和变革。蒲柏从童年时代起就表现出惊人的才华和对诗歌的热爱。他勤奋、博学，但他的一生颇为坎坷，这首先是因为他自幼身患疾病，落下残疾，使他终身羸弱，处境十分痛苦；又由于他出生在当时不合时宜、政治上受到排挤的天主教家庭，因而在接受高等教育和通往朝政仕途这两个方面都与他无缘。他在自己所处的时代始终是一个局外人。然而，不利的处境使他愈加发愤坚持自学和写作，致力于追求完美的诗歌创作技艺，并获得了极大成功。他成为英国文学史上第一位靠文学为专职而自食其力的作家。

蒲柏的文学生涯可分为三个主要阶段。他在第一阶段（大约从 1706 年开始至 1712 年）和第三阶段（从 1727 年到 1744 年去世）所进行的，是独立的诗歌创作活动。而第二阶段从 1713 年开始至 1726 年，这期间他进行了两项颇为艰巨的工作，一是翻译荷马史诗《伊利亚特》和《奥德赛》，二是编撰《莎士比亚戏剧集》，前后花去了整整 13 年时间。

　　蒲柏的文学生涯从模仿近代英国著名作家开始。弥尔顿的古典史诗形式和德莱顿的英雄双韵体直接影响了他诗歌艺术风格的形成，因为他们继承的是古希腊、罗马诗歌的美学思想和创作原则，即对理智和规范的遵从。当时，初入诗坛的新人，传统上都是从模仿田园抒情诗作为起步的。蒲柏早在 1706 年就开始模仿写作了抒情诗《田园诗组》（*Pastorals*，1709），这是他最初尝试写诗的习作。《田园诗组》初步显露了蒲柏对于诗歌和韵律的兴趣和天赋。蒲柏的第一部主要作品《温沙森林》（*Windsor-Forest*，1713）的前半部，其实是与《田园诗组》同时创作的，但直到 1713 年才经修改后正式发表。1711 年，蒲柏发表了奠定他的诗人地位的作品——《论批评》（*An Essay on Criticism*，1711），这是一部对当时最为流行的各种文艺批评观点的论述，是阐述新古典主义文艺批评观的诗作。诗中，当批评家面对各种文学创作原则与批评观念而难以作出准确判断时，蒲柏提出"自然"是检验艺术的最终标准。诗中还讨论了批评家应该具有的素质和品行，并指出一个真正合格的批评家应该是审慎而有道德的人。1713 年，蒲柏经朋友卡莱尔的提议，就当时伦敦上流社会发生的一件小事创作了著名仿英雄体史诗《夺发记》（*The Rape of the Lock*，1713，1717），诗中，他以戏拟古典英雄诗史的体裁与宏大叙事的手法，来描写当时伦敦上流社会中发生的一件微不足道的小事，以取得滑稽、夸张的效果。《夺发记》是对上层社会精神上的空虚无聊和生活上矫揉造作的讽刺，其情节、布局、构思和语言表达等，都是作者巧妙策划和正确判断的结果，是对他在《论批评》中所宣讲的批评理念的完美实践，堪称一部人类诗歌史上的经典之作。蒲柏还涉足各种古代传统诗歌样式以尝试他的创作才能，除田园诗外，蒲柏还写作了富于抒情和想象的挽诗《哀洛伊斯致阿贝拉诗》（*Eloisa to Abelard*，1717）和《献给一位不幸女士之诗》（*Elegy to the memory of an Unfortunate Lady*，1717），展示了他全面的诗歌天赋。

　　蒲柏的后期诗歌创作是从他 1727 年完成对荷马史诗的翻译之后，直至他于 1744 年去世的这段时间里进行的。这也是他的创作生涯中更为成熟和较为重要的阶段。随着 18 世纪英国各阶层的腐败现象日益蔓延，文坛上虚假和不良风气越来越严重，他放弃了抒情诗的创作而转向伦理诗。如果说蒲柏早年对人性和社会的观点相对地轻松和乐观，创作了一些描写个人感情的、抒情意味浓厚的诗歌，现在，他转向更加严肃和广阔的创作题材，用他本人的话说就是"投身于真理"。长篇哲理诗《人论》（*An Essay on Man*，1733–1734）由四封书札组成。蒲柏以严肃、庄重与诚挚的态度，用精巧、简短并富于辩证意味的双韵诗体，从各方面议论了宇宙秩序与人性、道德伦理和人类社会之间的关系。《道德论》（*Moral Essays*，1731–1735）是蒲柏对人的性格、财富的正确运用等社会道德和个人道德的论述，它包括四封分别写给四个人的诗体信。《人论》和《道德论》这两部作品无论从创作时间上、还是从思想内容上看，都互相联系、相互补充，不应当分割开来看待。在《致阿巴思诺特医生书》（*An Epistle to Dr. Arbuthnot*，1735）这部自传式诗歌中，蒲柏既反击了他的文坛宿敌，也为自己的人格和道德作了辩护。在蒲柏创作的晚期，英国政府长期处在以辉格党为代表的资产阶级控制下，致使首相沃尔浦独揽大权，大搞不正之风和投机贿赂。蒲柏的大型史诗《群愚史记》（*The Dunciad*，1728，1742–1743 年增订）以贺拉斯式的讽刺风格，影射以莎学者蒂博德为代表的文学界的学究、低俗和迂腐，嘲讽政府、朝廷和议会等整个上层阶级，大胆揭露和抨击了一个由愚昧和堕落构成的罪恶世界，表达了蒲柏对人类前途的极度担忧。1733 年至 1738 年间，蒲柏还写作了系列讽刺诗《仿贺拉斯诗札》10 多篇，都属于他重要的讽刺诗歌系列，前面提到过的《致奥古斯都》就是其中之一。蒲柏表达了对御用文人、朝廷官员和议会等种种丑恶行径的严厉谴责，而他的讽刺也变得异常的辛辣和尖锐。蒲柏在诗中自愿担任起反抗腐败政治和堕落德行的代言人，他曾如此形容自己的诗歌生涯："智者的毕生就是一场战争。"在 1738 年写的对话诗《跋讽刺诗》（*Epilogue to the Satires*）里，蒲柏再次着重讨论了诗歌本身的教益作用，并最后宣布了他作为一个诗人所坚持的道德立场。

蒲柏从 16 岁开始写诗，1709 年他以第一本诗集《田园诗歌》问世步入文坛，正值启蒙主义所代表的理性时代的来临。蒲柏在文学创作上遵循新古典主义思想原则，这与当时提倡理性的社会趣味是合拍一致的。新古典主义是指模仿和推崇古代希腊罗马的文学大师们的艺术创作和美学原则，把他们的作品作为诗歌艺术最优秀的典范，认为诗歌的任务就是模仿自然。蒲柏认为，一个好的作家和批评家就应该具有理性、优美、纯正的品味和气质，而好的诗歌应该是用文雅、得体和恰当的语言文字写成。那些枯燥乏味的处世原则和做人道理，在蒲柏明快、简洁、巧妙的诗行中，变得生动、活泼，充满灵气，使人们在不经意间就记住了他所宣扬的启蒙理性原则。

蒲柏的创作思想受到资产阶级启蒙主义理性原则的影响，他在诗歌创作中重视理性和自然，讲究平衡、节制与和谐，讲究规范和形式，其内容以说教与讽刺为主，其文艺思想代表了作者所处的 18 世纪英国"理性"时代的价值取向和秩序原则。因此，蒲柏诗歌中蕴涵的道德倾向本质上属于理性主义的伦理观，主张在理性的指导下调和欲望与理性之间的矛盾。他认为，两者并非绝对冲突、对立，不可调和，因而极力将两者统一起来，使它们和谐一致，体现了他对于"和谐寓于矛盾之中"的对立统一辩证关系的哲学思考。他在早期作品《温沙森林》中就指出："世界是和谐的混杂，杂多中存在秩序"（But as the World, harmoniously confus'd, Where Order in variety we see），[①] 初步表述了他

---

① Butt, John, ed. "Windsor-Forest", *The Poems of Alexander Pope*. London: Methuen & CO LTD, 1963, p. 195.

对于自然、和谐与秩序的伦理思考。蒲柏对自然、得体和明智的强调，对偏激、过度、狂热的怀疑，对至高无上的理性的肯定，对美德的真诚，对于宇宙普遍存在的神圣秩序的信仰，等等，是他在诗歌创作中反映出来的伦理道德观，而这一切正是他所处的那个时代追求理智、平衡与秩序的集中体现。例如，他在《人论》中指出，骄傲是产生一切邪恶的根源，人假如企图超越自己在宇宙中的中间地位，就会打乱整个宇宙普遍存在的和谐秩序，导致道德上的堕落与犯罪。因为，"它亘古以来就存在于自然，也同样存在于人类，是永恒的自然法则与伦理秩序"（The gen'ral ORDER，since the whole began，Is kept in Nature，and is kept in Man）。[①]

蒲柏自觉向古代大诗人荷马、奥维德、贺拉斯和维吉尔等学习，刻意追求用词精练、文雅，文风简洁、恰当。不但如此，他还继承了贺拉斯在《诗艺》提出了著名的"寓教于乐"的观点。作为一位资产阶级启蒙时期的作家，蒲柏注重诗歌的教化作用，强调诗歌的趣味性与道德说教相融合，他的许多著名诗篇都是道德与艺术相结合的典范。

值得重视的是，蒲柏在他的创作初期就明显表现出了这种伦理观点与道德倾向，而在后阶段的创作中，他尤其强调作品中的道德说教作用，使他的诗歌创作题材直接转向对道德哲学问题探讨的重视和倾斜。比如，《人论》和《道德论》这两部蒲柏后期的最重要作品，就是他用韵文的形式对于伦理、道德问题所作出的专题论述。

蒲柏在诗歌创作中对于社会与人的关系进行了深入探讨，他继承并吸取古希腊伦理学说的思想精华，主张遵循"中庸"道德基本原则，并幻想着将它推进一步，以实现他调和理性与欲望之间矛盾的道

[①] Butt, John, ed. "Essay on Man", *The Poems of Alexander Pope.* London：Methuen & CO LTD，1963，p. 510.

德理想。尽管蒲柏也常常利用诗歌对宫廷文人和官员讽刺、指责和鞭挞，或对堕落、腐朽朝政进行抨击，但他与当时大多数资产阶级文人一样，对于现存的政治和社会秩序还是持保守态度的，他毕竟不会超越他的时代。他始终认为，文艺的目的就是为时代服务、为现存社会秩序服务的；诗人的任务，就是诊断社会的弊病和挽救道德的堕落。任何的反动和暴乱都是非理性、不道德的，是对理性的颠倒，是对和谐、神圣和有序世界的破坏。在他看来，社会只需要做局部改良即可，剧烈的变革是不必要、也是不可能的。蒲柏在许多方面都很好代表了18世纪英国的前几十年。文学史学者通常将文学史上的这一时期命名为"蒲柏时代"是比较恰当的。

蒲柏所采用的诗歌样式是英雄双韵体，这种体裁具有简约、对仗、匀称、准确等特点。该诗体自古就有，经过世纪之交诗人德莱顿的恢复运用，到蒲柏手中将它发展得更加精致、完美。蒲柏在创作中讲究对句的精湛、音韵的和谐、结构的整齐划一，这也体现了他追求理智、平衡和秩序的伦理思想和艺术主张。这种诗体与当时讲究文雅、得体与适度的上层资产阶级和贵族阶层的趣味相适应，其艺术风格与当时英国社会追求理性的伦理精神相吻合。蒲柏还主张音义结合，诗歌的韵律必须追随诗意而行。他的诗歌通过对艺术形式的深度关注，来表现其思想与艺术的结合以及两者的不可分离性，恰如他在《论批评》中所表达的那样："得让音韵听来像意义的回声。"（The Sound must seem an Eccho to the Sense）

18世纪强调艺术的启蒙、教益作用，艺术是一种有道德意味的形式。因此，蒲柏认为好的文学作品应该是既要使人愉悦，又必须给人以教益，要将道德与审美有机结合起来。例如他在仿英雄体史诗《夺发记》中，采用古典史诗庄严、隆重、宏大的叙事模式，来讲述当时上流社会所发生的一件无足轻重的琐碎小事，以形成讽刺性对比。《夺发记》将人们的种种错误思想和观念，以及他们颠倒、扭曲的价值观、人生观和道德观，通过滑稽、荒诞、嘲讽、夸张的叙述手段，用戏剧性的表现形式描写出来，反映了当时人们在处理社会与人际关系中由于缺乏"明智"（Good Sense），而导致的一场不必要的剧烈冲突，以及这场风波对社会和谐与秩序所造成的不良后果。

自然、理性、中庸和秩序等观念以及贯穿其中的"和谐"思想，并非蒲柏的独创，而是具有深远而悠久的历史根源，它是千百年来西方传统伦理思想史上的一个重要思想来源。许多的古希腊哲学家如赫拉克利特、苏格拉底、柏拉图和亚里士多德等人，都在他们的著述中表达过此类的思想。总之，蒲柏的诗歌艺术实际上是一种对西方传统伦理思想的诗化阐释，是他用以表现古代以及他同时代的各种伦理学说的独特艺术形式。

三

国外对蒲柏的研究早在蒲柏时代就已经开始了，蒲柏的朋友兼评论家史宾斯的回忆录《轶事与观察——其书与其人》，成为后来许多蒲柏研究者最早的原始资料。文坛领袖约翰逊在他著名的《诗人传》（1779）里对蒲柏作了重点评述，由爱迪生创办的《观察者》杂志也刊登了许多评论文章，蒲柏作为那个时代令人瞩目的"英国诗人之王"是毋庸置疑的。19世纪早期由于浪漫主义盛行，诗人威廉·布莱克和评论家马修·阿诺德等人认为蒲柏诗歌过于讲究理性而忽略了情感和想象，蒲柏作为大诗人的地位一度遭到怀疑。20世纪以来，由于新批评的滥觞，蒲柏受到耶鲁学派克林斯·布鲁克斯、W. K. 威姆萨特和剑桥学派F. R. 利维斯、威廉·燕卜荪等人的关注和推崇，成为西方重点研究的作家之一，成果大量涌现，可分为五大类：（1）传记：较早的有乔治·谢伯恩的《蒲柏的早期生涯》（1934），颇具权威性的是梅纳德·麦克的《蒲柏传》（1985），对蒲柏的生平和创作

作了全面、详尽的述评；（2）作品和书信集：由约翰·巴特主编的
《蒲柏诗歌全集》（共十一卷）（1930s～1960s）和乔治·谢伯恩编撰
的《蒲柏书信集》（共五卷）（1956）是蒲柏研究的基础文献；
（3）专著：除了综合性的蒲柏研究如米里亚姆的《蒲柏的伟大杰作》
（1977）、戴维·费勒的《论蒲柏的诗歌》（1988）、I. R. F. 戈登的
《蒲柏导论》（1993）等之外，还有不同侧面的研究。时代背景方面
如 H. 厄斯金希尔的《蒲柏的社会环境》（1979），意识形态方面如杰
弗里·蒂洛森的《蒲柏与人性自然》（1958），美学思想方面如 B. 戈
德加的《蒲柏的文学批评》（1965），艺术特征方面如 L. 达姆罗斯的
《蒲柏的想象世界》（1987）等；（4）论文集：最具代表性的如梅纳
德·麦克等编辑的《蒲柏研究论文精选》（1968）和《蒲柏：最新研
究论集》（1980），采用了 W. H. 奥登和 F. R. 利维斯等名家的文章；
《蒲柏：新语境》（1990）收集了一批年轻学者的研究成果，剑桥大
学出版的《蒲柏论文集》（1993）从新的视角考察了过去蒲柏研究鲜
为涉猎的领域；（5）论文期刊：在 EBSCO 全文数据库内以 "Pope,
Alexander" 为关键词检索出 300 多页，每页十项，不胜枚举。近十年
来国外蒲柏研究进一步发展，跨入 21 世纪，蒲柏研究呈多元、开放、
延伸态势。《蒲柏：新语境》（1990）收录了一批年轻学者的研究成
果，预示蒲柏研究将在下个世纪延续。剑桥大学出版的《蒲柏论文
集》（1993）从新的批评视角考察了过去蒲柏研究中鲜为涉猎的领域。
保罗·贝恩斯的《亚历山大·蒲柏批评指南》（2000）在牛津大学出
版，汇集和综合了过去一个世纪来的蒲柏批评。《蒲柏与托利讽刺家
的审美意识》（2001）和《蒲柏与斯图亚特王朝》（2005）等专著的
出版表明了蒲柏研究向纵深或外延发展。帕特·罗杰斯编辑的《蒲柏
剑桥指南》（2007）集结多位蒲柏资深批评家的最新研究成果，把蒲
柏及其诗歌放到当代语境中，运用各种现代批评方法，围绕身份、性
别、身体、历史书写和他者等热点问题进行多元解构。

　　我国对蒲柏的认识和评价还严重不足，主流文学史长期以来缺乏对蒲柏及其诗歌做系统研究，蒲柏及其诗歌的研究专著至今尚未见到，有关蒲柏的综合性介绍或评述只散见于国内编写的英国文学史中。近二十年国内有关蒲柏的专题研究论文仅十余篇，且大多局限于对单一作品或主题的讨论。

　　本专著主要采用文学伦理学的批评方法，并结合多种批评方法来解析蒲柏的诗歌作品。从学理上来说，所谓"伦理学"（ethics），是"哲学的一个分支。它研究什么是道德上的'善'与'恶'、'是'与'非'。'伦理学'的同义词就是'道德哲学'，它的任务是分析、评价并发展规范的道德标准，以处理各种道德问题"①　　"'道德'（moral）则是'伦理学'的研究对象，社会意识形态之一。是以善恶来评价，依靠社会舆论和内心信念来实现的调节人们之间以及个人和社会之间的关系的行为规范，及其相应的心理意识和行为活动的总和"②文学伦理学批评是众多文学批评方法之一，它"历史地、辩证地批评文学……主要目的在于阐释建构在伦理学与道德基础上的种种文学现象，客观地研究文学的伦理与道德因素，并讨论给我们带来的启示"③。从伦理学的角度来进行文学批评活动是合理的、可行的，因为"文学作为一种艺术形式，它典型地、集中地反映人类社会道德现象，描写了社会存在的道德矛盾和冲突"④伦理学和文学之间有着天然的联系。F. R. 利维斯（F. R. Leavis）认为，纯文学是不存在的，文学与认识、与社会是没有界限的。希利斯·米勒（Jillis Miller）在其《阅读的伦理》一书中明确指出"叙事与伦理不可分离"。当代美

---

　　①　《简明不列颠百科全书》"伦理学"条目。中国大百科全书出版社《简明不列颠百科全书》编辑部译编《简明不列颠百科全书》，北京：中国大百科全书出版社，1985。
　　②　简明伦理学辞典编辑组：《简明伦理学辞典》，成都：四川省社会科学院出版社，1985，第342页。
　　③　聂珍钊：《关于文学伦理学批评》，《外国文学研究》2005年第1期，第10页。
　　④　聂珍钊：《文学伦理学批评：文学批评方法新探索》，《外国文学研究》2004年第5期，第18页。

国著名小说理论家布斯（C. W. Booth）也认为，艺术形式离不开道德判断。所以，文学伦理学批评的方法是一种行之有效的批评方法，具有可靠的理论基础和一定的实用价值。本书主要借助伦理学的基本概念和理论来阐释文学现象，重点对蒲柏的诗歌创作艺术进行本体分析和研究，在研究过程中立足于诗歌文本，采用细读法，针对蒲柏诗歌创作从早期到晚期的不同阶段的思想发展和变化，对蒲柏诗歌从思想和艺术两个方面进行全面梳理。重点考察蒲柏诗歌文本中的道德倾向和伦理因素，结合英国 18 世纪社会转型时期的意识形态及其特征，进行对比综合型研究。需要指出，本专著属于文学的内部批评和外部批评相结合的范畴，是关于文学的研究成果，而不是关于伦理学的研究成果；是文学批评，而不是道德评判。本书主要以文学伦理学批评方法解读蒲柏诗歌作品的同时，结合多种批评方法如新批评、精神分析法、社会历史批评和女性主义批评等，从而尽力使研究视角更加丰富、全面，具有说服力。

　　本专著通过对蒲柏的六部主要长诗进行深入、细致的阅读与探讨，追溯其悠久的传统与历史，发现并揭示其伦理思想的多层内涵及其形成原因。结合时代转型期所具有的特征与当时的社会背景，挖掘蒲柏诗歌中伦理思想所蕴涵的多层意义、价值及各种概念，如自然、理性、中庸、明智、适度等，理清它们之间相互的联系、交织或互补的必然内在关系。通过将蒲柏诗歌的艺术形式与蕴涵的伦理思想有机结合起来展开研讨，阐释蒲柏诗歌从整体上体现出来的以"和谐"为出发点，以自然、理性、中庸和秩序为核心观点的伦理思想体系，从而对蒲柏诗歌的思想内涵及其诗学观进行全方位解析。

　　由于新古典主义过于注重克制、理性与适度，而忽略了激情与想象，在随后到来的 19 世纪浪漫主义情感大潮冲击下逐渐走向式微。进入 20 世纪，现代主义和后现代主义在反传统、反中心的旗帜下，对于边缘、分裂、异化、无意识和非理性等因素又强调得过了头，伴随而来的是世风日下、人情淡漠、对传统的疏离、信仰的缺失、人的精神危机以及伦理道德的滑坡等负面现象，这不免引起世人的再度反思。我们发现，重新挖掘与评价古代思想宝库中的某些传统观念——如自然、理性、中庸、和谐与秩序等，又成为现代社会人们生活中的重要方面。这说明，古典主义思想宝库中的某些精华在今天仍然没有失去它应有的价值和光芒。

毋庸置疑，蒲柏在诗歌创作中继承并吸收了古代思想家们的精髓，同时，他还将自己置身于当时所处的社会与时代。他并没有简单地照搬或重复前人的理论，而是将古代传统伦理思想体系中有价值的学说，结合对自己对人类社会发展进程的深刻理解，使他的诗歌创作更加适应于当时社会的安定和进步的要求。蒲柏诗歌中的伦理思想，是他将古代传统思想史上的伦理学说，实际运用于他所属时代的政治、道德、文学、艺术等方面的结果。如今，自然、和谐与秩序等理念仍具有深刻的历史和现实意义。结合我国在新时期发展谋求安定团结、维护和谐社会的需要，重新挖掘蒲柏诗歌中有价值的部分，或许将给现代社会人们在伦理、道德行为和规范方面的思考带来某些新的启示。

第一章 《温沙森林》与"和谐"思想

　　《温沙森林》（Windsor-Forest）是亚历山大·蒲柏创作的一首田园牧歌式诗歌，它是对古罗马大诗人维吉尔、奥维德等创作的田园诗歌的模仿之作。《温沙森林》分为两个阶段完成，其前半部分与蒲柏的初入诗坛之作——《田园诗组》同步完成，但没有发表。几年后即1713年，蒲柏在好友兰斯登议员（Lord Lansdowne）的建议下，特地给这首诗增添了和平政治的主题，这便成为该诗的后半部分。作者此时给《温沙森林》添加有关和平的政治内容并公开发表，其意在歌颂1713年签署的"乌得勒支和平条约"（Peace Treaty of Utrecht），该条约结束了长达数十年之久的欧洲战争，而兰斯登本人就是参与这次条约谈判的上议院成员之一。

　　从表面上看，《温沙森林》是一首描写风景的自然诗，但它并不是以纯粹歌颂大自然为目的而创作的。诗中，作者在对广袤的大自然杂乱现象进行观察同时，引发了对人类、社会和历史的联想，描绘了存在于自然界、社会和历史中的种种杂多、不协调和非理性因素。诗歌借助古典作家们惯用的艺术变形手法，将现存的自然景物和人类社会置换成古代神话故事里的情景，旨在向人们揭示这样一个事实：人类对于自然法则与秩序的违背与破坏，将可能给人类社会以及和谐的人际关系带来某种危害和颠覆。作者对于这些现象的观察与议论旨在强调"对立因素的和谐统一"，①

---

① "对立因素的和谐统一"借用了朱光潜先生的译文，例如，"音乐是对立因素的和谐的统一，把杂多导致统一，把不协调导致协调"。因此，笔者认为，这里"和谐"思想应该被理解为一个辩证的哲学概念。参见北京大学哲学系美学教研室编《西方美学家论美和美感》，北京：商务印书馆，1980，第14页。

就如同杂多的、不同的音符最终会奏出和谐的旋律。最后，作者对英国社会生活中某些政治、历史事件进行了回顾，并有意识地突出了和平政治的主题。通过对大自然、神话和人类历史这三个方面的描述，蒲柏阐述了他的"和谐"（concordia discors or discordia concors）① 思想的深刻内涵。

第一节 自然诗与"自然"主题

《温沙森林》正式发表于 1713 年，但该诗的创作却开始于更早的时候，甚至可以追溯到 1704 年。在当时，大多数初入诗坛的新人，传统上都是从模仿古典田园抒情诗起步的，蒲柏也不例外。蒲柏在仅仅 16 岁的年纪就写作了抒情诗《田园诗组》（*Pastorals*），可以说，这是他初次尝试写诗的习作，直到 1709 年才得以正式发表。《温沙森林》的创作几乎与《田园诗组》同时开始，也是一部围绕着"自然"主题而展开的对大自然、对古代神话以及对历史进行联想、回顾和议论的自然诗，它初步显露了蒲柏对于诗歌和韵律的兴趣和天赋。

一 自然与民族情感的交织

《温沙森林》通过对大自然美好景色的歌颂，将自然主题与民族情感的抒发紧密交织在一起。诗歌的一开头，面对自己家乡温沙地区

---

① concordia discors 为拉丁文，是古希腊科学家和哲学家们在他们的著述中提出的一个哲学概念。许多蒲柏批评专家不约而同地指出，蒲柏在诗歌中所表述的一个重要思想就是"和谐的不和谐"（concordia discors）。在蒲柏的《温沙森林》中，有与该词语意义相对应的英文表达：order in variety 或 harmoniously confus'd。该拉丁文出处可参见 Maynard Mack, *Alexander Pope*. London：Yale University Press, 1985, p. 634。另可参见 Paul Baines, *The Complete Critical Guide To Alexander Pope*. Routledge, 11 New Fetter Lane, London EC4P 4EE. 2000, p. 58。另外，在克拉克的专著里，也出现类似的术语"和谐来自不和谐"（discordia concors），具有同样的含义。参见 Donald B. Clark, *Alexander Pope*. New York：Twayne Publishers Inc. 1967, p. 25。

原始自然森林的美好景色，诗人不由得发出了赞叹和感喟。这时，温沙森林犹如一座消逝在人们对远古记忆中的伊甸园，在诗人美妙、动人的诗行中又重新浮现在人们的眼前：

> 啊！绿色的幽境，温沙的森林！
>
> 你是君王的领地，缪斯的胸襟，
>
> 召唤我的歌唱。快来吧，森林女神！
>
> 打开你的诗泉，揭示你所有的幽深。
>
> ……
>
> 伊甸乐园的久远，淡漠了人们的记忆，
>
> 在诗行的色彩里栩栩动人，重现生机。（1-8）①

大自然中的景物千变万化，不胜枚举，如山川、河流、森林、平原，等等，它们的千姿百态引发了诗人的创作激情。就在这美丽的绿色森林大自然怀抱里，诗人受到古典神话中的诗神——缪斯女神（Muse，2）的呼唤，他顿时灵感迸发，诗如泉涌，感叹着兰斯登议员的民族爱国举动，尽情地歌颂起英格兰的黄金时代。

诗歌不但对森林地区自然景色赋予了著名的《圣经》意象——"伊甸园"，在接下来的诗行中还展开了对古希腊、罗马神话的丰富联想。一幅幅犹如画廊般的田园美景，被缪斯女神一一披上了奥林匹斯山上众神的华丽外衣，令人目不暇接、心旷神怡。

在花神、果树女神、畜牧神等象征性的化身里，读者似乎看到英格兰大地上到处是一片美好、安详与繁荣的图景，人们生活平静、温馨与和谐；在谷物女神的丰厚馈赠之下，沉甸甸的庄稼在向人们召

---

① Butt，John，ed. "Windsor-Forest"，*The Poems of Alexander Pope*. London：Methuen & CO LTD，1963，p. 195. 以下文中凡出自该书的英文引文，均按照此注方法直接在引文后注明章节数和诗行数，中译文除已经作出标注了的之外，均为本文作者自译。

唤，人人脸上荡漾丰收的喜悦。诗人向人们宣布：

生产的丰收在祖国大地上微笑，

和平与富足宣告：斯图亚特统治的骄傲。（41-2）

诗里行间表达出一种喜悦、欢乐与祥和的气氛，这是因为，"和平与富足宣告了斯图亚特王朝统治的骄傲"（Peace and Plenty tell, a STUART reigns）。它向人们表明，英国斯图亚特王朝时期的一切和平、安详与富足景象，都是在安妮女王的温和政治统治之下，以及兰斯登议员等内阁成员们的多年努力下所取得的结果。

这里，诗歌对大自然景色和对祖国美好山河的赞美，与对民族爱国之情的抒发交织在了一起。不但如此，它还是对英国斯图亚特王朝和平政治的赞美和歌颂。因此，这首诗不仅仅是以纯写景为目的自然诗，而且是一首以爱国与和平为主题的抒情诗。这种通过对自然景象的冥思进行联想和议论的诗歌艺术，并不是蒲柏的首创，它是对 17 世纪中叶诗人约翰·德纳姆（Sir John Denham）创作的田园诗《库柏山》（*Cooper's Hill*，1642，1688）的直接模仿。

通常，18 世纪自然诗中的自然景物并不是作者唯一关注的目标，对自然景色描写的目的并不局限于此，而是要借景抒情，以激发读者对民族和国家的情感和热爱。《温沙森林》在对地方自然风景着力描绘的背后，隐藏着更为深厚的政治内容和伦理主题。这是因为，在蒲柏诗歌里，政治与伦理具有内在统一性。这不足为奇，在中国传统文化中，政治与伦理是合二为一的，政治即伦理，伦理即政治，而这充分体现在政治伦理化与伦理政治化的互动过程中。古代希腊人认为，人是政治的动物，或者说人的本质只有通过政治活动才得以实现，而道德生活作为公民生活的一个重要部分，自然不可能游离于政治之外。因此，蒲柏的诗歌里政治与伦理往往是相互联系、相互渗透的概念，政治问题具有明显的伦理属性。

二　自然与历史的联想

《温沙森林》在开头描写的良辰美景、安详和谐，给读者留下了
深刻印象和丰富想象，表达了作者对大自然的热爱和民族感情。然
而，诗人观察到，在大自然丰饶、美丽和平静的背后，还孕育着种种
对立、冲突和矛盾的因素；其中，山川、河流、森林、平原等自然现
象呈现出不对称、不规则和不一致的面貌，它们之间的巨大差异、变
化和反常，构成了自然界广袤、纷乱与杂多的图景，如下：

> 这里，群山对应幽谷、森林对应平原，
> 这里，大地与河流，在对立中碰撞，（11-2）

从表面上看，《温沙森林》是一首描写英格兰南部森林地区风景
的自然诗，但是，纯粹地歌颂大自然并不是它唯一的目的，而是借景
抒情。因此，诗歌作者从对广袤的大自然中杂乱、矛盾现象进行观察
出发，进而引发了对人类、社会和历史的联想和议论，并描绘了存在
于自然界、社会和历史中的种种杂多、矛盾、不协调和非理性现象及
因素。

此刻，展现在诗人眼前大自然如诗如画般的奇异风景，被赋予了
人类社会的内涵和意义，打上了历史长河流淌过后的烙印，人类社会
的痕迹和历史性意义早已经蕴涵其中。这是因为，大千世界中的万事
万物环环相扣、息息相关，大自然与人类社会、人类历史紧密相连、
不可分割。自然界与人类社会具有同构关系，大自然一旦进入到人的
视野，就被浸染了人的思想和情感，折射出人的心灵的映照。因此，
与大自然几千年、几万年来经历的沧桑变幻相似，人类历史的发展同
样也并非是一帆风顺的，而是经历了无数的坎坷与险阻。在历史的长

河中，各种的无序、不和、混乱和破坏现象时常发生。

　　眼前大自然万事万物的广袤无边和起伏变化，激发了诗人的诗情和想象。诗人浮想联翩、思绪万千，展开了对英国过去历史上所发生的种种事件的回顾。虽然蒲柏生活的时代，正值英国在安妮女王统治下的安定时期，呈现出一派和平盛世的繁荣景象；然而，读者从诗歌中看到，在英国过去的历史上，却有着与此恰恰相反的图景：

> 在过去的几个朝代里并不这样，
> 到处是阴沉、黑暗的荒芜土地，
> 野蛮的狩猎制度，加上疯狂的捕捉，
> 国王们比它们更加可怕、更加残暴，
> 四处凄凉、荒无人烟，洪水泛滥，
> 剩下孤独的君王在空荡荡的荒野。(43–48)

　　这里，诗人痛心地回顾了英国过去历史上的动乱年代。由于狂暴君主的独断专行和野蛮统治，国家到处是一片荒芜、悲凉、黑暗与混乱，那情形就如同 T. S. 艾略特在他著名的《荒原》中所描写的那样，阴暗、混乱、可怕，充满了罪恶。诗歌还通过形象化的描述，谴责了英国历代君王所制定的残酷的森林法则。诗歌暗示，暴君们对于大自然界中生灵的屠戮和对生态环境的肆意破坏等恶劣行径，反映着他们对于人类社会文明秩序与和谐的人际关系的颠覆和破坏，也意味对人的自然情感和自然权利的否定（Who claim'd the Skies, dispeopled Air and Floods, The lonely Lords of empty Wilds and Woods. WF, 47–48）。

　　诗歌接下来历数了英国历史上外来的国王威廉一世和他的继承人威廉二世的胡作非为。暴君们的种种行为不但破坏了自然界的生态环境，同时也打破了人与自然的和谐相处，这暗示着他们对于自然人性的背离。后来，威廉二世与另外一个外来暴君——威廉三世都在打猎中受伤而因此丧生，同样表明了宇宙中自然法则无所不在的力量。诗歌从某种程度上反映了蒲柏的生态伦理思想，那就是，整个宇宙自然是一个生态循环系统，存在着它固有的运行轨道和秩序。任何违反自然规律者必然会遭到自然的淘汰和惩罚，而偶然偏离了方向的历史必然会重新回归到它原来的轨道。混乱、无序现象只能是局部的、暂时的，最终都将回归于宇宙的整体和谐与秩序，这就显示了自然法则和自然秩序的神圣性和不可抗拒。正如诗中所歌唱的那样，在英国斯图亚特朝廷的正确领导下，国家经过历代暴君的蹂躏和摧残，几经波折，终于回归稳定、和平与秩序，就证明了永恒不变的宇宙自然规律和秩序。

对于诗行的行数安排来看，是经过诗人精心安排的。前面的 42 行诗句，用于歌颂自然景物，而紧接下面对于历史的回顾同样也用了 42 行来进行描述，形成了截然的对比。然而，这种数字的对应并不是偶然的巧合，而是可以看出蒲柏有意采用了对照或对比的艺术手法来加强效果、渲染气氛，激发读者的感受和体悟。蒲柏将当前伊甸园般的美好、和谐、安定的社会环境和面貌，与国家过去历史上遭受的灾难性破坏与生灵涂炭的景象对照起来进行描写，使之形成多么鲜明、多么强烈的两极对比，可见作者匠心独运之功效。

第二节　"和谐"思想的萌芽

古希腊思想家赫拉克利特曾说："相反者相成，对立造成和谐。"① 可以说，《温沙森林》中描写的蕴涵在自然中的历史、社会和人性的种种差异和对立，正是导致和产生和谐与秩序的前提和基础，

---

① 北京大学哲学系美学教研室编《西方美学家论美和美感》，北京：商务印书馆，1980，第 15 页。

因为"互相排斥的东西结合在一起，不同的音调造成最美的和谐；一切都是斗争所产生的"。① 这里，在自然的矛盾中孕育的"和谐"，是一个具有辩证意味的哲学思想，即有对立才会有和谐，和谐寓于矛盾之中。这种"对立因素的和谐统一"，就如同杂多的、不同的各种音符，最终会奏出和谐的旋律。"和谐"一词本身包含了丰富的内在含义，它表明，尽管自然中的事物混杂繁多，却能够协调一致。这是因为在不断变化的宇宙事物当中，存在着某种永恒不变的宇宙秩序。古希腊哲学家赫拉克利特、德谟克利特等人，特别注重对宇宙和谐秩序的探讨……以多种"本原"的关系来把握自然的变化和多样性。……解释自然的生成变化、寻求宇宙秩序的合理性……②缘于此，笔者认为，这里的和谐与秩序是两个紧密联系、相互补充的概念。秩序是指存在于一切事物之中的宇宙自然规律，秩序中可能呈现和包含了和谐的因素和特征，但和谐并不能够替代秩序的概念，不能与之等同起来。

在现代分析哲学思维下的结构主义语言理论中，秩序是一个冷漠的、无动于衷的概念，它不受到外部世界的干扰和影响，就如同维特根斯坦眼中的内部结构一样，完满自足。这种秩序概念并不包含人的思想情感，它与价值无涉，是一种冷漠无情的自在结构。然而，对于18世纪西方的人们来说，秩序更多的是用来表达一种伦理秩序，它作为一个基本伦理概念，是指上帝控制之下的个人与个人、人与自然、人与社会以及人与宇宙之间存在的内在关系与协调性。

莱布尼茨（Leibniz，1646-1716）是当时德国数学家和哲学家，他也是欧陆理性论的三位杰出哲学家之一，另外两位是笛卡尔（Descartes，1596-1690）与斯宾诺莎（Spinoza，1632-1677）。莱布尼

---

① 北京大学哲学系美学教研室编《西方美学家论美和美感》，北京：商务印书馆，1980，第16页。
② 宋希仁主编《西方伦理思想史》，北京：中国人民大学出版社，2004，第16页。

茨的哲学思想首先表现为一种伦理思想，不但深刻地影响了启蒙时代德国哲学发展的全过程，还描绘了整个欧洲启蒙运动的中心概念。他在其著作《论智慧》中这样写道：全部存在是某种力，这种力越大，源于统一性和统一性之中的多样性就越丰富。多样性中的统一性不是别的，只是和谐，并且由于某物与一物效之于另一物更为一致，就产生了秩序，由秩序又产生出美，美又唤醒爱。由此可见，幸福、快乐、爱、完美、存在、力、自由、和谐、秩序和美都是互相联系着的……①

受莱布尼茨哲学思想的启发，我们由此认为，和谐与秩序是如此相辅相成、须臾不可分离的两个伦理概念，可以成为我们对蒲柏诗歌进行分析探讨的理论基础，即：大千世界并非像它表面的那样杂乱无章、矛盾对立，而是形成一个和谐的、看不见的具有某种内在秩序的整体。而《温沙森林》似乎正是对这种思想的诗化阐述：变化中有秩序，斗争产生和谐，世间的一切事物看似千差万别，实则都和谐相处、秩序井然。

一　变化中的秩序

《温沙森林》中的第1至第290行，即诗歌的第一部分，早在1804年便初具雏形，但蒲柏后来为了给诗歌添加和平的主题，对诗歌做了大幅度修改和增补。因此，尽管它表面上看是对大自然景色的观察和赞礼，但实际上诗歌通过对大自然、继而对历史的描述和回顾，在表达了和平政治的主题之外，还暗中阐发了一个具有普遍意义的伦理思想，即宇宙间存在的永恒不变的、和谐统一的秩序思想。

诗歌在开头不久，在赞叹大自然的杰作同时，"和谐"与"秩序"思想的萌芽早已潜伏其中，并作出了明确的表述：

---

① E. 卡西勒：《启蒙哲学》，顾伟铭等译，济南：山东人民出版社，1988，第118页。

　　并非杂乱无章、混沌一气，

　　而是迷离变幻、和谐交织，

　　每个人都明白，变化中有秩序，

　　一切的千差万别，都和谐相处。(13-16)

　　这里，虽然世界是混杂、多变的，但绝非同上帝创世之前那样，是混沌一气，杂乱无章的，而是"和谐交织在一起（harmoniously confus'd，14）"，因为"变化中有秩序"（Order in variety，15）。宇宙中的万事万物虽然表面上是矛盾、复杂的，但都有其内在永恒不变的运行规律和秩序，所以说，"一切的千差万别，都和谐一致"（tho' all things differ，all agree，16）。温沙森林既是大自然的典型代表，也是整个英格兰的象征，或者说，它的伊甸园形象是整个宇宙世界的象征。诗中所说的"变化中有秩序"，也不仅仅指大自然的规律特征，更是喻指人类社会和人类历史发展规律的特征。

　　正是由于变化之中存在着永恒不变的秩序，因此，自然界的万物尽管在表面上看起来混杂在一起，但实质上是井井有条、排列有序的，如同"棋盘上五彩缤纷的方格图案"（checquer'd Scene display，17），是那么平衡、匀称、协调，和谐一致，请看：

　　这里，丛林荡漾起伏，整齐有序，

　　在阳光中或半照、或半掩着大地，

　　如同躺在情人温暖怀抱的仙子，

　　即不过于放纵，也不那么压抑。(17-20)

　　这里，诗句节奏明朗、匀称，语调轻松、随意，如同对话一般平和、自然、流畅。不仅如此，作者还通过对音韵和节奏的控制和把握来表现与之相对应的意义。比如，在"半照"（part admit，18）与

"半掩"（part exclude，18）之间的并比和对仗，形成了一个短暂的停顿，让读者在这种听觉的巧妙暗示下，在视觉上也将烈日与阴凉对照起来并形成一种均衡感。紧接下来，在"即不放纵"（Nor quite indulges，20）与"也不压抑"（nor can quite repress，20）之间也设有一个停顿，同样形成一种平衡和对仗。

让我们回到前面谈到过的自然界广袤、纷乱与杂多的图景，以及它们之间种种对立、冲突和矛盾的现象，便会发现，诗歌的节奏和韵律也具有相似的情形和特征。比如，山川对应峡谷（Hills and Vales），森林对应于平原（Woodland and the Plain），大地对应河流（Earth and Water）。种种不对称、不规则、不一致的面貌，构成了它们之间表面巨大的差异、对立与碰撞。然而，自然界这种千差万别的地形面貌，在作者流畅、简洁、有规律的笔端下，却变得那样整齐、均匀，秩序井然。作者采用了英雄双韵体的诗歌艺术创作形式，利用匀称、对仗的诗句，将自然界种种不对称、不规则、不一致的自然因素进行了精致、巧妙、恰当的整合与配对。这种在强烈的对比和反衬中利用整齐、简洁的诗体形式，来应对奇异、变化景物的描写方法，给读者造成视觉上和听觉上的同步冲击，更加完美地表达了作者追求平衡、对称、和谐和秩序的创作理念。

《温沙森林》中所描述的自然界、社会与历史的种种现象与事实，充分说明了在人类社会中，遵守和维护人与人之间的和谐与秩序是何等的重要，它初步显露出来的关于自然、和谐与秩序的思想，成为蒲柏后来创作思想体系中的核心。虽然该诗在最后发表的时候，作者刻意突出了和平政治的主题，但从诗歌对于自然、社会与历史的宏观回顾和展望的意义上来看，它还从根本上表现了一种蕴涵在人类与社会各种现象之中的伦理秩序观念。这种观念是千百年来西方传统思想史上流传至今的、宇宙普遍的和谐与秩序观念。"诗句反映出蒲柏对于理性主义哲学的信仰，这是流行于他时代的人们对宇宙自然的普遍想法，他期待与渴望他所身处的社会正好与这种自然的和谐与秩序的信念相吻合"。① 这种存在于矛盾中的和谐与秩序，既是大自然中万物的秩序，也是人类社会与人类发展历史的秩序。这便给全诗定下了基调，从而使自然、和谐与秩序成为贯穿全诗的核心思想。

我们知道，无论是在政治、哲学、文化、文学还是宗教领域，都不可能与道德无涉，而是与之紧密联系、息息相关的。一个时代或一个阶级的伦理、道德观念作为一种最基本、最普遍的意识形态，就从这众多的意识形态领域中展现出来。从蒲柏的诗歌中所反映出来的和谐与秩序的伦理思想，是他在诗歌中表达的最基本、最普遍的思想意识，它从根本上显现为对自然、和谐与秩序精神的向往和追求。因此，无论诗歌涉及政治、哲学、艺术还是宗教方面的议论，始终都脱离不了对宇宙的普遍秩序的关注和伦理思考。

二 "变形"的象征寓意

《温沙森林》不但对自然界、对社会和历史的种种现象以及事实进行了直接的对比和回顾，还借助古典诗歌中惯用的艺术手法，将现存的自然景观和人类社会现象置换成古代神话故事里的场景。诗歌借助古典神话故事的情节模式，运用生动、形象的神话意象和象征性隐喻，再现了古代人类历史和人类社会曾经发生过的种种矛盾现象和事实，并向人们发出警示：人类对于自然法则和社会秩序的违背、破坏，将可能给人类以及和谐的人际关系与正常社会秩序带来某种危害或颠覆。

作者采用古典作家们所惯用的艺术手法——"变形"（metamorphosis），在丰富的神话意象以及象征性隐喻里，将人类社会的种种不协调、非理性现象，予以了形象化描绘，使它们获得更加鲜

---

① Gooneratne, Yasmine. *Alexander Pope.* London: Cambridge University Press, 1976, p. 53.

明、生动的体现，从而赋予读者更加持久的记忆和更为透彻的理解。

诗中，罗多娜（Lodona，172）是森林狩猎女神狄安娜（Diana，165）指挥下的一名水泽仙子，她实则泰晤士河（Thames）的一条小支流——罗东河（Loddon）的化身，在温沙森林地区附近汇入英国的父亲河——泰晤士河。在诗中，她被经过神话意象的置换与变形之后，以水泽精灵（Nymph，175）的面貌出现，成为罗东河的人格化象征，如下：

> 心急的水泽仙子急于追击，
> 不慎跨越森林的自然边境，
> 潘神一见钟情，欲火中烧，
> 仙子拼命逃跑，潘神紧追不舍。（181–184）

在富于象征性意义的神话叙事中，读者看到了这样的画面：罗多娜在追捕猎物时过于心切，不小心跨越了森林自然保护区的安全范围，因此被欲火攻心的山林畜牧神——潘神（Pan，181）窥见并爱上。于是，罗多娜急忙逃离，而潘神则在她身后奋力追逐。

在古代神话里，狄安娜既是森林女神，又是贞节女神，她指挥下的仙女罗多娜当然也是自然和纯洁的化身。在这里，罗多娜不慎跨越森林的自然安全保护区，这个行为意味着她偏离了生活的正确轨道，象征着她对自然界原有的和谐与秩序的破坏，因此她遭受到了外来者的威胁和侵犯，并为此而受到了惩罚。那就是，她由原来的一个追捕者，现在变成了被追逐者。

诗中叙述，罗多娜拼命逃跑，就在即将被追上的一刹那，她向狄安娜大声呼救，情急之下纵身跳入了泰晤士河。顿时，她与河流融合，汇聚一体。此刻，罗多娜所代表的自然和纯洁险些遭到破坏，但是，她的窘迫和困境却在诗人那富于想象的、理想化的诗句中得到了解救。泰晤士河清澈的流水维护了她的贞洁，并获得了象征性的体现，如下：

> 'Let me, O let me, to the Shades repair,
>
> My native Shades——there weep, and murmur there.'
>
> She said, and melting as in Tears she lay,
>
> In a soft, silver Stream dissov'd away.
>
> The silver stream her Virgin Coldness keeps,
>
> For ever murmurs, and for ever weeps; (201–6)①

在此处对河流描写的诗行里，作者巧妙地运用音韵上的重复手法，如 Let me … O let me, Shades … Shades, silver Stream … silver stream, weep, and murmur…murmurs, weeps, 给读者造成一种听觉上和视觉上平滑、缓慢和持续不断的效果，把读者从前面激烈追逐的步伐和紧张的气氛中，一下子带入到另外一个缓缓流淌、延绵不绝的感官世界里。② 这样，隐含在其中的多层意义在音韵和节奏的变化与交替之中，获得了不断的释放和扩张。

被打破的森林自然规律又恢复了原来的平静与和谐的正常秩序。神话故事情节象征性地向人们示意：与其他的泰晤士河上游的任何一条小支流一样，无论罗东河怎样地蜿蜒、曲折或迂回流淌，她最终仍将汇入主河流——泰晤士河，与之和谐交汇。罗多娜的故事象征着自然的神圣和贞洁不容许被玷污，就如同宇宙规律和自然法则一样不能够被破坏。泰晤士河本身也代表着神圣不可侵犯的自然秩序，它亘古

---

① 这一段诗歌利用重复手法，使音韵的运用与意义结合，富有特色。为了保持诗歌风格的原貌，使读者更好领略其原有诗歌语言艺术的韵味，故不作翻译。

② 对这段诗歌的详细分析请参见 Fairer, David. *The Poetry of Alexander Pope.* London: Penguin Books LTD, 1989, p. 45。

不变地、日日夜夜地向前流淌着，是稳定与和谐的象征，是永恒不变的自然法则和自然秩序的象征。

这里，罗多娜的行为实际上意味着人类曾经对自然法则和人类社会规律的违背或颠覆，代表着自然界或人类社会出现的种种变幻无常、难以预测的现象，以及它们随时可能带来的危害和破坏因素。自然界和人类社会中的这些复杂现象和矛盾因素，在诗人对具有象征意义的神话典故的回顾和借鉴中获得了栩栩如生的再现。

总而言之，上述种种自然、历史、社会和人性的差异与对立，正是导致和产生和谐与秩序的前提和基础。罗多娜的行为象征着对宇宙自然法则和人类社会规律的偏离和违背，但她终究要回归到自然秩序规定了的正常轨道，这种意义体现在了罗东河经过蜿蜒、曲折的流淌之后，最终要汇入父亲河——泰晤士河的神话象征里。《温沙森林》中所描述的自然界、社会与历史的种种现象与事实，也充分说明了在人类社会中遵守并维护人与人之间和谐的政治、伦理秩序是何等的重要。

赫拉克利特认为，"斗争是万物之父，而内在于这种对立表象的深处是和谐，世界的和谐是由对抗力量的均衡构成的，犹如弓箭的弓与弦的关系"。① 可以说，《温沙森林》在借助古代神话人物和事件进行象征性重塑中，对寓于对立统一关系之中的和谐与秩序思想进行了生动、活泼而形象的诗化阐释。

三　自然的回归

从朝廷和城市的轰轰烈烈的政治生活中隐退，或从喧闹的城市和俱乐部隐居到森林、山区和乡村，是 18 世纪英国的许多人，尤其是文人或诗人最向往的理想生活方式。平淡、安闲、简朴的家居生活

---

① 宋希仁主编《西方伦理思想史》，北京：中国人民大学出版社，2004，第16页。

（home-felt Quiet，239），可以有利于人们亲近大自然，安心于沉思、读书和户外活动。这种对大自然和宇宙万物的静默和反思，可以净化人的灵魂，纯洁人的思想，从而感悟人生和哲理并追问生命的终极意义，请看诗歌的第 235 至 240 行：

> 幸福啊！那个被光明朝廷赞许的人，
> 被他的君主宠幸，被他的国家爱戴；
> 幸福啊！那个回归大自然怀抱的人，
> 被自然美景陶醉，被缪斯赋予灵感；
> 他欣喜于自在的安详、平淡与卑谦，
> 他在读书、散步与悠闲中心满意足。（235–240）

从这段诗行可以看出，回归自然、向自然归皈是《温沙森林》的另一个主题。前面我们曾经谈到，《温沙森林》在一定程度上是在德纳姆的自然诗《库柏山》启发下产生的结果。蒲柏在创作这首诗歌前半段的时候，还没有将和平的主题纳入其中，而主要以歌颂大自然来展开联想，抒发感情，但在后来正式出版该诗之前，为了要突出和平政治的主题，蒲柏对诗歌又进行了一些增补和修改。①

这里，诗歌从原来的四句变为现在的六句，可以清楚地看出作者的用心。1904 年开始写作该诗的时候，蒲柏主要是歌颂淳朴、自然、安详和远离世俗的简单乡村生活，并没有过多地涉及社会活动和政治生活方面的内容。如今，蒲柏的朋友兰斯登议员的政治活动和爱国举

---

① 蒲柏本人在对诗歌的注解中，注明了原来诗中的第 235 行及以下一段如下：
　　Happy the man who to the shades retires,
　　But doubly happy, if the Muse inspires!
　　Blest whom the sweets of home-felt quiet please;
　　But far more blest, who studyjoins with ease.
　　参见 Butt, John, ed. "Windsor-Forest", *The Poems of Alexander Pope*. London: Methuen & CO LTD, 1963, p. 202。

动激发了他的民族感情和爱国之心，使他产生了新的想法和观点，那就是，在隐居于乡村与活跃于城市之间，在参与政治活动与潜心诗歌创作之间，两者并不相冲突，两者可以恰当地协调起来并完美地结合在一起，这便成为蒲柏所追求的理想生活和精神状态。

诗歌一开头就提到过温沙地区的自然森林是一块绿色的栖息地（thy green Retreats，1），它充满了诗情画意，是诗人们诞生和向往的地方。而在最后结尾的一段诗人再次表达了希望亲近大自然、渴望向自然回归的田园理想：

> 我谦卑的歌儿，带着安宁恬淡的曲调
> 描绘这绿色的森林与茂盛的平原；
> ……
> 在这里我度过幽静、闲散的时光，
> 满足于孤独，远离世俗喧嚣和赞誉。（427–32）

在英国17世纪后期，出现过好几位使蒲柏为之仰慕的自然抒情诗人，比如德纳姆、考利等。蒲柏在《温沙森林》中也几次提到他们，他这样歌颂：

> 这里，高贵的德纳姆谱出他那最初的诗行；
> 这里，最后的音符从考利的舌尖缓缓吟唱。（271–2）

德纳姆和考利都是17世纪优秀的自然诗人，他们都是蒲柏力图学习和效仿的榜样。然而，这种远离世俗的生活态度绝不意味着与世隔绝。蒲柏所要提倡和学习的，是遵循自然的处世原则和生活态度。在他看来，兰斯登议员就是一个极好的例子和榜样。兰斯登既积极参与朝廷和国家的政治事务，又不拒绝自然、悠闲和恬淡的乡间生活。

他不但是当时英国上议院的成员之一，常常参与国家和朝廷大事，而且还是诗人蒲柏在文学创作和诗歌兴趣方面很好的良师益友。况且，兰斯登议员本人也算是一位诗人。不唯如此，他还具有激发其他诗人（比如蒲柏）的创作灵感的非凡才能，蒲柏在这首献给兰斯登议员的诗歌中就这样深情地歌唱道，"是你，给这块美妙的绿色圣地带来祝福，呼唤诗神们回到他们古老的住处（温沙森林），将丰饶的森林地区描绘得焕然一新"，"使森林永远戴上绿色的王冠，使温沙森林的群山在层层叠叠的诗歌中矗立，高耸云霄"（284-287）。

诗中还特别强调，如果要把参与社会和政治的嘈杂、热闹的公共生活，与平静、单纯的隐退生活和谐地协调起来，仍然要以遵循自然为根本原则。因为，只有遵循了自然法则，才能够使这两种完全不同的生活方式融合起来，变得协调一致。诗人这样教导人们：

> 遵守中庸，才是善待自己，
> 遵循自然，关注它的目标。（251-2）

《温沙森林》虽然赞赏和向往那种远离世俗、亲近大自然的隐退生活，但仍然强调，不要忘记随时关注国家大事和政治事态的发展。这种对于生活的双重态度便是诗中所指的"遵守中庸"（T' observe a Mean，251）的道德原则体现。其实，向自然归皈的潜在意义就在于能够使人们更加清醒地观察和面对社会与现实，并同时从大自然中获取心灵的恬淡、宁静、平衡与和谐。因此，回归自然的真正意义在于心灵上的安详、和谐与平衡。

遵循自然，回归自然，向自然归皈的"和谐"意识，从另一个角度再次体现了诗歌所表达的核心思想——孕育在大自然中的、普遍的宇宙和谐与秩序。

四　和谐与秩序的社会价值

《温沙森林》在对广袤的大自然杂多现象进行观察同时，引发了对人类、社会和历史的联想，描绘了存在于自然界、社会和历史中的种种杂乱、不协调和非理性因素。作者还借助古典作家们惯用的艺术变形手法，将自然界的景物和现代社会置换成古代神话故事里的情节和事件，借助丰富的神话意象和象征性隐喻，向人们揭示了这样一个事实：人类对于自然法则和自然秩序的违背和破坏，将可能给人类社会以及和谐的人际关系带来某种危害与颠覆。最后，作者对过去英国社会生活中的某些政治与历史事件进行了回顾，并有意识地突出了和平政治的主题。

在这里，蒲柏所追求和歌颂的是一个诗意化的理想世界。他对于神圣的宇宙秩序以及现存的社会秩序坚信不疑，而这种信念始终被笼罩在他对"和谐"的追求的理想光芒之中。当时，尽管牛顿理论发现了宇宙间事物运行的某些规律，但并没有揭示宇宙的起源。因此那个时候的人们仍普遍认为，世界万物是在某个神灵或上帝那只看不见的巨手指挥与控制之下的。人们这种对于宇宙间永恒不变的神圣秩序的信念，后来被证明不过是那个时期人们对于社会和平与稳定的一种期盼和向往，这种期盼和向往就在蒲柏诗歌《温沙森林》中被象征性地体现了出来。

第二部分是作者在 1713 年发表之时增补进来的，蒲柏有意识地涉及了和平政治的主题。诗中回顾起在英国历史上曾经显赫一时的种种人物，如爱德华三世和他的儿子。他们都赢得了海上争夺战争的光荣胜利。另外两位就是在英国国内战争，即"玫瑰战争"中争夺王位的死对头——亨利六世和爱德华四世。然而，如今，他们谁都分不出高低和胜负，无论是征服者，还是失败者，他们的墓穴一个个并排地连接起来，相互紧挨着，被埋葬在了温沙地区附近的圣·乔治小教堂里。历史就像一位颇善讽刺的老人，对世界上的芸芸众生进行了莫大的嘲弄！请看：

> 墓穴一个连着一个，大人物安息于此，
> 无论是压迫者还是被压者都混在一起。(316-8)

这里，当我们回忆起诗歌开头的那句"一切千差万别，都和谐共处"。(And where, tho' all things differ, all agree)，似乎又看见了自然界那"混杂与和谐交织的"景象，并再一次感悟到了那无所不在的、贯穿诗歌始终的核心观点："变化中的秩序"(Order in variety)。

为了反面衬托和突出当前斯图亚特王朝统治时期的和平盛世景象，诗中还提及近代英国历史上发生的几起不协调、非理性的动乱事件。除了前面提到过的持续不断的各种政权内部纷争，还有1665年在英国爆发的大瘟疫和发生在1666年的伦敦大火，在形象生动的诗句中读者仿佛看见人民在痛苦中挣扎，民不聊生、生灵涂炭。

终于，这种混乱、动荡的不利局面，在安妮女王的统治之下又归于安详、宁静与平和，一切又恢复了原有的和谐与秩序。诗人这里采用戏拟的手法，给安妮女王戴上了上帝的面具，只见她模仿着《圣经》里上帝的语言，向世人发出神圣的指令：

> 终于伟大的安妮发令：停止争斗！
> 全世界都服从，于是一切都和谐！(327-8)

这时，安妮女王摇身一变，仿佛成为那全能的上帝的化身。她不但阻止了随之而来的在国内战争中的未来两党——托利与辉格之间逐渐升温的争斗，还制止了英国与法国之间将要发生的激烈战争。"和平"——这个在谈判桌上往往被派上用场的制胜法宝，不但可以终止欧洲大陆长期以来的战争，还是调和全世界所有敌对与冲突的黏合剂。①

最后，蒲柏满怀着爱国热情，动情地描绘和展望起英国的现在与未来。在他的笔下，读者仿佛看到：祖国到处都井井有条、欣欣向荣、和谐安详。在泰晤士河的中上游，无数小支流从古老的原始地区流出，经过两岸各大繁华都市，最后都汇入横跨英国的泰晤士河，流进广阔无边的海洋。原始森林（这里指温沙地区的森林）的古老树木从偏僻的山区被泰晤士河带到了繁华的城市，又被运往世界各个遥远的角落。这样，泰晤士河俨然就像一位神圣的和平使者，把祖国的各个地区汇聚到海洋，大海又把被大陆分割的各大洲重新连接起来，使世界各地甚至最遥远的天涯海角都汇聚起来，连成一片，互通有无，好一幅世界大同、宇宙和谐的美好景象啊，如下所述：

> 如海洋或风一样自由的时刻终将来临，
> 广阔的泰晤士河为全体人民奔腾不停，
> 所有民族随着它的潮涨潮落汇集于此，
> 海洋把被陆地分割的世界各地连接起；
> 地球每个遥远的角落都有我们的光荣，
> 新的现代世界还要追怀古老优良传统。(397–402)

空间与时间在诗人大胆的想象中结合起来。代表古代人类文明的希腊、罗马优秀文化传统，经过了几个世纪的传承和发扬，深深吸收到了人们的思想意识里，内化成他们的精神气质，成为人们始终所信奉、所追随的传统价值观念。虽然，它们身上携带着古老的气息，但这些传统的价值仍然为新时代的人们所渴望、所诉求，古代原始自然

---

① Baines, Paul. *The Complete Critical Guide to Alexander Pope*. London: Routledge, p. 63.

与现代文明进步相互融合、和谐并处。作为一名启蒙主义者，基于对理性与和谐社会理想的追求和向往，凭借着对诗歌艺术创作的灵感和天才般的想象，蒲柏此刻构想起一个现代版的"乌托邦"来。他呼吁："啊！美丽的和平，让你的领域无限延伸吧！直到遍及世界五大洲、四大洋，直到没有侵略、战争、压迫、奴隶买卖，等等。到那时，所有不公平、不道德、无秩序现象统统都将不复存在，被和平使者抛进深渊般的地狱里，人们从此幸福、安详地生活，一切最终都恢复到远古时期的平静、美满与和谐。"（407－413）这时，诗人心目中那神圣的宇宙秩序再次发挥了它无比的威力，诗歌在开头时描写的上帝的乐园又以新的面貌重返人间。

《温沙森林》的作者通过从大自然景色、神话和人类历史这三个视角进行描写和议论，阐述并揭示了"和谐"思想的深刻内涵，即和谐寓于矛盾和冲突之中。这就是所谓的宇宙间万事万物都处于"对立统一"关系之中的辩证思想，而这种基于对立统一辩证思想而产生的和谐思想意识，正是作者以及他所处的那个时代对于永恒的自然法则或宇宙秩序的坚定信念和必然表现。

《温沙森林》的编撰者认为，虽然这首诗可以被看做由两个部分拼合而成的，但它们仍然构成了一个和谐的整体。他们这样评论道："……任何对于这首诗的研究都可以发现，温沙森林有关'自然'的早期描写，始终反映了上帝神圣的或人类社会的自然秩序；在第二部分的第 7 至 42 行的长段中，反映的不但是上帝统治下的神圣宇宙万物和秩序，而且还是斯图亚特女王统治下一个王国的和平与丰盛，因为道德和政治的主题从一开始就暗藏在诗歌当中。"[1]

和谐与秩序思想的萌芽在《温沙森林》前半部分对自然的观察和

---

① Butt, John. (Gen. ed.) *The Twickenham Edition of the Poems of Alexander Pope*, Ⅵ, London: Muthum, 1969, pp. 133－134.

历史的回顾中早已明朗、清晰，而后半部分作者刻意增添的"和平"政治主题，使得这一思想得到了更加深入、有力的阐述和论证。和谐与秩序的思想在《温沙森林》得到了初步的显露和反映，是蒲柏在诗歌创作中从始至终所要探索和阐述的中心思想，为他在随后创作的一系列作品中，能够更加深入、全面地探讨和论述他的伦理和政治思想，做好了铺垫，打下了坚实的基础。

第二章 《论批评》:"自然"
与"和谐"

　　《论批评》(*Essay on Criticism*,1709-1711)是蒲柏第一部正式发表的作品,创作于1709年,并于1711年出版。这是一部有关诗歌创作原则和诗歌批评方法的专题论述,它采用韵文的形式写成,文字简洁、明快、对称,语气轻松、平和、恬淡,其中许多名句已经成为英语成语,家喻户晓。《论批评》虽然主要针对各种文学批评观点进行议论、探讨,但同时也是对诗歌创作原则的品评。如果说,《田园诗组》和《温沙森林》的早期写作是蒲柏模仿古代大诗人的试笔之作,表现了年轻的蒲柏牧歌抒情式的田园理想;那么,《论批评》的创作充分说明,他开始不再满足于这种古老的诗歌样式了。他需要尝试不同的创作方法和文体形式,使用更加成熟的诗歌题材,来表现自己的文学才华和诗歌技艺,以实现成为一名大诗人的雄心壮志。蒲柏自觉向古代大诗人如荷马、贺拉斯和维吉尔等人学习,力图使自己的创作才能与古典文学传统完美融合。果然,《论批评》获得极大成功,蒲柏一举成名。

　　《论批评》与具有抒情意味的《温沙森林》在文体风格方面完全不同。在创作形式上,它采用了诗论的体裁,即以诗论文。诗论的形式在古罗马文艺批评家、诗人贺拉斯(Horace,公元前65-68)以及后来的意大利批评家维达(Marco Girolamo Vida,1490-1566)和法国文论家布瓦洛(Nicolas Boileau,1636-1711)等人那里早已为之。但是,作为一位具有特殊才能的卓越诗人,蒲柏并没有简单、机械地模仿和照搬古人的作品,而是在吸收和继承古代优秀传统的基础上,凭借着自己精湛而高超的作诗技艺，创造性地丰富和发展了前人的思想和艺术。值得注意的是，自然、和谐与秩序思想作为重要而突出的思想，在《温沙森林》对于大自然的描写和对历史的回顾中已经初步显露，而《论批评》虽然是对于各种文学创作原则和各类诗歌批评方法的议论，但相似的思想内涵在《论批评》中却得到了延续和扩展。可以说，《论批评》是作者从艺术的领域里所表达的一种和谐与秩序观念。这两部作品中所包含的自然、和谐与秩序思想，最终在伦理学的视域里相遇并得到了重合。

第一节　"自然"是检验艺术的最终标准

在《论批评》里，蒲柏主要阐述和表达了他的审美理念和艺术见解，探讨了如何协调好各种诗歌创作原则以及批评观念之间的关系问题。在论述如何继承与运用各种不同的诗歌创作和批评方法时，他重点强调各种对立因素的和谐统一。蒲柏在《论批评》中明确提出了他的艺术创作主张，即艺术要模仿"自然"。他认为，"自然"是艺术的源泉、艺术的目的，也是检验艺术的最终标准。也就是说，判断一件艺术作品的优与劣，关键就在于考察它是否合乎"自然"，而有史以来所出现的各种不同或者对立的创作原则以及批评观念，最终都将统一于"自然"。

一　艺术模仿"自然"

在 18 世纪的英国，科学技术迅速发展，以牛顿为代表的新型资产阶级科学家在自然科学各个领域的新发现，激发了人们对大自然和宇宙的好奇和认识，从而也推动了思想界和文艺界对科学理性的推崇。整个 18 世纪，人们普遍抱有在这样的信念，即在科学理性的指引下，人类终于可以揭开大自然神秘的面纱，使它不在沉没于黑暗之中；于是，人们不再对大自然的奇迹迷惑不解或惊讶不已，而是用理性的明灯去照亮它，寻找出它的规律和法则。

纵观 18 世纪英国诗歌发展的前二十五年，我们发现，文学的主流是纯理性的，古典主义风格的诗歌是这一个阶段文学的主导形式。洛克作为英国 18 世纪思想界的核心人物，其反对宗教狂热，主张用理性分析自然、看待世界的观点，对于重理性和规范的英国新古典主义的产生与发展起到了很大作用。新古典主义在英国作为一股文学和艺术潮流，开始于 17 世纪后期大诗人德莱顿（John Dryden，1631－1700），到 18 世纪初前几十年发展得更加成熟。其主要代表人物包括蒲柏、约翰逊、斯威夫特等人。蒲柏刚刚步入创作生涯的 18 世纪初正值西方启蒙主义所代表着的理性时代降临，因此，他在文学创作上主要遵循新古典主义的创作原则，这与当时提倡理性的价值取向和社会趣味是合拍一致的。

新古典主义之所以被称作"新"，首先是因为它产生在 17 世纪那个"新"的时代，是对以亚里士多德、贺拉斯等人为代表的西方古典文艺思想传统的继承。而且，它是在以笛卡尔为代表的理性主义哲学思想基础上而产生的，因而也带有其"新"的特征和意义。① 新古典主义崇尚理性、重节制，讲究形式与规范，内容以说教和讽刺为主。新古典主义的两大理论基石是自然和理性，它追求用理性驾驭作品，主张艺术要模仿自然。这里，所谓"自然"，指的是自然天生的人性，而在新古典主义者的眼里，古代流传下来的优秀文学作品就是表现自然人性的典范，值得后人学习。

蒲柏的《论批评》在创作方法上采用了诗论的体裁——即以诗论文的形式，而诗论这样的体裁开始于古罗马文艺批评家贺拉斯。后来，法国新古典主义文论的立法者布瓦洛写作的《诗的艺术》，也正

---

① 参见张玉能主编《西方文论》，武汉：华中师范大学出版社，2002，第 79 页。

是对贺拉斯著名的《诗艺》的模仿和继承。同样，蒲柏的诗歌创作思想深受古希腊罗马思想家和文论家亚里士多德、贺拉斯，以及法国新古典主义的代表布瓦洛等人的影响，主要遵循新古典主义创作原则。

在《论批评》的第一部分，蒲柏就明确指出，艺术来源于自然，艺术要模仿自然：

> 正确无误的自然，神圣而辉煌，
>
> 永恒而清晰地普照大地，是它的光芒，
>
> 它给予万物以美，力量和生命，
>
> 它是艺术的源泉、目的和检验艺术的标准。(70-3)[①]

一直以来，在西方主流传统文化中，人们普遍认为，真正的艺术应当是模仿真实和自然的结果，自然是艺术的源泉，也被当做检验艺术的最终标准。"自然"观念自亚里士多德、柏拉图，甚至在更加古老的时候就开始出现了，它作为普天下永恒不变的规律，规定了宇宙万物的运行轨道和神圣秩序，文学、艺术当然也不能脱离这种既定秩序的规律。然而，值得指出的是，新古典主义眼中的"自然"是一个被概念化了的抽象名词，并非单指外部大自然环境，而是指自然法则（natural Law），它主要是指自然天生的人性，即人情事理之常。因此，从某种意义上说，合乎自然就是合乎人的常理或理性。也就是说，艺术作为对自然的模仿，其本身便携带了人类普遍的思想、情感和趣味，它能够被每一个具有理性的人所共同理解和欣赏。

新古典主义提倡学习和模仿那些古人立下的艺术创作原则或批评规范（RULES, 88），其理由就是，这些原则或规范是古人通过对自

---

① Butt, John, ed. "Essay on Criticism", *The Poems of Alexander Pope*. London：Methuen & CO LTD, 1963, p. 143. 以下在文中凡出自该书的引文，均按照此方法直接在引文后注明章节数和诗行数。中译文除了已经作出标注了的之外，均为本文作者自译。

然进行了理性的观察之后才发现的，其本身就代表着"自然"，只不过是经过了梳理和总结之后的"自然"（Nature Methodiz'd, 88）。而且，这种"自然"如同"自由"一样，是受到某种规律或法则所限定的，因为自然本身就代表着某种恒定的秩序原则。

诗中强调，古希腊留下的宝贵经验和优秀传统是极其重要的，值得我们后人学习、借鉴和模仿。他们那些已经确立了的、有效可行的规则，可以教导我们在艺术创作和批评中如何把握自如、得体和恰当。

比如说，古典文学中的某些权威人士，如荷马、维吉尔等，都是模仿自然、遵循自然的先贤，他们的作品本身都是符合自然法则的典范之作。而蒲柏本人，就是模仿和学习古人的绝好榜样，他这样告诫我们：

> 人们要追寻着正确的方向做出判断，
> 认真研究每一位先哲的优点和特征，（118-9）

作者郑重地告诉人们，荷马的诗歌作为西方古代文明留下的宝贵遗产，是值得后人学习和借鉴的极好榜样，所以"要日日朗读，夜夜思忖"。（124-5）

诗歌还提到了维吉尔。年轻时候的维吉尔头脑敏锐、思想开阔，他不甘心拘泥于先辈批评家们制定的那些条条框框，决心要从自然中吸取养料，创作出不朽的作品。然而，当他仔细研读自然和古典作品的每个细节部分之后，才惊讶地发现，原来，"自然与荷马是完全相同的！"（Nature and Homerwere the same, 135）于是，他便得知，模仿了荷马作品，就等于模仿了自然。从此以后，维吉尔在他的创作中悉心学习和研究，以荷马为榜样，用古典规范来约束和驾驭自己的作品。于是，他得出这样的结论：

从此把古代规则来信奉,

模仿自然就是模仿他们。(139-140)

蒲柏在文学创作上遵循新古典主义思想原则。他的《论批评》模仿和推崇古代希腊、罗马的文学大师们的艺术创作和美学原则,把他们的作品视为诗歌艺术最优秀的典范,认为诗歌的任务就是模仿自然。但是,这里的"自然",在古典主义的诗歌创作中是以美化了的形式出现的;就是说,凡是畸形、丑恶、怪诞的东西是不能入诗的。接下来,在对众多的诗歌创作原则以及各种批评观念的探讨中,蒲柏对于如何把握它们之间的关系以及怎样作出正确的艺术判断,进行了有力论证并给出了明确回答,那就是,顺应"自然",把"自然"当做判断一切的标准。

二 艺术的最终判断标准

《论批评》没有分章节来写,但根据所论述的内容可以划分为三个部分组成。第一部分从开头到第 200 行,指出了文学批评必须要做到客观、公正和准确,并提出艺术来源于自然,艺术要模仿自然的宗旨。在这一部分里,蒲柏还告诉我们,对于一个批评家来说,要对艺术作品做出准确无误、不偏不倚的判断和评价,是一件多么不容易的事情。

诗歌通过将多种文学创作原则与各种文艺批评观念结合在一起进行探讨,主要论述了"巧智"(Wit)与"判断力"(Judgment)、"古人立下的规则"(Rules)与"无名的优雅"(Nameless Graces)、"艺术"(Art)与"自然"(Nature)这几组相对应的概念,以及它们之间所形成的差异、冲突、张力与和谐。最后,论证了"自然"是如何成为艺术的最终判断标准的。

首先,诗歌论及巧智(Wit, 80)(或才气)与判断力(Judgment,

80）之间的冲突、矛盾和对立，并通过形象生动的比喻，巧妙地描述了巧智与判断力之间的微妙关系：

巧智与判断，宛如丈夫与妻子，
虽然相互扶持，却常发生冲突，（80-81）

诗歌中曾多处出现"巧智"（Wit）这个词，它有许多引申的含义。约翰逊博士（Samuel Johnson，1709-1784）在他编纂的《英语词典》中将之定义为："才智""想象敏捷"。① 在蒲柏的这部诗论中，它的含义获得更为广阔的延伸，但基本的意义不外乎"人的理性思考的才能、技巧和足智多谋"；而在某些艺术家或批评家那里，巧智的含义更加深入、细微和宽泛，它指"在谈话和写作中，思维及语言表达的敏锐、巧妙的联想，造成出其不意的效果，以使人的心灵获得震撼或愉悦"②。

从丈夫与妻子这一对矛盾统一体的形象化比喻中，我们看到了巧智与判断力之间既时常发生矛盾和争执，但更多的是互相需要、互相补充、相互支持，两者不可分离。巧智作为人的一种特殊才能，对于诗人来说是必不可少的，它意味着灵感、想象、创造和自由联想等诸多意思；但是，如果过度地使用巧智，就有可能造成偏颇。因为，判断是一种倾向理性的行为，如果没有判断力作为引导和控制，巧智就会像脱缰的野马一样偏离正确的轨道，导致坏的结果；而如果绝对服从理性的判断，死守固有的规范，又可能会束缚诗神——缪斯自由飞跃的翅膀。

上述矛盾引来以下问题的提出：诗歌创作以及文学批评究竟是应

---

① 参见安德鲁·桑德斯《牛津简明英国文学史》，谷启楠等译，北京：人民文学出版社，2000，第418页。

② Gooneratne, Yasmine. *Alexander Pope*. London：Cambridge University Press, 1976, p. 2.

当遵从古典权威，从而获得符合理性的原则和判断标准，还是超越固有的规范与教条的约束，充分发挥天才、灵感、想象和独创性？这便牵涉到应该在多大程度上把握和平衡两者之间的关系的问题，懂得什么时候该控制，什么时候可以放纵一下。这便形成了"固有的规则"与"无名的优雅"之间的矛盾以及它们之间的平衡与协调：

> 要了解博学的希腊人怎样运用规则，
>
> 懂得什么时候克制，什么时候狂欢。（92-3）①

这里，在抑制与放纵之间形成了一种对照和平衡，它似乎是对《温沙森林》中出现过的诗句"既不放纵，也不压抑"（Nor quite indulges, nor can quite repress, 20）的复述。所不同的是，《温沙森林》是针对大自然景物的观察和描写，而这里，则是对诗歌创作和批评观念的直接论述。虽然这两首诗所议论的是完全不同领域的对象，但是，它们却具有相同的思想内涵，即表达了一种对于平衡、和谐与秩序观念的肯定和追求。

因此，前人总结出来的创作和批评方法是很重要的，这就是所谓的"固有的规则"（Rules, 91）。比如，亚里士多德《诗学》和贺拉斯的《诗艺》，都是人类宝贵的文化遗产，值得后人学习、效仿和借鉴。他们在创作中立下的规则可以教导我们如何把握分寸，控制和调节"巧智"那富于幻想的翅膀，使它不至于飞得太高太远而失去明确的方向。然而，仅仅固守着古典诗歌的规范和传统是不够的。如果过分强调古人的绝对权威，将它们推向僵化，使之变成独断的规范，成为永恒不变的戒律，就会束缚了诗人的灵感、想象和独创性的自由发

---

① 诗歌第 92 至 93 行原文为：Hear how learn's *Greece* her useful Rules indites, when to repress, and when indulge our flights……参见 Butt, John, ed. "Essay on Critisicm", *The Poems of Alexander Pope.* London：Methuen & CO LTD, 1963, p. 146。

挥。这是因为,某种朦胧的、难以言状的艺术之美,需要拥有个人独特的品味和特殊爱好才能展现出来,仅靠千篇一律地效仿古典权威和法则是不可能获取的。由此,诗人充分肯定了艺术创作中个人的灵感与想象的重要性,亦即艺术的独创性。

蒲柏虽然主要受到当时流行的新古典主义的影响,在创作中遵循古典主义艺术的风格,但他对于新古典主义的理解和运用并不是墨守成规、故步自封的,而是采取一种比较宽容、开明和自由的态度和立场,他的这种美学思想和观点在《论批评》里有着充分的体现。蒲柏在《论批评》里阐述与表达了自己的审美观念和艺术见解,探讨了如何协调和平衡各种诗歌创作原则以及各种批评观念之间的关系,他追求"对立因素的和谐统一"。因此,蒲柏并不主张把古希腊以来的古典诗学推至僵化、绝对化,而是强调各种艺术审美原则以及各种批评观念之间的辩证统一。他不但强调古人立下的法则或规范的重要性,还充分肯定文艺的独创性。虽然蒲柏出生于17世纪后期新古典主义盛行的年代,从而深受古典思想的影响与熏陶,但是,他却成长于跨入18世纪的英国资产阶级启蒙思想开始滥觞的转折时期,这使得他的古典主义不可避免地携带着启蒙主义积极乐观、自由开明的思想特征和内在气质。他在自己后期写作的长篇哲理诗《人论》和《道德论》中,也开诚布公地宣讲了他的资产阶级启蒙理性思想和伦理道德方面的观点。

在艺术创作的广阔领域,诗歌如同音乐,有一种美是妙不可言、无与伦比、难以企及的,仅靠学习和遵守固有的戒律或准则无法获取。这种美就是所谓"无名的优雅"(Nameless Graces,144)。诗中指出,只有具备灵感、天才和想象,富于创造力和具有高超技艺的诗人(Master-Hand,145),才可以达到这般出神入化般的境界。因此说,在艺术创作中仅仅遵循古典规范是远远不够的。如果在创作当中采用某种特殊手段或称之为"特许"(LICENCE,148)的办法,就能够使艺术获得额外的魅力和力量,给艺术创作带来意想不到的效果，那么艺术家便被容许使用这些特权，并超越固有的规范。如诗歌中所说的那样：当某些手段可以使艺术作品尽善尽美，达到自然、和谐的境地，那么它们本身也就成为艺术的准则（Some Lucky LICENCE answers to the full, Th' Intent propos'd, that *Licence* is a *rule*. 148-9）。

但是，有时候由于人们被某些奇异、怪诞的风景所吸引和陶醉，因而受到迷惑、误入歧途，使得艺术创造超越和违反了普遍存在的自然法则或秩序（In *Prospects*, thus, some *Objectes* please our Eyes, Which *out of* Nature's *common Order* rise, 158-9），其结果并没有给艺术增添好的效果，反而会使应有的艺术规范遭到破坏。

因此，如果不是特别的需要，使用特权的时候必须小心谨慎，绝对不可滥用（Let it be *seldom*, and *compell'd by need*, And have, at least, *Their Precedent* to plead. 165-6）。批评家如果想要保证自己的名誉不受到损害，那他就绝不能丧失自己原则和立场，而必须对立下的传统批评规则坚定不移的遵循。

那么，什么才是判断艺术的最终标准呢？其实，诗歌在一开头就早已明确回答：

首先要信奉自然，决定你的判断

这是放之四海皆准的衡量标准！（68-9）

这里的"自然"一词全部用大写字母拼写而成的，即NATURE，作者对于此处的大写字母"自然"亦作了详细的注解：宇宙，以它的秩序、规则与和谐的面貌，反映了它的缔造者心目中那神圣的秩序与和谐。①

----

① Butt, John, ed. "Essay on Critisicm", *The Poems of Alexander Pope*. London: Methuen & CO LTD, 1963, p. 146. 原文为：The cosmos, which in its order, regularity, and harmony, reflects the order and harmony in the devine Mind of itd Creator。

自亚里士多德以来的西方传统文化中，许多的文论家、作家都强调艺术要模仿自然。人们普遍认为，真正的艺术就是模仿真实和自然的结果。"自然"是18世纪的重要主题之一。自然主义思想打开了通往科学世界的大门，人类从此有了新的启蒙，自然法和理性论变成人们越来越普遍的信仰，对于宗教也形成了一种普遍的宽容。蒲柏曾在写给牛顿的墓志铭中尽情歌唱了上帝的自然与自然法则，而"自然"作为一切的衡量标准，对于文学、艺术领域当然也不例外，被当做检验真正艺术的最终标准。

诗歌指出，艺术与自然并非是决然对立、相互排斥的两极，而是和谐的对立统一关系，这就是杂多的音符为何会构成最美的旋律的根本原因。宇宙间一切事物，包括文学艺术在内，都是受到自然规律支配的产物，也都必然在普遍自然秩序的轨道上运行。"自然是由联合对立物造成最初的和谐，而不是由联合同类的东西。艺术也是这样造成和谐的，显然是由于模仿自然"。[①] 在"自然"这个总指挥的协调下，各种艺术创作原则和批评观念相互补充、互相包容，和谐相处，从而形成一个由各种不同因素共存和并置的张力场。

正是基于此种对于"自然"的信念，作者关于宇宙和谐与秩序的思考得到了充分的显露和展现，表现出他积极的乐观主义态度，他满怀自信地断言：

> 看，智者们各自带来了自己的思想；
> 听，众声喧哗中回荡着和谐的乐章！
> 汇集所有不同的声音奏出合理的颂赞，
> 共同凝聚成普天下人类共同的大合唱。（185–188）

---

① 北京大学哲学系美学教研室编《西方美学家论美和美感》，北京：商务印书馆，1980，第15页。

这里描写的情形与我国古代唐朝文化繁荣时期所倡导的"百花齐放、百家争鸣"的文艺思想，是如此的相似，几乎可以相提并论了。众多的、各种不同的声音共同奏出了"和谐的旋律"（consenting *Poeans* ring，186），杂多的因素最终都统一于"自然"。

第二节　自然与理性的和谐统一

18 世纪初期建立在理性主义之上的价值观念和道德理想，反映到了文学、艺术的广阔领域，并出现了空前的繁荣景象。蒲柏等人在文学创作上遵循新古典主义的思想原则，较好地迎合了当时提倡理性的主流社会的趣味。人们普遍认为，合乎自然的就是合乎理性的，从而也就是合乎道德的。

新古典主义作家们模仿和推崇古代希腊罗马文学大师们的艺术原则和美学方法，把他们的作品视为诗歌艺术最优秀的典范，认为诗歌的任务就是模仿自然。不过，他们说的"自然"，是条理化了自然，即是在理性观照下的自然。

其实，对理性的追求早在 17 世纪英国王朝复辟时期就已经开始了。古典文学里的传统道德模式和理智、平衡的特点反映了资产阶级在革命激情过后的一种反思和矫正，它其实是对 17 世纪巴洛克以及罗可可这类艺术的夸饰、浮躁以及滥用感情倾向的反动。正如蒲柏在《论批评》中指出的，一个好的作家或者合格的批评家就应该具有优雅、纯正的审美趣味，而那些奇思怪喻、冷僻夸饰的东西都是违反自然、低级品味的，从而也是不道德的。概言之，自然与理性的和谐统一才是艺术追求的最高目标。

一　"正确的理性"

《论批评》的第一部分已经表明，"自然"可以作为一切的衡量准则，文学批评的最终判断标准就是看是否遵循自然。然而，要真正做出正确、无误的判断并非一件容易的事情。这是因为，人性中有许多弱点，往往会阻碍和遮蔽人的视线，使人认识不到自然的真正面貌和自然客观规律，从而往往不能做出准确无误的判断。因此，《论批评》的第二部分（第 201 行至 559 行）详细描述了人容易犯下的各种错误，并分析了人性中的种种缺点，最后指出，判断正确的途径就是要具备"正确的理性"（right Reason，211）。

诗歌首先提到，"骄傲"（Pride，204，206，209）作为一种"极端的恶行"（the *never-failing Vice of Fools*，204），产生于人的固执和愚蠢，是批评家特别要提防和避免的，如下：

> 众多的因素蒙蔽人们的心灵，
> 使我们判断失误，愚蠢无知。
> 头脑空虚、内心顽固的骄傲，
> 是愚人们无法躲避的罪过。
> ……
> 当智慧丧失，骄傲乘虚而入，
> 人变得昏庸空虚，理智全无。（201–210）

作者在此告诫人们，要时时保持清醒和警惕，千万不要被骄傲冲昏了头脑，从而丧失理智，做出违背自然、违背真理的蠢事。因为，神圣的宇宙秩序是不可动摇的，万物都有其固定的地位，如果人产生骄傲情绪，企图超越上帝给他安排的位置，就违反了自然，就会产生错误的观念和认识。

这时，蒲柏明确指出，运用"正确的理性"是人们认识自然、遵循自然的有效途径。它不仅仅是一种智力才能，更与人的道德能力有关，即人能够正确认识自己在宇宙中所处位置的能力。在理性的正确引导下，人们才能够正确认识自然的真谛，从而认识真理，对艺术做出准确的判断：

> 让正确的理性驱走乌云的阻挡，
> 真理如同阳光的照亮不可抵抗；
> 不必盲目自信，认清自己的不足，
> 充分利用朋友的优势，包括仇敌。(211-4)

骄傲会让人看不到自己的愚昧和无知，使人产生自大、自满情绪而犯下各种错误。因此批评家要运用恰当、健全、正确的理性，来驱赶遮蔽人们头脑中的乌云，不要过于盲目相信自己的主观判断，而要虚心听取来自各方面的意见，并认识到自己的片面和肤浅。

接着诗人列举和嘲笑了由骄傲而引起的人的种种缺点和错误。比如，"才疏学浅"（A little Learning，215）就是一种很危险的事情，它因人的头脑不清醒、缺乏理性而引起，是容易造成判断失误的因素之一。求学问最忌讳的就是一知半解、浅尝即止，不进行深入研究。如下：

> 一知半解的学识包含很大危险；
> 痛饮它吧，否则别沾缪斯的灵泉：
> 浅尝轻饮只会令人眼花头晕，
> 开怀畅饮却使我们恢复清醒；① (215-9)

这里，作者把写诗或诗歌批评形象地比喻为汲取"诗才的泉源"——诗泉（Pierian Spring，216）。他告诉人们要尽情畅饮诗泉，

---

① 译文引自安妮特·T. 鲁宾斯坦《从莎士比亚到奥斯丁——英国文学的伟大传统》之一，陈安全等译，上海：上海译文出版社，1987，第258页。

才能够理智清醒。如果浅尝即止，没有真正深刻地去体会和研究，就贸然下结论，那只会作出不公正或错误的判断。

除了才疏学浅或一知半解的缺点之外，还有"狂妄自负"的错误（Conceit, 289）值得我们警惕和避免。由于狂妄自负，有的人局限于自己的偏好，恨不能把每一行诗、每一个词句都装点得富丽堂皇、绚丽夺目。这种做法只是为了满足一时的快感，而没有注重一件作品在整体上的平衡、协调和适当。他们滥用巧智，盲目地堆砌华丽的辞藻，从而造成混乱不堪的局面。从前面我们讨论过巧智与判断的关系得知，在文学艺术创作中，巧智是指一种思维敏捷、富于想象的状态，它尤其是指通过将思想与意象结合，从而产生出其不意的效果。它的特征就是独创性，是诗人在创作瞬间迸发出来的想象和灵感。它作为诗歌的一种极其重要的品质，具有极强的不确定、不可预料的特性，因而也是最难以把握得当的一种技巧。对于巧智，如果运用不恰当，就会像蒲柏的前辈德莱顿所说的那样："巧智堆砌必定走火入魔。"[①]（Great Wits are sure to Maddeness near ally'd, 163）蒲柏在这里也提到"一堆耀眼混乱的疯狂巧智"（One glaring Chaos and wild Heap of Wit, 292），与德莱顿的诗句异曲同工，几乎就是对德莱顿诗句的诠释和再现。这"一堆耀眼混乱的疯狂巧智"，其实就是违背了自然、理性与秩序的基本要求，是混沌、愚昧和堕落的体现。如果批评家狂妄自负，认识不到这一点，就不可能对艺术作出正确判断和评价。

因此，在谈及"真正的巧智"以及与自然是如何和谐相处时，蒲柏这样铿锵有力地说道：

　　　　巧智是将自然精心装扮，

---

① H. T. Swedenberg, JR. ed. "Absalom and Achitophel", *The Works of John Dryden* (VolI, Poems, 1681–1684). University of California Press, 1972, p. 10.

平常的思想，绝妙的表达。（297-8）

"巧智"就是将自然的原料和素材在人的头脑里进行加工和提炼，使之成为更加适合文学、艺术的特殊需要。在文学艺术的创作与批评中，人们需要运用巧智来洞察自然界的一切事物，揭示隐藏在其中的各种奥秘和规律，并赋予自然以更新的活力和美感。在巧智的引导下，我们才可以更为真切地感受和领略到自然的魅力，并使我们的心灵在对自然的感动和震撼中得到陶冶与提升。[①] 因此，所谓"真正的巧智"（True wit，297）指的就是艺术家在创作中真实地反映了自然的结果，它离不开自然，与自然相辅相成、不可分割。

还有许多其他可以导致艺术判断失误的因素存在。比如，不事先仔细考察和判断作品的好坏，就在头脑中产生"偏见"（conclude by precedent，410）。这种先入为主的偏见使得批评家只考虑到写作者本人的身份和地位，而不是根据他的作品来进行分析和判断。这样，他的批评就不是针对艺术作品本身的好坏，而是根据该作品的创作人而言，这当然会造成判断上的严重偏差。

还比如，有些人缺乏主见，为了附和别人的意见，对于他们刚刚表扬过的东西，过一会又开始责备起来。这说明他们盲目追赶潮流，人云亦云，没有自己的批评原则，从而造成他们难以作出准确、自信和坚定不移的判断（Some praise at Morning what they Blame at night; But always think the *last* Opinion *right*，430-1）。

从以上诗歌对某些批评家的种种盲见和错误的描述和批驳，我们

---

① 有关蒲伯对于"巧智"的多重运用，胡克先生在他的著名论文中作了精辟而独到的论述，本文这里采用了他的部分观点，详见 Hooker, Edward Niles. "Pope on Wit: The Essay on Criticism", *Eighteenth-Century English Literature: Modern Eassys in Criticism*. London: Oxford University Press, 1959, p. 53。

得知，批评家在对艺术作品做出每一个判断的时候都必须遵循自然，都要善于从作品中发现自然的规律和秩序。他需要时刻牢记，上帝是整个自然的创造者，是最大的艺术家，他安排和控制着宇宙普遍存在的神圣秩序，而作家和诗人的任务就是模仿自然，并运用真正的巧智来重新塑造和梳理自然，因为自然的就是理性的。那么，文学批评必须要在理性的指导下进行，如果人失去了理性的正确指导，就会导致他的批评和判断违背自然，违背真理。总之，要做出准确判断，就必须认识自然、遵循自然，而要实现这一切，就首先要具备正确的理性。

二 自然与理性的整合

18世纪欧洲新古典主义的主要阵地是在法国。尽管各国新古典主义有着共同的思想基础，但在不同的历史阶段和不同的国家和地区，其反映的特征也是不尽相同的。在18世纪初的英国，启蒙主义比新古典主义对于理性的理解更加开明、更加自由。启蒙主义者眼中的理性，是指一种引导我们去发现真理、确定真理、具有独创性的理智能力。由于启蒙思想给新古典主义注入了新的时代内涵，这使得英国的新古典主义区别于法国新古典主义所信奉的唯理主义。在这种思想倾向的影响下，蒲柏虽然主张遵循古代权威或规范，但并没有对古代权威顶礼膜拜、推举至极，他不排除在遵守一定规范的范围内充分发挥想象和独创性。他本人的新古典主义文艺风格，就携带有鲜明的启蒙主义思想特征，因而没有陷入僵化和保守。他承认，在理性的引导下，灵感和独创是诗歌不可缺少的必要条件。当然，支撑着他的创作思想乃至他整个意识形态的重要支柱，仍然是在理性观照之下的自然、和谐与秩序观念。对于他来说，艺术要做到判断正确，就必须具备正确的理性；而要拥有正确的理性就必须认识自然，遵循自然，这是永恒不变的道理。因此蒲柏强调，自然与理性的内在和谐与统一才是最重要的。

为了说明艺术判断如何才能够做到自然与理性的和谐统一，蒲柏提出了具体可行的办法和条件。他首先指出，要做出一个正确、公正和完美的批评，批评家必须具有与写作者本人相同的情感、智慧和气质（233-4）。这样，批评家才能够对艺术家创作的作品感同身受，从而对其做出正确理解和评价。

接着，蒲柏再次提到巧智。既然自然是我们准确判断事物的最终标准，那么只有遵循了自然的法则才能够称得上真正的巧智。比如，从艺术作品的结构来说，真正打动读者、使人的心灵受到感染和震撼的文艺作品，并不是因为其某个局部的突出和巧妙，而是各个部位的搭配适宜、结构完美，整体构造上的和谐一致。因为，只有从作品的整体结构来进行考察，才是符合自然规律的要求。这就好比我们欣赏与衡量一个美人的标准，不是单单只看她的嘴唇，或是她的眼睛，而是要看她是否身材匀称、五官协调，一句话，要根据整体效果来做出判断，如下：

> 巧智如同自然一样触动着心灵，
> 并不在于作品的某个特殊部分；
> 不单是嘴唇或眼睛可以称作美丽，
> 是整体的搭配产生出整体的意义。（243-6）

对于一部作品做具体的艺术审美批评，批评家还有一个任务，就是要考察它的体裁或者样式是否适宜，即作者的风格是否依照了传统规范。一旦确定了作者的创作风格，批评家就可以考察作品的体裁或样式是否符合读者的期待视野，是否恰当、得体，是否遵循了传统固有的规范。这就是说，诗人是否运用传统体裁进行创作，是判断他是否遵循了固有规范的基础。因为，不管作品各个局部因素是如何惊艳夺目,都不会单独产生非凡的效果。但如果将它们都和谐统一起来,形成一个整体,就能展现出真正的、令人震撼的美(All comes united to th' admiring Eyes; 250),并得到人们的一致赞赏。这就是说,任何局部的畸形、冷僻、怪异和夸饰等,都是不可取的。一句话,既要大胆、鲜明,又要匀称、规则,要从整体上协调一致,如下:

> 没有哪个局部能够独擅其美;
> 每个部位恰当搭配才能熠熠生辉;
> 长、宽、高都不要夸张超越;
> 整体上既独特大胆,又匀称和谐。(249-252)

诗人这时指出,当我们从诗歌的体裁或类型是否适宜的角度来进行判断时,我们便有了判断的具体标准,即构思、语言和技巧。在这三个要素中,构思占据最重要的地位。构思意味着对作品整体结构的考虑,它包含了各个局部的协调一致,由每一个事件、每一个意象、每一个细节组成。这样一来,批评家如果要真正做到公正地对待每一件艺术作品(包括诗歌),就要观察它的整体效果,要看各个组成部分是否和谐一致,是否结构完整、符合自然,而不应该挑剔某些细节上的毛病。合格的批评家不但要具备批评的技能,而且还必须用心去感受和体会:

> 观察整体,不刻意吹毛求疵,
> 顺从自然,让喜悦温暖心灵;(245-6)

当自然与人的心灵被作为探讨和评价艺术的共同基石时,美学与伦理学便有了契合点,艺术美和道德美从而达成了内在同一性。

诗人指出,那些对权势阿谀奉承而屈从于某种特殊用途的艺术作品却受到了某些批评家的偏爱，他们这样做是为了满足某种局部的利益，其结果损害了整体的效果，牺牲了整个艺术作品的价值，因小失大、本末倒置，从而是既违反自然又违背良心的行为。

因此作者告诫人们，"要避免走极端"（Avoid *Extreams*，384）。就是说，凡事不能过度、走极端。对于任何事物都不要过于偏爱，也不能过分鄙视。如果因为局部的某个小毛病不顺眼，就对整个作品乃至作者本人大肆嘲笑或加以讨伐，那样的做法只能表现出一个人极端的傲慢（Great Pride，384）和缺乏理智（Little Sense，384），如下：

> 要避免走极端，不要犯这样的错，
> 要么大肆吹捧，要么极力奚落，
> 在每一件小事上都斤斤计较，
> 只会是表现你的傲慢与可笑。(384-7)

总之，只有当"自然与明智"（Good-Nature and Good-Sense）携手并肩，才能达到真正和谐与统一，因为：

> 自然与理智必须永远相辅相成，
> 人类犯错不断，上帝包容万象。(524-5)

诗句几乎与中国的一句老话意思接近：人非圣贤，孰能无过。在这个流传久远的著名诗句中，作者殷切希望，人类可以最终将自然与理性永久地协调、统一起来。虽然人的自然属性使得他难以避免犯错，所幸的是，上帝（Divine，525）作为自然的化身，代表着宇宙神圣的、不变的秩序，他能够包容和宽恕人的罪过，在自然秩序（上帝）这只无形巨手的指挥与调节下，世界上种种矛盾、复杂和无序的现象，最终都将纳入永恒、和谐的秩序之中。

《论批评》第二部分曾几次提到人的"骄傲"；而"骄傲"一词的引入，给整篇诗论注入了道德的内涵。骄傲是人的所有错误当中最主要、最顽固，也是最难以克服的一种恶德，它使人丧失理性的引导，从而背离自然的要求，并阻碍人们做出正确、理智的判断。那个时代的人们普遍继承了文艺复兴以来的机械唯物主义自然观，他们认为，人性与自然具有同构关系，骄傲作为人在某个上层建筑领域表现出来的过错，在其他领域也会体现为相似的错误。因为，社会意识形态的各个方面是密切相关的，思想意识在某一个方面表现出来的特征，都有可能是其他任何一个领域的侧面投射。因此，对于一个艺术家或批评家，假如他的艺术判断没有得到理性的引导而违背了自然，或没有把理性与自然结合起来，这种行为反映到道德的领域，就意味着他不能够正确认识自己在宇宙中的位置，从而产生骄傲，并超越了固有的伦理规范。人的骄傲是所有恶行的源头，由骄傲滋生出来的种种缺点和过错，也都不能超越道德范畴的规定。

在诗歌的第二部分，"骄傲"作为一种在艺术批评和判断时所容易犯的错误，在随后的论述中逐步演变成为批评家本人的道德缺陷。这种在意义上和指向上的微妙变化，即这种从艺术领域向道德领域的隐形转移，使得作者从第二部分对于造成艺术判断错误的种种原因的探讨，平缓而自然地过渡到第三部分对批评家应该如何表现德行的论述。于是，第三部分谈到了对于一个合格、理想批评家的道德要求，它开头一句就直截了当地提出："要了解批评家应该表现怎样的品德"（Learn then what MORALS Criticks ought to show, 560），从而使诗歌从对于文艺批评标准和方法的议论，进入到了对审美的伦理基础的探讨。

第三节 审美的伦理基础

众所周知，启蒙主义哲学家和作家把宣传启蒙思想当做改造社会的最重要途径，把文学看做是教育社会各个阶层的有力武器。启蒙文学中所表现的理性指的是人类发现真理、认识真理的自然能力，因而也是指人与社会在伦理、道德方面的理性，具有社会价值、道德价值和审美价值的内在统一性。这是因为，文学"作为进步阶级活动的调节器的价值成为真正的价值，符合整个社会的利益，符合社会的进一步发展并同时符合道德的进步"。① 蒲柏的诗歌创作及其创作思想正是这种思想背景的结果，他的《论批评》是一部用韵文的形式写成的哲理诗，旨在对艺术审美方面的问题进行探讨，但同时也对人们进行的劝导和启蒙。

"伦理学研究一定时期伦理关系形成和发展的规律性，通过对必然性的认识和把握实现人的意志自由和合理的社会秩序"。② 18 世纪西方伦理学作为一门关于人性与社会的学科，主要研究人与自然、人与社会、人与宇宙之间的关系问题，并将这些关系置放到整个宇宙自然和秩序中来考虑。近代西方是崇尚自然科学的时代，在自然主义潮流的影响下，"自然"的概念影响并决定着社会意识形态的各个领域，成为衡量各种伦理关系和道德价值的标准。自然主义者认为，凡合乎自然的就是善，不合自然就是恶，合乎自然的就是道德的。因此，艺术模仿自然才是真实的，而合乎自然的也才是合乎道德的。

剑桥著名批评家 F. R. 利维斯认为，纯文学是不存在的，文学与认识与社会是没有界限的。文学作为一种艺术形式，它典型地、集中地反映了人类社会道德现象，描写了社会存在的道德矛盾和冲突。它利用自身的特殊功能把人类社会虚拟化，把现实社会变成了艺术的社会。因此可以说，文学是"一种富有特点和不可替代的道德思考形

---

① 斯托洛维奇：《现实中和艺术中的审美》，凌继尧等译，北京：三联书店，1985，第97页。
② 宋希仁主编《西方伦理思想史》，北京：中国人民大学出版社，2004，第2页。

式"，^① 不可能与道德无涉。"就文学的性质和自身的特点来看，它也同伦理学有着内在的逻辑联系。文学描写社会和人生，始终同伦理道德问题紧密结合在一起"^②。这就为我们理解《论批评》中将艺术审美和艺术判断最终上升到对批评家的道德评价和思考，提供了理论参考和依据。

一 "寓教于乐"与音义结合

亚里士多德在他的《诗学》中提出，悲剧具有净化或陶冶人的思想、情感和灵魂的作用。他指出，悲剧（也就是指文艺）通过使人的不良情感得到宣泄，而使他的心理获得健康，对社会道德产生良好的影响。亚里士多德的"悲剧"理论是对柏拉图否认文艺的社会功用说的反驳。同样，贺拉斯在对年轻人谈论文学创作经验时，也强调了文学的开化和教育作用，并提出了著名的"寓教于乐"学说。"寓教于乐"是指反对一种强迫性的道德说教，而主张道德教益寓于审美愉悦之中。^③

18 世纪欧洲资产阶级启蒙主义者继承了古代理性主义文艺思想的传统，认为文艺应该采取积极入世的态度，对社会和公众产生宣传、教育和启蒙作用。人是艺术活动的最终目的，只要文学描写人、人性和人类社会，就必然涉及对伦理、道德问题的关注和探讨。比如法国启蒙思想家兼文艺评论家狄德罗就强调过文学在进行思想启蒙时的重要性。他从唯物主义的认识论出发，充分肯定了文学的移风易俗、教育人心的作用。他特别看重文学、艺术的社会效果和教化作用，认为艺术借助想象的作用，可以使理性判断转化为感人的艺术形象，因此，文学艺术可以成为启发心灵和思想、传播理性和道德理想的工

---

① 转引自聂珍钊《关于文学伦理学批评》，《外国文学研究》2004 年第 5 期，第 18 页。
② 参见聂珍钊《关于文学伦理学批评》，《外国文学研究》2004 年第 5 期，第 19 页。
③ 亚里士多德、贺拉斯：《诗学·诗艺》，罗念生、杨周翰译，北京：人民文学出版社，1984，第 164 页。

具。他说："倘使一切模仿性艺术都树立起一个共同的目标，倘使有一天它们帮助法律引导我们热爱道德而憎恨罪恶，人们将会得到多大的好处！"① 狄德罗认为，一部作品的价值，首先是由其真和善决定的。为了使作品更好地表现真理和美德，他还特地强调作家和艺术家要注重自身的道德修养。

虽然《论批评》是对文学创作原则和文学批评方法的论述，但作者最终上升到了对人性、社会和伦理道德方面的考察，使道德的价值成为衡量和评判艺术价值的基础。就这样，蒲柏将他对于艺术创作和艺术判断的探讨，置放到他有关于人性和社会的整个思想体系中，从而将伦理学作为他思考和解决一切问题的起点和基石。

诗歌中谈论到，大多数批评家只根据韵律来判断诗歌。对于他们来说，诗歌旋律的流畅或粗野就是区别诗歌好坏的唯一依据。比如，缪斯女神是集千种魅力于一身的诗神，那些愚蠢的人只知道羡慕她那悠扬的嗓音，但他们没有意识到，音调的谐美只能取悦于他们的耳朵而对于他们的心灵的提升却于事无补。这就好比某些上教堂做礼拜的人，他们主要目的不是去倾听牧师宣讲的教义而只是为了欣赏里面的音乐一样，这就违背了宗教的主要目的，忽略了宗教本身具有的道德熏陶作用。（Not mend their Minds; as some to *Church* repair, Not for the *Doctrine*, but the *Musick* there. 341-3）。这里对于去教堂听经的人们所进行的形象化比喻向读者暗示，好的文学作品应该是既要使人感到愉悦，又必须给人以教益，要将道德与审美有机地结合起来。

"寓教于乐"的宗旨是要求将思想与艺术有机融合起来，因此蒲柏特别指出了诗歌艺术形式的重要性，他尤其讲究诗歌的音律与意义的结合。在下面两句著名的诗行里，他提出了音义结合的标准，成为

---

① 狄德罗：《狄德罗美学论文选》，张冠尧、桂裕芳等译，北京：人民文学出版社，1984，第138页。

界定音义关系的名句:

> 只是无令人不快的粗糙不成,
> 得让音韵听起来像意义的回声。(364-5)①

　　这里,"得让音韵听起来像意义的回声",意思是诗人或批评家不能一味地考究音韵,而不顾意义的表现,即因词害意。诗歌的韵律必须追随诗意而行,声音必须反映意义。为了说明这一点,诗人接连举出了好几个自然现象如微风、溪流和波涛,并结合一些神话典故,来作为示范的例证,告诉读者应该如何通过诗句的声音和节奏来体现其与意义的巧妙结合。请看:

> 微风习习轻吹出柔软的声音,
> 溪水潺潺却是如此流畅动听。
> 当汹涌的波涛拍打着海岸,
> 诗行也应该像怒吼的狂澜。
> 埃杰斯用力抛出沉重的磐石,
> 诗行缓慢,诗句读来也吃力。
> 当飞毛腿卡米拉飞过原野禾不弯,
> 滑过海面不沾水,诗行也应改变。(366-373)②

　　这一段充分表现了蒲柏作为一位语言艺术大师的才能。开头的两句描写微风、溪流,这里连续使用的 's' 的音,形成头韵,给人以

---

① 译文引自何功杰主编《英美名诗品读》,潘莉译,何功杰校译,上海:上海交通大学出版社,2002,第 79 页。

② 译文引自何功杰主编《英美名诗品读》,潘莉译,何功杰校译,上海:上海交通大学出版社,2002,第 79 页。诗歌原文参见 Butt, John, ed. "Essay on Man", *The Poems of Alexander Pope*. London: Methuen & CO LTD, 1963, p. 155.

轻盈、柔软、细致的感觉。接着第 368 行至 369 行，利用拖长的元音使诗句的节奏听起来凝重、缓慢，以体现波涛的起伏、汹涌和澎湃。作者在以五音步抑扬格为主要诗体形式的基础上，巧妙地对诗句进行了长短的调节并使之变化，以适应意义的需要。后面四句利用神话故事里的人物和行动来表现声音与意义的同步。埃杰斯（Ajax）举起沉重的巨石奋力投掷，动作显得艰难、沉重，因此诗句也在双元音和长元音的连续交接中进行，节奏迟缓，读起来也感觉吃力。而紧接着下来的两行描写卡米拉（Camilla）步履的轻盈、迅速，如飞驰一般，节奏突然间变得轻快、急迫。诗句读起来也随即变得流畅、平滑，同时也加长，由原来的每行五音步，变成了六音步。而在朗读时，六音步诗句为了与前面的五音步诗句在相同的时间内完成，就必须得加快速度。不仅如此，卡米拉在原野上飞快地掠过谷田，却没有压倒一排排向上挺立的谷苗，给读者产生的视觉效果更加突出和加强了其动作的迅速和快捷。在声音和动作的不断交替、变化中，意义不断地获得生成与叠加，不断地得到扩展与延伸。这两行诗的音义结合得非常紧密，是全诗表现音义结合的典型例句。

那么，我们得知，为了让文学、艺术实现"寓教于乐"，达到真正教育人的目的，就要使人在不知不觉中接受道理，得到启发。因此，诗中提出，在传授给人知识的时候，要好像是在提醒他早已明白的、但忘记了的东西（Men must be *taught* as if you taught them *not*；574），这样才能使人在不经意当中乐于接受教育和训导，而不会产生抵触情绪。批评家和艺术家假如拥有良好的教养（*Good Breeding*，546），他便拥有了正确的理性，从而能够做出正确的判断，使自己宣讲的道理被人接受。

也许，有人会认为蒲柏所宣讲的思想和道理太浅薄、太平庸，也太普通，不过是一些在社会上流传的陈腐观念。诚然，蒲柏只是一位诗人，而不是哲学家，他的诗歌也并不是什么逻辑严明、洋洋洒洒的哲学专著。但是,蒲柏认为,作为一名诗人,他的作用和任务就是用真实感人的艺术形象和生动活泼的诗歌语言去打动和启发读者,以达到宜情和教益的双重目的。英国文艺复兴时代杰出诗人和学者菲利普·锡德尼(Philip Sidney,1554-1586)曾经说过:所有一切人间学问的目的之目的就是德行;而诗的确是最能阐明德行和感动人去向往它的了。① "诗比一般认为的也能导致德行的哲学和历史更为优越。在导致德行方面,形象比概念更容易接受、更有感染力,而写理想、写应该如此的、有普遍性的比写事实、写偶然的、个别的,更有鼓舞力,更能起深广的作用"。② 这恰如蒲柏在《人论》的前言中所说的:"用诗句写成的原理、箴言、格言等,更容易打动读者,也更容易让他记住。"③ 或许,人们难以理解或接受那些晦涩、枯燥、乏味的哲学道理或历史记载,但是,人们却轻而易举地记住了蒲柏那简洁、精炼、警句格言般的、具有辨证意味的诗行。这就是诗歌的妙用、艺术的魅力、文学的根本目的所在,正应了他在《论批评》中那著名的对句:"平常的思想,绝妙的表达。"④

这里所说的"平常的思想",并不是指思想本身的普通、平庸,而是指大多数人都能够理解和接受的学说和观念,它代表了人类共同拥有的、普遍的思想观念和情感。然而,诗人却通过简单、明快、对仗、朗朗上口的诗句表达出来,使人们读了过目不忘、广为传诵。这正是蒲柏主张将道德与艺术联姻的绝佳宣言和有力论证。

蒲柏的思想在许多方面都很好代表了英国18世纪的前几十年。

---

① 锡德尼、杨格:《为诗辩护·试论独创性作品》,钱学熙、袁可嘉译,北京:人民文学出版社,1998,第71页。

② 锡德尼、杨格:《为诗辩护·试论独创性作品》,钱学熙、袁可嘉译,北京:人民文学出版社,1998,第72页。

③ Butt, John, ed. "Essay on Man", *The Poems of Alexander Pope*. London: Methuen & CO LTD, 1963, p. 501.

④ Butt, John, ed. "Essay on Criticism", *The Poems of Alexander Pope*. London: Methuen & CO LTD, 1963, p. 153.

因此，文学史学家通常将英国文学史上的这一时期命名为"蒲柏时代"是比较贴切的。他强调人之常理和明智，怀疑和反对激情和狂热的支配，他信仰至高无上的理性、真诚和美德，并深刻认识到人的局限和弱点，这些都是他在文学创作中反映出来的道德理想和伦理观念，是他所处的那个时代的集中体现。

二　合格批评家的道德要求

从根本上说，《论批评》中所阐述的美学思想很好地体现了作者所属时代的审美精神。作者在对于文学创作和艺术批评的探讨中，始终面对的是社会和人生，从而使得他的这种对美学和艺术的思考和探索中，始终包含着一个深厚的伦理学基础。

第三部分从探讨造成批评家判断不正确的种种原因，转入到对作为一个合格批评家本人的道德要求的讨论中。前面已经谈到，作为批评家或艺术家，他还需要具备"良好的教养"，才能拥有正确的理性，作出正确的判断。这便对如何成为一个合格的批评家提出了双重的标准和要求，即他的学识和品德。

诗歌一开头就引入了讨论的中心要点，即"要认识到批评家应该具备什么样的美德"（Learn then what MORALS Criticks ought to show，560）。

　　　　　要认识到批评家所应有的品德，
　　　　这是做出正确判断的主要任务。（560-1）

这里清楚地告诉我们，对于一个合格的文学批评家，道德和品行的要求无时不在，且占据首要地位，品德（MORALS，560）一词全部用大写字母拼写以作为突出和强调。因此，必须要"弄清楚批评家应该具有怎样的品德"，因为，一个批评家即使具备了高雅的品位、敏锐的判断力和渊博的学识，仍然是远远不够的。他还要能够坚持真理，并具有公正、坦荡与直率的优良品德。（'Tis not enough, Taste, Judgment, Learning, join; In all you speak, let Truth and Candor shine, 562-3）在拥有了这一切条件之后，还不能单从理性方面的因素考虑，还需要考察他的情感方面，看他是否具备朋友之间那样的友爱和仁慈（That not alone what to your Sense is due, All may allow; but seek your Friendship too. 564-5）。

一个真正公正、无私的批评家既要乐意传授知识，又不能骄傲自大。于是，诗人发出了这样的疑问："这样的一个批评家究竟到哪里可以觅得呢？"（But where's the Man, who Counsel can bestow, Still *pleas'd* to teach, and yet not *proud to know*? 631-2）

诗歌具体描述了一个合格的批评家应该是这样的：他，凡事不偏袒，也不走极端，不依据个人的喜好进行判断；他既不自以为是，也不急于盲目下结论。他不仅要拥有丰厚的学识，还需要有良好的教养；除了具备学识和教养之外，还要有一颗真诚、善良的心。他的谨慎中不乏勇敢，严厉中包含着人道；对朋友的不足畅所欲言，对敌人的长处也不吝啬表扬。他有坚定不移的良好品味，但不拘一格、不墨守成规。总之，他既了解书本知识，又通晓人性；与人交流起来态度不亢不卑，既愿意肯定别人，又不丧失原则和理性。①

随后，作者简略地回顾了自古以来欧洲历史上的文艺批评史。诗歌从第645行到675行，列举了一批从古至今涌现的著名文学批评家，如古典希腊、罗马文艺理论的先驱亚里士多德（Stagyrite, 645）、贺拉斯（Horace, 653）、昆提里安（Quintilian, 669）和朗吉努斯（Longinus, 675），等等。蒲柏对他们各自的文艺风格和文学观点都做了客观、如实的评价，并宣称，他们都是优秀文学批评传统的杰出代

---

① 原文参见《论批评》第560行至565行。Butt, John, ed. "Essay on Criticism", *The Poems of Alexander Pope*. London: Methuen & CO LTD, 1963, pp. 560-565。

表。但是，在他们之后，欧洲大陆被封建迷信和教条的阴霾所笼罩，使得文学艺术领域陷入低迷，一直到伊拉斯莫（Erasmus，693）——这位伟大的人文主义学者和批评家的出现，以他的才智和勇敢，针对封建教会的迷信与教条给文艺带来的危害和束缚，进行了尽情的嘲骂和猛烈的抨击，终于给文学、艺术领域带来了一股清新的气息。不久，欧洲文艺复兴运动开始了，传统古典文艺思想又回到了欧洲大陆并重新焕发生机。后来，法国批评家试图将文艺复兴以来的古典传统保存下去，但又将之推向了极端，成为僵化的规则。而英国作为一个历来崇尚自由精神的国度，却无视法国文论家固定下来的古典规则，虽有野蛮、不开化之嫌，倒也不失为对盲目崇拜风气的矫正和调节。

最后，蒲柏提到了自己从事诗歌创作的启蒙导师兼朋友——威廉·沃什（William Walsh，1663-1708）。沃什本人虽然不是什么大诗人，但他能给人以正确的引导，正是蒲柏要寻找的那个理想中合格的批评家。

蒲柏回答了上面的提问，一个理想的批评家就应该像威廉·沃什那样：

> 既没有偏见，又不走极端；
>
> 既讨厌阿谀奉承，也不讽刺打击；
>
> 既乐于鼓励，又敢于批评；
>
> 虽不免犯错，但勇于纠正。（EC，741-4）

作为蒲柏在年轻时代从事文学活动的引导人之一，威廉·沃什不仅是蒲柏进行诗歌创作的良师，而且还是他生活中的益友。因此，在诗中，他被塑造成为一个理想的批评家形象。他正直、诚恳，有学问，有教养；既有冷静、客观与理性的头脑，又不乏慈爱、慷慨与同情的内心。总之，最关键的就在于，他能够将这一切好的品质表现得均衡、得体和协调,使之形成一个完美、和谐的整体。

在艺术判断中,各个局部因素的和谐与统一才是真正美的象征。而衡量一个合格批评家的标准也要求集各种优良品质和谐、得体地于一身,这就与艺术审美的标准如出一辙了。善与美具有同一性,道德美与艺术美在"和谐"的视域里合二为一。自然的内涵和秩序的观念,就这样从"和谐"意识当中得到了充分的反映。

《论批评》是继《温沙森林》里出现的自然、和谐与秩序思想的萌芽之后,在艺术审美的领域对自然、和谐与秩序思想的再思考和再阐释,也是蒲柏对于宇宙普遍的和谐与秩序观点所作的进一步论述。

第三章 《夺发记》：道德与戏仿

《夺发记》（*The Rape of the Lock*，1713–1717）是一首著名的仿英雄体长篇叙事诗，是蒲柏继《论批评》获得极大成功之后的又一力作。诗中，他戏拟古代经典史诗的体裁，以宏大叙事的手法，来描写当时伦敦上流社会发生的一件微不足道的小事，以取得滑稽、夸张的效果来进行讽刺。诗歌叙述了贵族小姐贝林达（Belinda）被倾心于她的男爵（Baron）在乘其不备之时剪下了一缕卷发的故事。这件小事引发了一场大的骚动，贝林达及其家人愤然要求男爵归还头发并立即道歉，结果未能如愿，由此两个大家族之间结下怨恨。

诗中，作者巧妙地采用了一套被批评家们称为"机关"（machinery）[①]的创作手法，建构了一个由精灵、仙子、鬼怪等构成的超自然的虚拟世界。蒲柏在诗歌的前言里煞有介事地向读者介绍：女人的虚荣（vanity）在她们死后依然隐形地存活，她们各自以代表其突出特性的某种元素，归属于四种精灵之一。诗人对这四类女性的基本特质分别进行了描叙：表面过分拘谨、假装正经，实则邪恶的女人，变成地精（Gnomes）；悍妇、泼妇、爱争吵的女人，以蝾螈（Salamanders）的面貌重现；立场不稳、优柔寡断，容易受诱惑的女性，成为仙子（Nymphs）；而外表美丽、贞洁，但善于卖弄风情、虚伪做作的女子，则是气精（Sylphs）。[②]诗歌中作者主要借助于其中两

---

① Butt, John, ed. "The Rape of the lock", *The Poems of Alexander Pope*. London: Methuen & CO LTD, 1963, p. 217.

② 参见《夺发记》第一章，第59行至66行。John, Butt, ed. "The Rape of the lock", *The Poems of Alexander Pope*, London: Methuen & CO LTD, 1963, p. 220。

类具有极端特征的精灵——"气精"与"地精"，展开丰富而惊人的想象，分别叙述他们对于事件发展过程中所产生的影响与作用，并通过他们的观察视角以及他们自身的种种象征性行为，生动地再现了女主人公贝林达以及她所属的上流社会人们的精神面貌和道德实质，完成了作者对于诗歌的道德主题的揭示，即社会交往中人们应当遵从诚实原则和节制规则，以保证和维护正常的社会关系和理性、和谐的社会秩序。

《夺发记》在当时的社会上得以广为流传并几度再版，获得了极大的成功，展露了作者丰富的创造力、想象力，以及高超的作诗技艺。它受到广泛欢迎的主要原因之一，就是它以"仿英雄体史诗"（Mock-Heroic）的体裁，采用宏大叙事的手法，来描写当时伦敦上流社会发生的这件微不足道的小事，以获取反讽的效果。蒲柏在《夺发记》里采用了经典史诗中的一切典型叙述手法，对于它们的显著特征进行了全面的戏仿，从而使诗歌达到了愉悦与说教的双重目的。

第一节 道德规则维护与"明智"

蒲柏在对于这样一件表面上不足挂齿的事件的叙述中，象征性地提出了一个寓意深刻、令人深思的道德问题，即社会交往中人们应该如何使自己的言行变得文雅、得体和适度，以及怎样建立起符合理性的社会生活准则和正确的道德价值观念。作者以当时社会普遍流行和接受的几条传统道德规则——即诚实规则和节制规则等，作为优良公民道德的衡量基础，对于当时伦敦上流社会及贵族阶层的人们存在的某些道德缺陷，以及他们在道德价值观念上的颠倒和混淆，作了或直接或间接的批评性描述，最后，表明了自己鲜明的道德观点，即人们需要在理性的指导下使情感得到控制，才能使自己的言行得体、适度和准确。而在实际社会生活与交往中要做到这一点，人们需要具备

"明智"。作为一种与人的道德力量相关的理解力和判断力，"明智"的培养和具备能够使人们在实际社会生活当中较好地遵从和维护诚实规则和节制规则。

一 "诚实"规则

在《夺发记》里，蒲柏采用神话模式并花费大量笔墨，对于一个由精灵、仙子、鬼怪等构成的超自然虚拟世界进行了大量渲染性描写，借此影射贝林达本人以及她所属的令人炫目的上流社会生活。诗歌中各类精灵的称谓，取自德国民间流传的有关罗丝克鲁丝人（Rosicrucians）的神话故事。蒲柏在写给现实生活中贝林达的原型——法尔默小姐的信中这样解释："我必须向您介绍一下罗丝克鲁丝人。……根据这些绅士的说法，有四大元素以精灵的形式存在，他们分别是：气精、地精、仙子和蝾螈。地精（或鬼怪）在地面活动，总是爱搞些恶作剧；而气精们居住在空中，他们的处境可是最优越的啦。"①

诗中，作者对于道德主题之一的揭示在于，贝林达和气精们的道德价值观念和行为举止违背了现实生活中的一个重要道德规则——诚实，取而代之的是虚假和做作。从表面上看，气精是四类精灵中的最优良形态，他们实际上就是贝林达内在道德实质的外化。贝林达和气精们之所以一味追求浮于表面的虚伪道德，其根本原因是由于她和他们的虚荣心（Vanities，Ⅰ，52）② 在作祟。

众气精俨然扮演着女主人公"贞洁"（Purity，Ⅰ，71）的守护神角色，诗人嬉戏地把它们称为"一群底空轻兵"（the light Militia of the lower sky，Ⅰ，42）。他们的首要任务就是保护好贝林达的贞洁，

---

① 参见 Butt, John, ed. "The Rape of the lock", *The Poems of Alexander Pope*. London: Methuen & CO LTD, 1963, pp. 217-218。

② Butt, John, ed. "The Rape of the lock", *The Poems of Alexander Pope*. London: Methuen & CO LTD, 1963, p. 220. 以下在文中凡出自该书的引文，均按照此注方法直接在引文后注明章节数和诗行数。中译文除了已经作出标注了的之外，均为本文作者自译。

使她不受到外界的干扰和腐蚀，尤其是不受到来自男人的诱惑和侵犯。但贝林达和气精们之所以强调"贞洁"，其实际目的是为了获得好的"名誉"（Honour，Ⅰ，78）。他们对于"名誉"的看重，甚至超过了生活中其他一切有价值的东西。

对于"诚实"规则的背离从两个层面表现了出来。首先，诚实规则被贝林达和包围她的气精们破坏，表现在他们的举止言行与他们的主观动机不相符。他们从表面上似乎很关注自己的贞洁和美德，但实质上所注重的并不是真实意义上的贞洁，而只在乎在公众社交场合中给众人所留下的名声。

"名誉"对于他们来说只是一个空洞的、没有实际意义和价值的字符。爱丽尔（Ariel，Ⅰ，106）——气精的首领以提问的方式这样叙述：在那些各式各样的晚会和化装舞会上，是谁保卫着那些意志软弱的少女们的纯洁，使她们免遭那些不怀好意的花花公子的诱惑或遭受危险的侵袭？当缠绵的音乐声响起，舞蹈激发了高涨的热情的时候，又是谁在防止那些少女们春心荡漾？爱丽尔自信地回答：那就是守护在她们周围的气精！因为，这些高明的空中精灵清醒地看到，"所谓名誉，不过就是将男人隐藏在下面的一个字符"（Tho' *Honour* is the Word with Men below. Ⅰ，78）。这里，爱丽尔道出了他眼中女性的"名誉"的实质。原来，所谓女人的"贞洁"和"美德"，并不是指她们内心真正的纯洁、无瑕。她们只需要表面上不受男人的诱惑，与他们保持一定距离，保住其外在的"贞洁名声"即可。

诗中描述，在18世纪的英国，爱慕虚荣的女人们的脑子里经常装着的，无非是那些精品店里的各式各样小饰品和小玩意。因此，众气精为了预防贝林达小姐受到诱惑而堕落，从而保住她的所谓"名誉"，频繁不断地变换着她脑海中"精品店"（Toyshop，100）里的各类饰品和玩具，以阻止她倾心于某个固定的男人，如下：

With varying Vanities, from every part,

They shift the moving Toyshops of their heart:

Where Wigs with Wigs, with Sword-knots Sword-knots strive,

Beaus banish Beaus, and Coaches Coaches drive. （Ⅰ，99 -

102）

可以看到，令人感到滑稽、可笑的是，在气精们不遗余力的监护和干预下，男人们在这一连串巧妙、滑稽、形象的转喻中，变成了一堆仅仅能暂时吸引女人的注意力，却不能真正打动她们内心的小饰品和小玩具。[①]

在这里，蒲柏"运用各种修辞和音韵效果，把这世界描写得……精巧、闪亮、浮华，端出一件罗可可式的艺术品"[②]。

诗歌对气精们的心理活动进行了生动的刻画和描述。当忠于职守的气精预感到了潜在的危险时，他们拼命地思索和猜测：威胁着贝林达"名誉"的究竟会是哪一些事物呢？下面，利用这些平行、对称的诗行，诗人逐一将两件价值相差甚远的事情或物件，刻意摆在了相同的价值层面上来议论：

是少女违反狄安娜的章程，

还是娇嫩的瓷罐被碰出裂缝；

是名誉被毁，还是丝袍被毁？

是忘了做祷告，还是错过了化装舞会？

或在舞会上堕入情网，或丢失项链，

①　Baines, Paul. *The Complete Critical Guide to Alexander Pope*. London: Routledge, 2000, p. 66.

②　王佐良先生认为，这节诗是不必译也无法译的，读者只看原文便可知其音韵运用之妙。参见吴景荣、刘意青主编《英国十八世纪文学史》，北京：外语教学与研究出版社，2000，第 97 页（注解 1）。

或是一场惊天动地之事注定要应验。（Ⅱ，105–110）

这里，"狄安娜的章程"与"中国瓷罐"、"名誉"与"丝袍"、"祷告"与"舞会"，虽然都被放在平行或对仗的诗句中以形成对比的概念，在价值上却是无法相提并论、风马牛不相及的东西。诗人采用轭式搭配法，用一个词（动词、形容词或介词）与两个或以上的在意义上不相干的名词搭配，将它们并置或并列起来叙述，使之显得极为荒唐、可笑，不合情理。作者有意而为之，以造成滑稽、幽默和荒诞的效果，同时达到了讽刺的目的。两两对仗的诗句暗示着当时上流社会道德观念的模糊与混乱，"狄安娜的章程"喻指贞洁，它却如同易碎的"中国瓷罐"一样，轻而易举地被破坏掉。而"名誉"一旦染上了污点，就如同被毁坏的"丝袍"，是永远也修复不了的，代表了当时上流社会陈腐的道德价值观念。向上帝做祷告再也不是一件严肃、虔诚的事，却与参加化装舞会这类的世俗娱乐活动混为一谈，揭露了当时社会风尚的堕落和对道德规范的漠不关心。

这里，贝林达和气精们在价值观念方面的混淆和颠倒，恰恰说明了他们眼中所谓的贞洁和美德只不过是外表的装饰和点缀，笼罩着一层虚假和欺骗的阴影。他们实际上想要得到的，不过是打着"贞洁"旗号的"名誉"罢了。

诗歌叙述，气精们对于贝林达的名誉将要遭受破坏十分的警觉。因此，当贝林达坐上游船前往汉普敦宫的时候，爱丽尔亲自挂帅，大张旗鼓地命令精灵们紧紧看护着贝林达的耳环、扇子、手表和卷发。他还特地精心挑选了50个气精，团团守护在她那层层叠叠的裙边，真是极尽小题大做之能事。从这段精妙、夸张的描述中，我们深深感受到了作者嘲讽的力度。

在叙事中，气精本身仿佛就是贝林达以及所有女性的道德化身。气精的外表优雅、高贵、轻飘、自在，身体如同液体般（fluid，Ⅱ，

62）柔软、透明，但同时也暗示了他们善变、轻佻、浮夸和虚幻的本性，影射着包括贝林达在内的所有善于卖弄风情的女人的虚伪道德。①他们所真正关心和追求的并不是贝林达的"贞洁"，也不是什么"美德"，而仅仅是其外表的美丽、炫目和动人。

　　其次，贝林达对"诚实"规则背离的另一层面，是她的外部行为与她内心真实思想不符。作为一个有着强烈虚荣心的贵族小姐，贝林达只注重外在的名声和留给公众的印象，并不是真正地关心她内在的道德提升和精神方面的修养。从她的真实内心来讲，她并非脱离了作为世俗的人的自然属性，以及对于异性的强烈欲望。

　　从贝林达的梳妆桌上散放的各式各样的珠宝、别针、胭脂、粉饼和情书来看，说明她的灵魂深处并不是没受过世俗污染的洁净之地：

> 这边，匣子里的印度宝石光彩熠熠，
> 那边，盒子里装着的是阿拉伯首饰，
> 精美的乌龟骨与象牙并肩紧挨，
> 制成了各种梳子，杂色或纯白。
> 排排别针延伸陈列，闪亮又华丽，
> 粉扑、粉饼、胭脂、圣经和爱情信。（Ⅰ，133-8）

　　这里值得一提的是，作者有意将《圣经》这件庄严、神圣的东西，夹杂在一堆女性日常用的小物品中间，并运用头韵的修辞技巧把它们紧紧连缀在一个诗句当中，意味着这些东西的价值和意义在贝林达的眼中是没有任何区别的，这对于贝林达与她所属的贵族阶层在价值观上的混淆和道德上的堕落是多大的嘲讽啊。

　　诗中叙述，当爱丽尔发现男爵几度从贝林达的背后逼近，而贝林

---

① Gooneratne, Yasmine. *Alexander Pope*. London: Cambridge University Press, 1976, p. 44.

达却毫不戒备时，他焦急地凑到她的胸前，正想要提醒她，却骇然发现：

　　　尽管她用尽所有的技巧掩饰，

　　　她的心中藏着一个世俗情人。（Ⅲ，143—4）

　　原来，爱丽尔在贝林达的内心深处发现了一个隐藏的世俗情人。他在震惊之余，总算明白过来，他以往所有的努力终究是白费。尽管贝林达想尽一切办法掩饰，装出一副神秘、清高、圣洁的姿态，仿佛她是一个不食人间烟火的仙女，可事实上，她并没有脱离尘世的污染，在她的内心深处始终隐藏着一个世俗的男人。

　　综上所述，贝林达和气精的外部行为和内在本质都反映出对诚实规则的背离。对于贝林达和众气精来说，正是由于这种强烈虚荣心的作用和刺激，拥有一个象征性的标签比拥有被象征的实际内容更加重要；① 也就是说，拥有"贞洁"的"名誉"，远比保持"贞洁"本身更加重要，这就充分揭示了她以及她所属的整个贵族阶层的道德价值观念的迂腐、可笑和虚伪。也因为这样，贝林达为一绺头发被剪的小事失去克制而大发雷霆，肆意放纵自己的情绪，从而使得两大家族及其周围相关成员都不自觉地卷入一场激烈的争吵当中。

二 "节制"规则

　　承上所述，作者对于诗歌道德主题之二的揭示便是，贝林达此时此刻的行为和表现，实际上构成了对另外一条重要社会道德规则的背离，即对节制规则的破坏。这里，蒲柏通过对地精在这场风波中一系

---

① Baines, Paul. *The Complete Critical Guide to Alexander Pope*. London：Routledge，2000，p. 73.

列象征性行为的生动、诙谐的描述来告诫人们，只有恰当把握和克制自己的情绪和行为，人与人之间才能达成相互沟通与理解，社会交往中的人际关系才能得到有效的调节，才能有利于创造良好、和谐和文明的社会环境和社会秩序。

前面提到，爱丽尔惊讶地发现贝林达并非真正超凡脱俗，在她内心深处装着一个世俗的男人时，他一时不知所措，感觉到自己原来神圣的力量突然间彻底消失了。终于，他放弃了自己的职责，叹了口气便离开贝林达，消失在空中。

随着事件进入冲突的高潮（贝林达的一绺头发被剪去），蒲柏此时在叙述引入了另一类精灵——地精。地精被描写为四类精灵中一个具有极端特征的精灵，不同于住在空中的气精，相反地他居住在阴暗的地下，通常是邪恶道德的化身。贝林达的另一种道德缺陷则象征性地通过地精表现了出来，如失控、愤怒、歇斯底里、仇恨、傲慢，等等，这些行为在传统社会的道德观念中被认为是女性的邪恶。贝林达因为一绺头发被剪掉而索要头发未果，便大发雷霆，情绪完全失去控制，由此引发两大家族都卷入到了一场大的讨伐和争斗。

诗中描述，地精安布里（Umbriel，Ⅳ，13）是一个阴暗、险恶的家伙（a dusky melancholy Spright，Ⅳ，13），他在贝林达的头发被剪掉的那一刻迅速沉入幽暗、阴沉的"愤怒穴洞"（Cave of Spleen，Ⅳ，16）。"Spleen"在英语里具有"脾脏"与"怒气"的双层含义。在蒲柏生活的时代，人们认为脾脏是引起抑郁症、头痛病、癔症等的发源地，而这些病症在当时社会以及具有传统观念的人们被认为是女性所特有的症状。因此，"愤怒穴洞"也具有双层意义，它的所在地其实就是在贝林达的腹腔内，同时也暗指她内心世界的领地，里面深藏着她被压抑了的隐秘情感和欲望。在"愤怒穴洞"里，安布里拜见了那"刚愎任性的女王"（wayward Queen Ⅳ，57），她统治从15岁至50岁的所有女性。安布里恳求女王使贝林达丧失理智，大发脾气。女王同意了，她将女性肺部的所有元气（包括哀叹、痛哭、狂怒、尖牙利舌）统统用一只口袋装了起来，连同一只装满眼泪和悲伤的小药瓶递给了他。

安布里拿到这两件礼物，兴高采烈地扑闪着他那黝黑的翅膀，从"愤怒穴洞"重新回到地面。这时他发现，贝林达正情绪低落地倒在她的朋友苔丽丝特里丝（Thalestris）的怀里。他猛地将口袋罩在了她们的头上，顿时，贝林达怒火万丈，而苔丽丝特里丝则大惊小怪地呼叫起来，她煽动性的叫喊无异于对情绪失控的贝林达火上加油（Ⅳ，93–4）

接下来，苔丽丝特里丝委派普拉姆先生（Sir Plumb，Ⅳ，121）向男爵索要夺去的头发，却遭到了无情的嘲弄和拒绝。正当双方相持不下、针锋相对的时候，安布里仍然没有放过贝林达，他恶作剧地将小瓶子一下子打开，将里面的悲哭药水泼洒了出来。顷刻之间，贝林达声泪俱下，她一边大声哭泣，一边当众诅咒起来：

> 永远诅咒这令人憎恨的一天，
> 它夺去了我最最宝贝的发卷！（Ⅳ，147–8）

此时，愤怒和疯狂的情绪在众人当中已经泛滥成灾，那些在平日里装得一本正经、文雅得体、举止拘谨、彬彬有礼的绅士们、太太们和小姐们，此时已经完全失去了平时应有的风度和理智。贝林达以及她周围贵族社会小圈子里的人们，都不约而同地卷入了一片混乱和争吵当中。而安布里——邪恶的化身，则高高地蹲在一只烛台上，幸灾乐祸地观看着下面正在急速升温的混战，高兴得直拍手称快。

通过对地精一系列象征性行为的生动展现，作者向人们暗示了这样一条在社会生活交际中需要遵从的道德规则——节制。节制是指人不做明知不应当做的事情，以避免使自己和他人受到伤害，因而是一种极为重要的善。它曾是古希腊传统中的"四主德"（正义、勇敢、智慧、节制）之一，是符合道德的行为；反之，放纵则违反了道德目的，是自古公认的恶行。人一旦没有掌握好节制的规则，其言行便有可能走向极端。节制的道德归根结底就是要求人们依照理性的基本原则行事，如果人们不能用理智来指导行动，而是随心所欲放纵自己的情感和意愿，那么，社会生活中的人际关系将遭到破坏，给社会和个人都带来不良影响。古希腊哲学家柏拉图把人的灵魂分为理性与情欲两个部分，他认为，理性的部分是较好的部分，而情欲则是较坏的部分，"一个人的较好部分统治着他的较坏的部分，就可以称他是有节制的和自己是自己的主人"①，那么他也就有了节制之美德。因此，节制就是用理智支配情感和欲望的行为，是对爱憎、苦乐、愤怒、悲伤等不良情绪的恰当把握和控制。

贝林达与她所属社会的人们之所以违背节制的道德规则，其根本原因在于她和他们都过分看重和讲究表面的虚荣，而忽略了真正德行的修养，导致产生了扭曲、错误和颠倒的道德价值观念，从而小题大做，将区区一件小事闹得沸沸扬扬，最终致使两大家族结下怨恨，同时也给社会和谐与秩序带来了负面影响。气精和地精本身各自所代表和象征的道德价值和精神内涵，"彻底暴露了贝林达脆弱的处境，体现了女性经验中对于贞洁态度自相矛盾的双重属性"，② 充分展示了贝林达在名誉与欲望之间所表现的彷徨、矛盾和冲突。

三 "明智"——理性的观照

诗歌在最后部分叙述，贝林达的歇斯底里和哭闹引来了众人一片混乱，煽动、讨伐和争执之声不绝于耳。这时，蒲柏通过汉普敦宫的

---

① 柏拉图：《理想国》，北京：商务印书馆，1995，第 165 页。
② Rosslyn, Felicity. *Alexander Pope: A Literary Life*. Hampshire: Macmillan Distribution LTD, 1990, p. 42.

女主人克拉丽莎（Clarissa，V，7）的一段话，间接地表明了自己的道德立场，即人们只有在理性的引导下使情感得到控制，把情感与理性调和起来，才能有效地应对和解决一切问题，给社会带来和谐与秩序。诗中，作者明确地指出，为了使自己的言行变得体和适度，人们需要培养"明智"。只见克拉丽莎故意带着严肃的神情，优雅地挥了挥手中的扇子，示意人们安静下来，发表了这样一通意味深长的讲话：

> 一切荣誉和努力是多么微不足道，
> 除非明智保住了美貌带来的荣耀；
> 男人将赞美我们在包厢前的得体：
> "不光看漂亮的脸蛋，美德第一！"
> ……
> 可是，唉，脆弱的美貌容易被摧，
> 如同头发卷或不卷都将变成花灰；
> 描画了或没有描画，都将褪色萎枯，
> 年轻时嘲笑男人到老也会变成俗妇；
> 剩下的力量只是我们自身的魅力，
> 保持了良好的心态才是长久之计？
> 相信我吧，良好的心态胜过一切，（V，15-31）
> ……

这里，克拉丽莎为了劝说众人保持冷静以避免一场不必要的纠纷，提醒大家不要沉溺于幻想与虚无的世界里，而是要清醒地认识到：人们是生活在残酷的现实社会当中的，生活中会有许多不尽如人意的地方，它存在许多的缺陷、不足和矛盾。美丽的面容、高贵的装扮以及优雅的姿态，都会随着岁月流淌稍纵即逝，一切青春美貌、荣华富贵和世俗享乐，终将会昙花一现，走向终结。所以，她认为，对于所有的女性来说，只有具备"明智"（good Sense，V，16）和"良好的心态"（good Humour，V，31）以及"美德"（Virtue，V，18），才是能够真正持久拥有的东西。在诗歌的叙述中，这三个概念是密切联系、不可分割的，那是因为，假如一个人具备了明智，他才能够保持良好的心态，从而也就能够拥有美德。

《夺发记》最初创作于 1712 年时，只有短短的两章，第二年蒲柏加入了有关众精灵的"机关"，将诗歌扩充到了五章。到了 1717 年，他又特地将上面这段有关"明智"与"良好的心态"的讲话添加了进去，才算是最后定稿。蒲柏本人在注解中对于后来添加此段讲话的目的和用意作了特别的说明："克拉丽莎这个人物是后来加进去的，目的是为了更加清楚地阐明该诗的道德主题。"①

事实上，蒲柏在这里通过克拉丽莎这个人物的声音，说出了他自己对于人与社会的伦理关系和道德操守的观点和看法，并向读者提出了这样的道德方面的问题，即什么才是真正意义上的、有价值的道德，以及怎样才能拥有和保持真正有价值的美德？蒲柏在诗歌中实际上给予了读者很好的回答。

第一，真正有价值的道德是指人们在社会交往中，首先应当履行诚实的道德规则，言语与行为要保持一致，外部行动与内在思想也应该相符合。这样，人与人之间才能坦诚相见，才有利于保持良好的关系，人类社会才能维持正常的秩序和发展。贝林达和气精们追求表面上的"贞洁"，表里不一、虚伪做作，正是对诚实原则的背离。

---

① 蒲柏专门为这段话做了注解，英文原文如下：A new Character introduced in the subsequent Editions, to open more clearly the Moral of the poem, in a parody of the speech of Sarpedon to Glaucus in Homer. 参见 Butt, John, ed. "The Rape of the lock", *The Poems of Alexander Pope*, London: Methuen & CO LTD, 1963, p. 236。

第二，怎样才能拥有和保持真正的道德呢？蒲柏的结论就是，需要培养"明智"以及"良好的心态"。"明智"实际上指一种与人的道德力量相关的理解力和判断力，正如亚里士多德所提到的那样，人要用理智来支配和控制情欲，因此"有自制力的人服从理性，在他明知欲望是不好的时候，就不再追随"①。这就要求人在实际生活中必须遵循节制的道德规则。人们只有依照理性的引导，使情感得到控制，才能使自己的言行得体、适度和准确，才能应对和解决好一切问题，给社会带来和谐、稳定与秩序，正如诗中所断言的那样："良好的心态胜过一切。"（good Humor can prevail）

蒲柏最初的创作意图，是应他的朋友约翰·卡瑞尔（John Caryll，1625-1711）的提议，就此桩荒唐可笑的事迹写诗一首，以讥笑上层社会精神上的空虚无聊和生活上的矫揉造作，使人们在笑声中淡忘此事，达成和解。《夺发记》不仅仅是对古代史诗进行简单的讽刺性模仿，同时也蕴涵着深刻的、具有普遍意义的道德主题。人们在阅读过程中也许感到了一丝轻松、快慰，然而在笑声过后，掩卷之际，却不由得陷入更加沉重的反思。

在 18 世纪的英国，诗歌始终是与人生和社会结合在一起的。诗歌在给人以愉悦的同时也必然要有所教益。讽刺叙事诗《夺发记》是蒲柏将他在《论批评》中所阐述的审美观点和艺术主张，运用到他自己的诗歌创作中的具体实践。《夺发记》中提出的"明智"，是指人们对实际社会生活中的道德德行的正确理解和判断；而从艺术领域的角度来看，它就是作者在《论批评》中关于人的"正确的理性"观点在美学层面的折射。《夺发记》将人们的种种错误思想和观念，以及他们颠倒、扭曲的价值观、人生观和道德观，通过滑稽、荒唐、夸张的叙事形式，用"戏仿"经典史诗的手法描写出来，巧妙地反映出

---

① 《亚里士多德全集》第 8 卷，北京：中国人民大学出版社，1992，第 139 页。

了人们在处理社会关系问题中由于缺乏"明智",而不可避免地导致一场激烈冲突的发生。作者借此向人们的强烈呼吁,只有保住了"明智"以及"良好的心态",才能够拥有真正持久的美德。《夺发记》从情节、布局和构思,到语言、措辞和表达等,都是作者精心安排、巧妙策划和正确判断的结果,是对作者在《论批评》中宣讲的新古典主义文艺思想的完美诠释,即在巧智与判断之间保持着平衡和适度。可以说,这是一部充满了想象和灵感、富于独创性的诗作,作者却从来没有让想象的飞跃失去控制而脱离理性判断的约束和观照。即使在今天,我们拿出任何各种不同的批评规范对它进行衡量和判断时,它都算得上是一部人类诗歌史上的经典之作。

在《夺发记》的发表之初,作者并没有设置众精灵的"机关"。在诗歌第一次发表后,作者加入了这套"机关"并成功地加以运用,使原来的 334 行扩充到 764 行。但人们在读过了扩张版的诗歌之后并没有想到,诗歌对于那些仪态万般、神气活现的精灵们的描绘,并非完全出自作者一时的突发奇想,而是经过了慎重、仔细的考虑和精密、周到的安排。蒲柏的朋友兼文艺评论家史宾塞(Joseph Spence,1699–1768),在他以对话的形式写成的回忆录《文人之逸事、观察与性格》里记载了蒲柏本人对于这首诗创作过程的谈论。蒲柏曾对史宾塞说:"那套机关的增设,与我之前所发表诗作中的内容是如此的融洽和协调,是对我所做出的正确判断的最好证明之一。"①《论批评》论述了艺术的"判断正确"需要以"正确的理性"为基础;同样,《夺发记》里所宣讲的"明智",作为一种实际生活中对于道德做出正确理解和判断的思维能力,始终是在人的理性观照之下的。而诗歌中"精灵机关"的设置,就是作者本人在诗歌艺术的实践中所做出的

---

① Spence, Joseph. *Observations, Anecdotes, and Characters of Books and Men.* vol I, Oxford: Clarendon, 1966, p. 142.

一次正确判断和理性探索！

四 "和谐与秩序"的社会理想

蒲柏虽然借用史诗般宏大的情节、语言、场面和技巧，对一些琐碎小事进行夸张描写，使诗歌叙事产生幽默、滑稽、嘲讽的效果，他自己也称《夺发记》为"一首英雄体喜剧史诗"（An Heroic-Comical Poem），然而，在貌似轻松、诙谐、幽默的笔调背后，却寄寓了作者极其严肃的道德思考。作者主要借助于对一群无形无影的精灵世界的想象和象征性描写，对于人性中存在的某些不道德因素，如虚伪、轻浮、极端、过度、放纵等，进行了挖苦和讽刺，暴露了女主人公贝林达和她所代表的上流社会不健全的、扭曲的人生价值观和伦理道德观。

在《夺发记》里，蒲柏向人们展示了一个在社交场合中魅力四射、光彩照人的贵族女性。贝林达似乎拥有美貌、财富、才能和技巧等，但这一切都被扭曲地、错误地运用了，其伦理价值被大打折扣。因为，在她所属的上流社会狭小圈子外面，在闪闪发光的绚丽世界的表面下，同时存在的是现实社会生活中的另一面——腐败、堕落和残忍：

> 法官们都饿了，匆匆忙忙结了案，
> 犯人被处决，好让陪审团早吃饭。（Ⅲ，21-2）

从上面的诗行，读者看到，审判官们为了早点去吃饭，草草地把案子了结，那些倒霉的囚犯就这样匆匆地被处决。这是作者在此刻对于腐朽、阴暗、龌龊、残酷的外部世界的短暂一瞥，折射出贝林达所在的贵族社会小世界是多么的狭窄、虚幻和微不足道。他们终日里所关心和忙碌的无非是社交生活中的一些庸碌琐事，而这些无名小事相对于冰冷、严酷的现实社会，显得是那样的毫无价值和意义，不足挂齿。

　　通常，讽刺作家对于古典史诗进行滑稽、歪曲性模仿，以达到讽刺与挖苦的目的。《夺发记》运用古典手法对于社会发生的小事进行夸大描述，就是为了使人们在笑声中达到道德改良的目的，帮助贝林达和她所属的小圈子人们对于生活中的事物做出更加平衡、恰当和正确的思考和判断。这就是为什么作者在诗歌最后部分引入了"明智"主题。

　　令人遗憾的是，克拉丽莎劝导人们要面对现实、讲究明智的一席话并没有赢得贝林达以及她所属的贵族圈子里人们的赞同和响应。相反，人们失去了理智，被疯狂的情绪所淹没，取而代之是一片激烈、愤怒的叫喊声：

> 打啊，打啊！维拉戈在疯狂中打喊，
> 转眼间这里变成了战场。
> 人们分成两派，开始相互猛烈进攻；只听见：
> 扇子拍打声、丝绸拉扯声、还有坚硬的鲸骨劈啪响；
> 参战的男男女女乱成了一团，
> 漫骂声、尖叫声直冲天空。
> 他们的手里绝不是什么普通的武器，
> 像众神在混战，谁都不怕抛头断臂。（Ⅴ，37-44）

　　读者看到，一场战火以迅雷不及掩耳之势蔓延开来。诗中这样描写，那些如同英雄诗史画卷里的男女们，现在分成了两大阵营，他们把头针、扇子、鼻烟等当做武器，互相攻击，叫骂声震耳欲聋，响彻天空。他们手中的武器是多么的非同一般，每个人如同奥林匹斯山上的众神一样勇猛好斗，刀枪不入。作者极尽嘲讽之能事，将剧情推向高潮。

正当人们闹得不可开交之际，那卷引起这场风暴的头发却突然不知去向，神秘地失踪了。大家纷纷开始寻找、猜测和议论，陷入一片混乱之中。就在此刻，诗人出来向大家保证，那象征着所谓贞洁、荣誉的卷发化成了一颗彗星，飞升上了天空。

原来，正当大家忙于喧闹和打斗的时候，唯独"诗神敏锐的慧眼"（quick Poetic Eyes，V，124）注意到了这一瞬间。尽管之前克拉丽莎的讲话向人们揭示：无论贝林达的美貌如何惊人，都终将随她身体的衰老一同死去。然而，这里象征着她的美丽外表的卷发，却在诗人创造的艺术世界里复活了。卷发经过诗人的艺术变形，超越世俗凡尘的障碍，进入到了另一个更高、更加神圣的领域——艺术的领地，在诗人不朽的诗篇中流芳千古。从此，贝林达的名字带着荣誉，在群星中闪闪发光，永不凋谢。（This Lock, the Muse shall consecrate to Fame, And mid'st the Stars inscribe Belinda's Name! V，149-150）

诗中戏剧性的情节发展原本将要以狂乱和毁灭而告终，但就在这关键一刻，诗神缪斯的灵感闪现，顿时，贝林达美丽的头发在诗人富于想象的妙笔底下成为定格，奇迹般地获得了拯救。诗人借此告诉人们，现实生活中的种种荣耀、美貌、财富等，都会稍纵即逝，成为过眼烟云，但艺术的生命力是经久不衰的，诗歌的魅力是无穷的。这再次说明，被打乱的世界仍然会要回归自然的轨道中去，形成新的和谐，因为神圣的宇宙秩序是永恒不变的。

蒲柏的诗歌倾向于以理性来维护现存的社会与政治秩序，反映了他追求自然、和谐的人际关系以及稳定的社会秩序的道德和政治理想。格劳秀斯认为，自然法源于人的理性和社会性，理性就在于对自然法则的发现和遵从。人性中包含着社会性的一面，那就是人除了追求自我，还有与社会交往和过理性的生活的需要，理性的社会生活则要求人们和谐相处。自然法理论的意义在于，为人类社会的和谐秩序提供一种根本保证，为社会理性、和谐生活的价值提供一个基本准则。① 格劳秀斯的启蒙理性思想在一定程度上反映在了《夺发记》里。

　　启蒙运动主要发生在法国，但它的影响是波及整个欧洲的，它给英国的社会生活带来了广泛的、深入的影响。法国启蒙思想家的学说和理论，尤其影响了英国社会人们的伦理意识和文学中的道德内涵。伏尔泰是法国启蒙运动的领袖，他的伦理哲学思想的核心是自然法。所谓自然法，就是自然秩序和规律，就是使人知道正义的自然本能，也就是人的理性能力。一个社会要存在和发展，就必须遵循理性的原则，而维护社会秩序的最重要原则就是公正、平等和自由。不过，他也清楚地看到，这样的理想正义和公正在目前现实社会是不存在的，实际存在的是强权即正义。

　　蒲柏成长于跨入 18 世纪启蒙思想开始滥觞的转折时期，启蒙主义积极乐观、开明进取的精神深深影响了他的思想。《夺发记》从深层揭露了社会关系中，尤其是男女关系之间种种被错位了的，或被庸俗化了的人生观和道德价值观，其目的就是要给人们在思想上和观念上带来警示和启蒙。启蒙文学的主旨是以理性、自由、民主等进步思想来教育和启迪大众，但就其社会倾向性来说并不尽相同，其道德内涵也各有侧重。蒲柏、艾狄生、斯蒂尔等启蒙作家在思想上特别注重理性的制约，肯定和维护现存社会秩序，并以理想主义的乐观态度致力于社会道德和风尚的改良和推进。他们在文学上使用文雅、节制与恰当的语言，采取一套温和的讽刺手法，目的在于消除一些社会腐败现象，或避免可能出现的弊端。

　　蒲柏认为，诗人的才能和作用，就是以嘲讽、讥笑的手段，来消除和纠正某些庸俗、虚假和堕落的社会风气和道德习俗，使偏离了理

---

① 参见宋希仁主编《西方伦理思想史》，北京：中国人民大学出版社，2004，第 187 页。

性和常识的社会重新回到正确的轨道。他虽然采用略带嘲讽的口吻来描写社会的一切腐朽现象，但并不十分辛辣和尖刻，他对此暗含有适度的同情。虽然蒲柏在创作的晚期阶段变得越来越悲观和绝望，但在早期创作阶段，他对于现存的社会秩序和政治秩序还是持认同和乐观态度的。18 世纪前半段在文学史上通常被称为"蒲柏时代"，是因为蒲柏的思想和艺术都比较完整地反映了这个时代的特征，他可谓是这个时代真实的代言人。难怪有评论家如此感叹，18 世纪比过去任何一个世纪，都更好地反映了文艺为社会服务，为时代服务的宗旨和信念。这充分说明诗人蒲柏对于文学所担负的道德责任有着十分清醒的意识。"当文学不能让我们区分恶善，不能让我们遵守规范，这种文学的价值是值得怀疑的"①。蒲柏正是利用自己的才学对社会加以引导和完善，将艺术创造与道德教益有机地融合起来，以达到启迪思想、感化人心和教育社会的目的。

《夺发记》对于上层社会精神上的空虚无聊和生活中的矫揉造作进行了温和的讽刺，但并没有极端的个人针对性，而是对普遍性事物进行概括性批评。蒲柏认为，社会的某些矛盾和弊端不过是局部的、表面的，并不会危及整个社会的内核，社会从整体上是健全的、合理的。所有的不协调、非理性因素最终都将被统一起来，归于和谐与秩序，表现了18 世纪新兴资产阶级追求平衡、理智与和谐的启蒙道德理想。《夺发记》创作的最初动机，就是要让双方在笑声中达成和解，平息因头发这样的小事而引发的社会风波。该诗的道德主题以及社会和政治指导意义就在于，如何维护社会交往中良好、和谐的人际关系，以及正常、稳定和文明的社会秩序。可见，"理性""和谐"与"秩序"始终是蒲柏伦理思想体系中的关键词。

---

① 聂珍钊：《关于文学伦理学批评》，载《外国文学研究》2005 年第 1 期，第 11 页。

第二节　《夺发记》与"戏仿"艺术

　　众所周知，古希腊充满历史光辉的英雄史诗《伊利亚特》（*Iliad*）和《奥德赛》（*Odyssey*）相传为古希腊盲歌手荷马（Homer）所作，一直被视为人类古代西方文明的源头。在这之后的另一部著名史诗《埃涅伊德》（*Aeneid*），则是古罗马诗人维吉尔（Virgil，公元前70年至公元前19年）利用同一题材进行的再创作，其人物、故事情节和战争场面等都仿照了《伊利亚特》。当然，维吉尔在模仿传统史诗的基础上有着自己崭新的创造。两部史诗都叙述了古希腊人与特洛伊人之间的一场腥风血雨、旷日持久的民族战争。而蒲柏的《夺发记》虽然算不上真正意义上的史诗，却也是对这两部古典史诗的模仿、继承和发扬，它采用了经典史诗中的一切典型叙述手法，对于它们创作的显著特征进行了全面的戏仿；同时，在对古代经典史诗的隐喻性模仿中，结合了作者对道德的联想和思考。

　　蒲柏采用戏仿英雄史诗的叙事模式来创作《夺发记》是有其特殊目的和用途的。这种创作样式的突出特征就是通过对古代经典史诗进行歪曲性模仿，以达到反讽的艺术效果。关于"反讽"（irony），美国文学批评家、新批评派学者克林斯·布鲁克斯（Cleanth Brooks，1906–1994）把它界定为"语境对于一个陈述语的明显的歪曲"，① 在他看来，"反讽是我们用来指称不协调性认知的最一般性的术语，不协调性遍布一切诗歌，远远超过传统批评所愿意承认的限度"②。他认为，在诗歌中，所有语词都会受到语境的约束，而它们的意义都存在

---

① 克林斯·布鲁克斯：《反讽———一种结构原则》，载赵毅衡编选《新批评文集》，天津：百花文艺出版社，2001，第379页。

② Cleanth Brooks, *The Well Wrought Urn*: *Studies in the Structure of Poetry*, Harcourt, Brace & World, Inc., New York, 1947, p. 193, pp. 209–210.

一定程度的反讽；因此，反讽不仅适用于诗歌的某个句子，还会牵涉到诗歌的整个结构。《夺发记》通过对英雄史诗进行刻意反向模仿，把古代广阔的战场搬到了现代社会贵族的宫廷或客厅里，所描述的事件也极为细微、普通，不足挂齿，远不能与古代那些伟大的英雄事迹相提并论，从而使诗歌表面的意义在古代史诗特有的语境衬托下发生了微妙变化，形成了巨大的张力，从而产生了明显的反讽意味。

在《夺发记》之前，曾经有过许多著名作家模仿古典史诗进行创作。在英国诗歌历史上，仿英雄体史诗这种诗歌样式已经有着悠久的历史和传统。英诗之父杰弗里·乔叟（Geoffrey Chaucer，1343–1400）所写的《修女之牧师的故事》（Nun's Priest's Tale，1400），就是一部戏仿英雄史诗与动物寓言合成的作品。在蒲柏的同时代，有著名大诗人约翰·德莱顿（John Dryden，1631–1700）写作的《麦克·弗莱克诺》（Mac Flecknoe，1682），这是作者用来攻击他的文敌——沙德威尔（Shadwell）的一部讽刺诗。另外，蒲柏的朋友塞缪尔·加思爵士（Sir Samuel Garth，1661–1719）于1699年发表的《诊疗所》（The Dispensary，1699），也是一部戏拟古典史诗之作。

《夺发记》与它们的不同之处在于，它对于古典史诗中的每一个重要方面的特征都进行了戏仿。这里，之所以说是"戏仿"，是因为被模拟事件的规模和程度与古典史诗所描写的伟大事迹相比，从总体上被极大地减缩了，从而造成了某种嬉戏、滑稽和荒诞的效果。总之，蒲柏的仿英雄体讽刺诗的基本艺术特点，就是把一个渺小的灵魂，装在一件伟大的外衣下，形成内容与形式的尖锐反差和不协调，产生令人发笑的阅读效果。具体地说，就是用歌颂英雄的史诗体裁，去描述英雄的对立面——渺小的人物。

根据法国著名文论家布瓦罗的新古典主义文艺理论所规范的，仿英雄体史诗的诗歌样式就是运用史诗隆重、宏大和崇高的叙事模式，来讲述一件细小、琐碎、无足轻重的事件，以形成讽刺性的对比。运用这种形式不但产生滑稽、夸张和可笑的喜剧性效果，还可以在必要时进行严肃的议论和点评。布瓦罗在谈论这种诗歌体裁的写作技巧时强调：对于仿英雄史诗的写作来说，什么都可以被戏仿——除了诗歌中的道德性之外。这就意味着，仿英雄体史诗与其他体裁的史诗一样，实际上也是一种具有说教功用的诗歌种类。《夺发记》就是这样的一部杰出作品。

一　对英雄史诗的"戏仿"

前面曾谈到，批评家在明确了一首诗歌的体裁或风格之后，就面临着如何能够对于诗歌的好与坏做出正确判断。蒲柏在谈论诗歌判断标准时曾提出了诗歌创作的三要素：构思（design）、语言（language）、诗律（versification）。蒲柏认为："构思"是三个要素中最重要方面，一个批评家必须首先注重作品的整体构思，而不应该拘泥于细节的方面。他指出："构思是指将作品的各个部分都纳入一个完整的结构之中，每一个事件、每一个细节、每一个形象都要服从于一个整体结构的要求。"[1] 比如，蒲柏在翻译荷马史诗《伊利亚特》时就使用了与此相同的衡量标准。他指出，《伊利亚特》的构思从整体上统摄于一个道德主题：阿喀琉斯的愤怒，以及由于他的这种情绪所带来的种种负面影响。[2] 蒲柏特地指出，读者不应当把阿基里斯作为效仿的对象，而应该清晰地意识到，诗歌的构思意在使读者从中得出道德的教诲，即我们应该避免愤怒，因为它对于人类是有害的。[3] 无疑，蒲柏将这个创作标准也运用到了《夺发记》的构思当中。

---

[1]　参见 Goldgar, Bertrand A. ed., *Literary Criticism of Alexander Pope*. Lincoln：University of Nebraska Press, 1965（引言ⅩⅩⅨ）。

[2]　参见 Goldgar, Bertrand A. ed., *Literary Criticism of Alexander Pope*. Lincoln：University of Nebraska Press, 1965（引言ⅩⅩⅨ）。

[3]　Goldgar, Bertrand A. ed. *Literary Criticism of Alexander Pope*. Lincoln：University of Nebraska Press. 1965, p. 136.

蒲柏对《夺发记》的叙事模式进行了整体构思，即贝林达因头发被剪的小事而发怒，从而在社会上引发一场大范围的论争。不过，它并不是简单地讲述男女之间发生的爱慕和争执，而是隐含着深刻的道德启示。比如诗歌的开头，就采用了史诗惯用的史诗式设问（proposition），以导出诗歌的主题，并由此揭示蕴涵其中的道德寓意。

诗歌一开篇，作者就采用提问的方式直奔故事的主题，以引起读者的注意：

> 是什么可怕的纠纷因爱慕所致，
> 是什么激烈的争斗因小事而生，
> ……
> 哦女神！是什么奇怪的动机，
> 驱使一个绅士袭击一位淑女？
> 而又是什么更加奇怪的原因，
> 使这位淑女要拒绝这位绅士？（Ⅰ，1–10）[①]

这种设问的叙事方式一下子就吸引了读者的眼球，使读者急于要了解，一件看起来因男女之间萌生爱慕之情的平常琐事，为什么竟然导致了一场庞大、可怕的纠纷。其实，在开篇时进行设问是所有史诗的共同特征，在这里并没有改变它原本具有的庄重和严肃性，因为它的功用是反映某种社会现象，并从中提出道德问题。

问题一经提出，作者接下来在诗歌叙述中对英雄史诗的显著特征进行了全面"戏仿"，使它读起来几乎就是一部荷马的《伊利亚特》或维吉尔的《埃涅伊德》的微型版本。例如，一位贵族女主人公替代

---

① Butt, John, ed. "The Rape of the lock", *The Poems of Alexander Pope*. London: Methuen & CO LTD, 1963, p. 218.

了一个古典英雄人物；梳妆台或牌桌对应于雄伟的古代战场；女主角化妆过程的夸张、烦琐与排场，与古代英雄们在出征前所进行的浩大战斗装备颇有几分相似；一手排列整齐的扑克牌被描写为神气、庞大的战斗阵营或武装部队；而扑克比赛本身则如同古典史诗里描写的大型战争，紧张而激烈；诗中出现的众精灵，一举一动几乎就是奥林匹斯山上众神的翻版；甚至，贵族小姐们和先生们在争吵时的一个眼神或一撮鼻烟，都被夸张地形容为一种战斗计谋或者军事策略，等等。

首先是人物的出场。《夺发记》作了这样的描写：天已经大亮，贝林达小姐仍然在睡梦里迟迟徘徊；这时，她的梦境中出现了一位追求她的年轻人，这使得她的脸上泛起了红光。此刻，正守护着贝林达的贞洁和名誉的气精首领预感到了即将发生的厄运（暗示着头发将被强夺），他吓了一大跳，很快警觉起来，并急忙把她从梦中唤醒。然而，事与愿违，贝林达睁开了眼睛，她的目光却首先落在了一封情书上面：

> 据说，我们的女主人贝林达，
> 醒来后首先瞥见了一封情书，
> 伤感、迷人和热情的话来不及看，
> 幻想通通从她的脑袋里烟消云散。（Ⅰ，117–20）

众所周知，《伊利亚特》中的主人公是阿喀琉斯（Achilles），古希腊最闻名的英雄，他是人间国王佩琉斯与海洋女神忒提斯结婚生下的儿子，具有健美的肌体、无敌的武艺和忘我战斗的冒险性格。无疑，阿喀琉斯是众人宠爱甚至崇拜的战神，他血气方刚，是力量的化身。而《夺发记》将贝林达小姐作为对古典史诗相对应的英雄人物来描写，这简直是滑稽可笑。试想，这样一个柔弱、多愁善感、无所事事，终日沉溺于浪漫幻想之中的贵族小姐，与日夜在战场上驰骋和拼杀的英雄人物阿喀琉斯相比，从精神上和气质上是多么的相去甚远啊。

《伊利亚特》和《埃涅伊德》中都详细描述了古代英雄们为战斗出征而进行的武装准备，并向人们展现出了气势庞大、雄伟壮观的武装力量。而在《夺发记》里，贝林达小姐和守卫她的气精也在为"出征"（实指外出社交活动）作准备；但令人可笑的是，她所谓的武装力量却是以另一种形式——化妆的力量（the Cosmetic Pow'rs，Ⅰ，124）出现的：

> 这时帷幕揭开，梳妆品件件整齐，
> 每一个银色盒子神秘地排列有序。
> 美丽的少女身穿白袍，一心一意，
> 摘下头盖，虔诚地崇拜起化妆的魔力。（Ⅰ，121-4）

读者看到，在梳妆台上面，摆放着一列列装有化妆品的银色盒子，它们俨然像是一件件战斗器械，散发着一丝神秘的气息。此时，贝林达小姐开始了隆重、复杂、细致的装扮程序，小小的梳妆台俨然成了女主人的"用武"之地。这里，由于 Cosmetic Pow'rs（化妆的力量）与人们通常谈论的 cosmic power（宇宙力量）具有谐音的效果，使人不禁把这两种力量联系起来进行对比，并发现，它们虽然在意义上虽然指向两个极端（一个微弱细小，一个宏大无边），但在特定的时候和场合却能够奇迹般地发生相等的威力。

在对各式各样的化妆品、装饰品，以及各种梳妆女性用品进行细致描述之后，作者刻意模拟着古典史诗中全副武装的英雄形象，将贝林达小姐在精心妆扮之后所散发出来的战斗"威力"进行了一番细致入微的描写：

> 如今装扮后的美貌，全副武装，

佳人愈发地散发出醉人的芳香,

补足诱人的微笑, 激发每一丝优雅,

调动眼睛的威力, 制造所有的奇迹。

腮红越来越醒目, 容光焕发,

双目似闪电尖刀, 锋利无比。（Ⅰ, 139-144）

　　从上面这段诗行可以看出, 那些表现古代战场上英雄气概的眼神、表情和举动, 现在被夸张、可笑、不合时宜地用在了一位矫揉造作、内心空虚的贵族小姐身上, 从而产生了某种荒唐、滑稽的反讽效果。

　　《夺发记》接下来模仿的是"战争"开始之前古代英雄们摩拳擦掌、准备战斗的壮观场面和迫切心情。这里使用了古典史诗里描写战争时常常出现的词语, 都是一些带有强烈色彩的词汇, 如, Burns, encounter, adventurous, Knights, Conquests, Bands, in Arms 等。但是, 不无滑稽的是, 用这些词语来描写的所谓"战争", 并非像古典史诗里描写的战争那样, 雄伟、壮观、意义深远, 不过是一场三人玩的小小扑克比赛（Ombre, Ⅲ, 27）, 请看：

贝林达渴望着进入战斗, 去赢得名誉,

摩拳擦掌, 挑战两位胆大妄为的武士,

满怀着信心, 一定要征服她的对手,

一场三人扑克游戏将决定他们的胜负。

三列扑克如同整装部队, 准备出征,

每一列都是由九张组成, 庄严神圣。（Ⅲ, 25-30）

　　下面的八行诗是《夺发记》中对古代庞大战斗阵营的模拟展示。通过对扑克纸牌上面的各式各样图形进行刻意而夸张的描写, 蒲柏戏拟了古希腊在出征前所举行的武装部队隆重、庞大的士兵检阅仪式。

蒲柏本人在注解里明确地告诉读者，这一段描述从各方面都具有典型的史诗特征，除了它的长度以外。[①] 请看：

> 看，四位国王庄严威武、令人敬畏，
>
> 灰白的腮须，胡子朝两边分开；
>
> 四位女王楚楚动人，手持鲜花，
>
> 是她们表现温柔魅力的象征；
>
> 四个流氓穿着紧身衣，值得信赖，
>
> 他们头戴着帽子，手里拿着武器；
>
> 还有各种杂色部队，熙熙攘攘，
>
> 都挤在一张小小的天鹅绒牌桌上。（Ⅲ，37-44）

读者看到，不但扑克牌上那些姿态各异的国王、王后或者流氓们等，都各自按照顺序排列，被夸张地描写成为一只只整齐有序的武装部队，而那广阔无边、气势恢弘的古战场，现在也被戏剧性地缩小了，仅仅局限在了一张光滑的，用天鹅绒铺设的牌桌上。

具有超自然威力的神灵形象在古典史诗中也惯常出现。神灵们往往特别关心世俗社会与人类事务，并热心、积极地加以干涉，而在《夺发记》这部仿英雄体史诗里，当然也少不了他们在事件的发展中应发挥的影响和作用。作者巧妙地采用了一套被批评家们称为"机关"（machinery）[②] 的手法，建构了一个由精灵、仙子、鬼怪等构成的超自然的虚拟世界。他们在诗中扮演的主要角色是四类精灵中的两

---

① 蒲柏在注解中对于这里几行诗的说明渗透着浓厚的讽刺意味。虽然作者在遣词造句方面模拟了英雄史诗的宏大叙事风格，但因其所描述的事物如此渺小（一副扑克牌），实在无法同古代庞大的武装部队相提并论，因此，在描写的长度上就只能大打折扣，浓缩到了短短八行。

② Butt, John, ed. "The Rape of the lock", *The Poems of Alexander Pope*. London：Methuen & CO LTD，1963，p.217.

个极端——气精与地精，分别以爱丽尔和安布里作为它们的形象
代表：

> 在那个令人伤心的时刻，气精告退，
> 爱丽尔向贝林达拍着翅膀挥泪离开，
> 安布里，这个阴险幽暗的家伙出现了，
> 永远将阳光般明媚的面容遮蔽和玷污，（Ⅳ，11-14）

　　《伊利亚特》和《埃涅伊德》中著名的奥林匹斯山众神广为人
知，他们始终是控制和掌管宇宙和人类命运的超自然力量。《夺发记》
里的气精和地精则是以另一种面貌出现的超自然力量，虽然他们的神
灵形象被大大地弱化了，远不能跟那些古代神祇们的威严、神圣相提
并论，但他们仍然像奥林匹斯山众神那样，在故事中交替着对贝林达
和整个事件的发展进行了象征性控制。首先，是气精首领爱丽尔企图
使贝林达远离世俗的情感纠葛，阻止她落入男人的爱情圈套，结果他
的努力却最终遭到失败，这是因为贝林达只是个有血有肉的平凡女
性，注定不可能超凡脱俗，所以爱丽尔只得伤心地离她远去。尔后，
贝林达因失去了保护而头发遇劫，这时，故事里换成了一个阴沉的家
伙来控制她，他就是名叫安布里的地精首领——邪恶势力的象征。贝
林达在安布里的无形控制下而失去了理智和节制，于是她大发雷霆，
终于引发了一场大范围争吵，继而演变成社会上两大家族之间的
混战。
　　在混战中，《夺发记》对于古代战场上英雄们所采用的战斗策略
和战斗计谋也进行了活泼、生动、滑稽的戏仿。请看下面：

> 只见气势汹汹的贝林达冲向男爵，
> 眼里闪电般的光芒实在非同凡响；

对准他那条维持生命的呼吸通道，

这位老练的处女喷过去一股鼻烟；

地精乘机将细小的烟粒四处抛落，

叫空气中布满了刺鼻难耐的烟末。

顿时，男爵被呛得泪水双流，

喷嚏声回响在高高的屋顶头。（Ⅴ，75-86）

诗中描写，愤怒的贝林达用她那闪电般、锋利的"眼神"（Lightening in her eyes，Ⅴ，76）刺向男爵，就如同射出的利箭，非同一般。接着，这位"老谋深算"的"纯情"少女（wily Virgin，Ⅴ，82）又使出了另一种战术，她对准男爵的鼻子里喷进一股"鼻烟"（A Charge of *Snuff*，Ⅴ，82），顿时，男爵被呛得双眼直流泪，当然，他的鼻子更逃脱不了同样的厄运，读者从那高高的圆屋顶上回响着的猛烈喷嚏声，便可略知一二。然而，这里所谓的计谋或策略，只不过是当时上流贵族社会交往和交锋中的一些小伎俩，与古代战场上使用的军事策略和战斗计谋，无论是从技术上还是从规模上都无法相提并论，实在是小巫见大巫。

通过对上面这些描写的分析，我们对于仿英雄体史诗的讽刺意味便有了初步的领略。《夺发记》反映了18世纪英国上流社会贵族们的生活和精神状态，他们热衷于平常琐事，终日无所事事、空虚无聊，充分体现了当时上流社会人们颠倒、堕落的价值观和道德观。读者看到的是，古代英雄们为祖国荣誉而战时的豪迈气概与博大胸怀，现在却被化妆、喝茶、闲谈、打牌或调情等各种无聊的消遣和娱乐所取代。他们在社会生活和社会交往中缺乏诚实、节制与适度等道德规则的引导，因而不论是对社会还是对个人都带来了巨大的伤害。假如将这些发生的毫无价值的琐碎小事，放到过去那些伟大事件和庄严情感的背景下进行衡量和比照，我们便可以用更加清晰、更加明了的眼光来看待生活，可以用更加端正的态度来对待人生，这大概就是对仿英雄体史诗的教育功用较为完整、合理的解释吧。而实际上，它给读者带来的触动和启发又远远不止这些，它的影响应该是更微妙的，持续而深远的。

"仿英雄体史诗的作用就在于将一个人物、或场景、或语句对应或对比于另一个人物、场景或语句，以使我们体会到一种既相似又有区别的感受"。① 在这些既相似又有区别的种种因素相互交融、相互碰撞之中，意义在广度的扩展与深度的延伸中不断获得新的生成。

作者在《夺发记》的前言致贝林达这个人物在生活中的原型法尔默小姐的信中这样写道："请您一定为我作证，这首诗只是为了替一些年轻女士消遣而作。这些女士有足够的明智和温和的性情，她们不但嘲笑自己的同类平常某些不经注意的小毛病（unguarded follies），同时也不忘记自嘲。"②

看来，通过诗歌的形式进行嘲笑和讽刺，可以时刻提醒读者从一定的距离来观察和审视这些平日里"不经注意的小毛病"，无论是从哪个角度——道德的、还是审美的。③

二 "夺发"的道德寓意

单从《夺发记》（*The Rape of the Lock*）这个题目来看，就足以引起人们对其史诗特征的丰富联想。它以一卷女人的头发被抢夺事件为中心而展开一场大范围论争，似乎模拟了古典史诗《伊利亚特》中"海伦被掳"事件而引发特洛伊战争的故事情节。从某种意义上说，由于"海伦被掳"事件代表或象征的是国家之间利益的争夺或民族尊

---

① Fairer, David. *The Poetry of Alexander Pope*. London：Penguin Books Ltd，1989. p. 146.

② Butt, John, ed. *The Poems of Alexander Pope*. London：Methuen & Co LTD，1963. p. 217.

③ 参见 Brower, Reuben A. *Alexander Pope——The Poetry of Allusion*. New York：Oxford University Press，1959, p. 146。

严的维护，而这里所描写的"夺发"事件只不过是发生在当时贵族阶层社交生活中的一件无足轻重的小事，因此，它们各自所描述的事件在性质和意义上是完全不同的，根本无法相提并论。然而作者这里运用英雄史诗这样的宏大体裁来讲述这样一件生活琐事，便决定了该诗的"戏仿"性质。因为女主人公贝林达的一小卷头发被剪去的小事就闹得整个社交圈子沸沸扬扬，这说明，对于贝林达和她所属的那个上流社会贵族小世界来说，女人的头发绝不是普通意义上的头发，它隐含着丰富的、特殊的意义。而头发所蕴涵的多层意义则反映了贝林达和她所属的贵族阶层的思想状况和道德实质。

首先，在诗歌的叙述中，女人的头发实际上是被当成征服众人，尤其是征服男人的有力武器。贝林达的头发暗示着女性特有的吸引力，是性魅力的象征，它具有摧毁所有人（Mankind，Ⅱ，19）的威力。这里 Mankind 用大写字母开头别有用意，它兼"人类"和"男人"的双层意思。因此，在出席社交场合之前，贝林达精心炮制了两缕卷曲的秀发。诗中是这样描写的：闪亮的卷发垂在她的脑后，以那光溜溜的脖子为衬托，俘虏了男人的心，使男人迷醉疯狂；即使意志无比坚强的男性，也会在这用纤细、柔软的发丝所编织的迷宫里走失方向，或者会像掉进罗网的鸟兽一样被牢牢困住。

果然，莽撞的男爵被贝林达漂亮的发卷吸引住了，他就像古战场上的勇士一样，渴望着捕获那件美丽的"战利品"（Prize，Ⅱ，30）。贝林达的头发在男爵的眼中变成了他在情场上将要获取的猎物。因此，男爵"在暗自思量，不管采用什么手段，是靠强夺（Force to ravish）、还是靠欺骗（fraud betray），他都决心要夺得它"（Ⅱ，29–32）。

这里的描写仿佛把现代贵族交际圈的情场变成了古典史诗里的战场，现代贵族妇女的头发则代替了古代英雄们在英勇战斗后的"战利品"。古典史诗中伟大战场上的庄严和神圣，如今被现代社会交际中的嬉戏与轻浮所取代。这种在价值上的降格，暗示了诗人所处时代和社会的人们在道德上和精神上的堕落和退化。

其次，在诗中，具有性诱惑力的卷发同时又被嬉戏地描写成为神圣（sacred，Ⅲ，153；Ⅳ，133）的物品，它代表着女性的"名誉"（Honour，105）。前面的章节已经讨论过，在贝林达和她所属的贵族小圈子里人们认为，保持了头发的完好无损（意味着身体的完整），就等于保住了女人的贞洁。而头发一旦被夺走，就意味着她们名誉的丧失。

就在头发被剪下的那一刻，贝林达的朋友——苔丽丝特里丝向贝林达描绘了头发被掠夺后将要出现的后果，她的话实际上代表了当时所有上流社会女性的内心思想：

> 天哪！强夺者将你的秀发四处炫耀，
> 让花花公子羡慕，让女人们惊讶，
> 可是，神圣无比的名誉绝不容许，
> 一切安逸、享乐和美德都将远去。（Ⅳ，103-6）

男人当然也不会跳出他们所属的那个小圈子里人们的普遍观念。只见男爵手持着贝林达的头发，洋洋得意地向众人炫耀："凭着这缕神圣的卷发，我敢发誓，只要我还活着，还剩有一口气，我将永远紧握着我赢得的战斗果实，决不放手"（Ⅳ，133-8）。这时作者在诗中无不讽刺地议论道：秀发从贝林达那可爱的脑袋上被剪了下来，可惜再也不能与它的根部重合，就如同头发曾经拥有的名誉丧失了一样，再也不能恢复它曾经拥有的荣耀了（never more its Honours shall renew，Ⅳ，135）。

下面两行诗描写的是贝林达本人在头发被剪那一刻的心态：

唉，可怜的处女！为了你那秀发被掠，

感到从未有过的愤怒、怨恨、伤心欲绝 。（Ⅳ，9-10）

　　贝林达由于头发被掠夺，感到了从来没有过的愤怒、怨恨和绝望。这里诗人有意识地突出了她原本的身份——"处女"（Virgin，Ⅳ，10）。故事情节集中围绕着"夺发"来开展，其中的"夺"（rape）字，作者通过象征性运用，暗示了"强夺"（rape）这个词隐含的双层意义，它既指头发被抢走，又同时暗示着"强奸"——处女贞操的被强夺。其中 ravish 与 rape 几乎是同义词，它隐含的意义是多重的，包括掠夺、强夺、强暴、强奸等。作者在描述男爵谋划夺取头发时的语言和用词都是经过刻意挑选的，比如，fraud，betray，ravish，force，这些都是带有暴力色彩的词，尤其在用于对付一个女性的时候，极容易引发读者对性侵犯、性暴力等的联想。利用"rape"一词"强夺"与"强奸"的双关意义，概念被偷换了，贝林达"头发的被剪"被暗中转喻为她的"肉体的被侵犯"，而侵犯一个处女的身体，毫无疑问意味着剥夺她的贞操。一句话，在众人眼中，贝林达在头发被强夺的同时也意味着她处女之身的失去，这就难怪她是如此的恼怒和伤心。

　　根据以上所述，"夺发"并不能被理解为一个简单的举动，在它的背后有着极为丰富的道德蕴涵。前面已经谈过，作为一个有着强烈虚荣心的贵族小姐，贝林达只注重外在的名声和留给公众的印象，并不真正地关心她内在道德的提升和精神方面的修养。从她的真实内心来讲，她不可能脱离作为人的自然属性——对异性的渴望。其实，在她的内心深处，始终隐藏着对世俗男人的渴望。她之所以为失去一小缕头发而大动肝火，只不过是受到了当时社会流行的、错误的贞操观念限制和影响，是虚荣心在作梗罢了。因为，在众人前面，头发被强行夺走，似乎意味着她的贞洁的丧失，同时就是她的名誉的丧失，这对于她来说甚至比失去贞操本身更加可怕。下面几行诗将贝林达的真实内心世界暴露无遗：

> 剪掉几根隐蔽的毛发并不算心狠，
> 偏要夺走如此暴露的卷发太残忍！（Ⅳ，175-6）

　　显然，贝林达对于自己的名誉在公众面前被毁，比真正失去一个姑娘的宝贵贞操更加害怕和恼怒。"头发"象征着贝林达外在的"名誉"，如果头发被夺走，就等于贞操的被剥夺、名誉的丧失。就这样，女性的贞操和名誉被物化了，内在的美德被外在的美貌和名誉所取代。在那个只注重和追求物质和表面的世界里，外表的名誉意味着一切，贞操的丧失被等同于身价的贬低，这是因为在那个赶时髦、追求虚荣的世界里，"名誉"是唯一有价值的东西。对头发的掠夺意味着对名声的损坏，这比损害女性的肉体和贞洁本身更加严重、可怕。至此，作者采用的仿英雄史诗体进行创作所要发挥的功用，就在这对上流社会颠倒、扭曲的价值观和人生观的嘲笑和讽刺当中得到了充分的实现。

　　当我们再次把《夺发记》置于古希腊史诗的背景衬托之下就会发现，它几乎就是古希腊"海伦被强夺"事件的回响。虽然当时美丽的海伦被描写为是受到特洛伊王子的诱拐而去的，但她本人的内心世界究竟如何，我们不得而知。史诗中并没有关于她在被掳去特洛伊之时而加以任何反抗的描写，这便给人们留下了无尽的遐想。《夺发记》里的"头发被强夺"与"海伦被强夺"，似乎给人们带来了一种既似曾相识但又有几分陌生的微妙感受。《夺发记》似乎反映了女性对于性爱关系以及贞洁观念所持有的一种矛盾、徘徊和模糊的态度与体验。或许，它还暗示读者，那位远古时代的美女海伦的神秘内心世界，是否恰恰就在贝林达小姐的这种矛盾的心理经验中得到了返照？总之，由于古典史诗的相似情节的映衬与烘托，使读者在对贝林达的内心世界进行阅读和阐释的时候，拓展了更为广阔、更加丰富的想象空间。

三 "引喻"的艺术

《夺发记》从整体构思上对古典英雄史诗进行了全面的"戏仿"，①展露了蒲柏丰富的创造力和想象力，以及他高超的作诗技艺。其中，"引喻"（allusion）作为一门极为精湛而独特的语言艺术，是戏仿的重要表现手段之一。因此，对引喻的巧妙运用，不但使诗歌在语言表现上增添了绚丽多姿的色彩，大大加强了讽刺的力度，而且还有效地加深了作品主题的内涵，拓展了读者的想象空间，尤其是对道德的联想。

从广泛的意义上说，"引喻"的意思是"暗指、影射，间接提到"。而对于文学作品中所出现的"引喻"，则常常被称之为"典故"，即对经典史诗或神话故事中的典故的引用（an allusion to classical mythology in a poem）。② 这后一种意义上的"引喻"，正是这里所要探讨的重点。

《夺发记》里出现的极为丰富且寓意深刻的"引喻"，大致可以分为以下几个方面或者几种类型：①直接采用古典史诗中的叙事短句或片语；②援引古典史诗中常见的原型性意象；③借用史诗中广为人知的人物或情节典故；④刻意效仿某个古典人物的精彩讲话片段。下面，将逐一对这几个方面进行讨论。

（1）《夺发记》在叙事中，常常直接采用某些古典史诗中出现的短句或片语。比如，在诗歌的开头，主人公贝林达小姐为了出席社交场合，精心装扮，特意炮制了两缕卷曲的秀发，以吸引众人的目光。

---

① 参见马弦《夺发记》对古典英雄史诗的"戏仿"，《外国文学研究》2008 年第 5 期，第 100～106 页。

② 本文用"引喻"来定义 Allusion，而没有直接地翻译为"典故"，是为了强调其语言方面的表现特征及艺术效果。"引喻"作为一门语言艺术，是众多的修辞手段之一，如夸张、隐喻、象征、反语、对照等。

此时女人的头发实际上被当成了征服众人，尤其是征服男人的有力武器，它暗示着女性特有的魅力和诱惑力。诗中叙述，女性美丽的头发具有摧毁全部人类（to the Destruction of Mankind，Ⅱ，19）的巨大威力，英文 Mankind 兼有"人类"和"男性"的双层含义，这就表明了作者暗中的用意，即闪亮诱人的卷发能够俘虏男人的心，使男人迷醉、疯狂。果然，男爵被贝林达那撩人的卷发迷住了；于是他欲火攻心，暗自下定决心要夺取它，如下：

> By Force to ravish, or by Fraud betray;
> For when Success a Lover's Toil attends,
> Few ask, if Fraud or Force attain'd hid Ends. （Ⅱ，32-4）①

诗人无不揶揄地叙述："不管是靠武力，还是靠欺诈；当一个情人的辛苦得到了回报，没有人会问起用的是哪种手段。"这里，"By Force to ravish, or by Fraud betray"，直接搬用了古典史诗中常常出现的叙事短句或片语，它是描写古代战争时所惯用的典型"对句"（antithesis），用来形容古代战争中所使用的战术或计谋。下面，试比较德莱顿在他翻译的《埃涅伊德》里所使用的对句，就可以清楚地看到蒲柏对他的模仿和借用：

> Somewhat is sure design'd; by Fraud orby Force; （Kinsley，1958，p. 1093）②

---

① 为了对所引用原文进行更加直观的对比，故在此不做翻译。该章节中余下几例属同。
② 蒲柏本人对这一段所做注解的原文如下：cf. Jove's threats, Iliad, Ⅷ 11ff. and "the various Penances enjoy" d' before a soul in Hades can be made ready for human life again（Aeneid, Ⅵ 739 ff.）。参见 Butt, John, ed. "The Rape of the lock", *The Poems of Alexander Pope*. London：Methuen & CO LTD, 1963, p. 226。

　　无疑，读者对于古希腊神话中的那场举世闻名、声势浩大的特洛伊战争应该不会陌生。古希腊人远征特洛伊城长达十年之久，使用"武力"（by Force）久攻不下。最后，在占卜家和预言家卡尔卡斯的启发之下，奥德修斯想出一个妙计，这就是著名的"木马计"，即诗句中所指的"欺诈"（by Fraud），才得以攻克了特洛伊城。然而，这种用于古代伟大战争的计谋或策略，如今却被一位王公贵族用在了追求女性上面，真是令人贻笑大方。

　　在蒲柏翻译荷马史诗之前，诗人德莱顿翻译了维吉尔根据荷马史诗题材创作的长篇史诗《埃涅伊德》，这在当时的社会上广为阅读和流传。德莱顿是17世纪后期英国最有影响的大诗人，他一直是蒲柏所仰慕和模仿的榜样。蒲柏后来一直使用英雄双韵体进行创作，就是学习和继承德莱顿诗歌风格的结果，自然，当蒲柏创作这部仿英雄体史诗《夺发记》时，对德莱顿翻译的史诗进行借鉴和模仿显然是不可避免的。

　　诗歌描写，男爵暗自琢磨着如何使用一些爱情的小伎俩，并梦想借助于神仙的力量，以帮助他迅速地获取那件"战利品"——头发（Prize，Ⅱ，30），并达到能够长期持有它的目的。于是，他像史诗里出征前的英雄们那样筑起了高高的祭坛，向神灵们顶礼膜拜，虔诚地祷告。然而无不滑稽、可笑的是，在他的祭坛上成列的贡品不是牛羊，而是浪漫小说、情书等用来求爱的世俗小物品。这时，尽管太阳神阿波罗听见了他的祈祷，但遗憾的是，他祷告的内容仅有一半被得到允诺，其余的，被突然刮来的一阵风吹跑了，请看：

The Pow'rs gave Ear, and granted half his Pray'r,

The rest, the Winds dispers'd in empty Air. （Ⅱ，45-6）

　　对于上面的这两行诗，作者在注解里特地告诉读者，是模仿了德莱顿翻译的《埃涅伊德》第二卷第 65 行及以下两行。[①] 可以看出，此处的 "神灵许诺了他的一半祷告，其余却在风中一扫而空"，几乎就是对《埃涅伊德》中短句或片语的直接挪用。读者从这些巧妙、诙谐、充满揶揄的模仿中，无不获得了一丝轻松和愉悦的感受。与此同时，虽然这些滑稽模仿给读者带来了些许的嬉戏和快慰，但并不能与它们原有的历史背景彻底割离开来。因此，在这些带有喜剧色彩的情节背后，还暗藏着某种历史的沉重感和庄严气氛，使得读者在笑过之后，不免陷入更加深刻的反思，尤其是对道德的思考。

（2）援引史诗中经常出现的典型意象也是《夺发记》的语言特色之一。诗歌叙述，正当争夺卷发的战争进入白热化阶段，此刻，统治着奥林匹斯山众神的主神——朱庇特（Jove）出现了，他亲自出面来干预这桩人间的纠纷。他举起了著名的 "金色宇宙天平秤"（golden Scales，V，71）来衡量和判决此事，打算在人类的智慧与一个女人的头发之间分出胜负。只见那高高悬起的、长长的秤杆两头一上一下地久久摇摆着，徘徊着（The doubtful Beam long nods from side to side；V，73），经过一番较量，终于，命运被决定了。在那杆金色天平秤上，人类智慧的分量终究压不住一小卷女人头发的重量，向上翘了起来（At length the Wits mount up, the Hairs subside. V，74）。就这样，头发将人的理性彻底淹没了，最后占了上风，于是，一场更大范围的争斗接踵而至。在此，作者的讥讽才能在对古典传统意象的创造性运用中，得到了尽情的发挥。

在许多古典史诗的叙事中，常常会从对普通人类事务的描写，忽然上升到对神灵力量的描写；而世俗社会中无休止的矛盾和争斗，最终都是交付给神圣的天意来判决。朱庇特主神高举宇宙天平秤的意

---

① 原文为：Apollo heard, and granting half his Pray'r, Shuffled in Winds the rest, and toss'd in empty。参见 Butt, John, ed. *The Poems of Alexander Pope*. London：Methuen & CO LTD, 1963，p. 224。

象，在荷马、维吉尔和弥尔顿等人创作的英雄史诗里都相继出现过，它象征着人类的命运在关键时刻往往是由天意或神灵来决定的。比如，在荷马史诗《伊利亚特》中，特洛伊著名将领赫克托（Hector）最终将被希腊勇士阿基里斯（Achilles）杀害的命运，早在宙斯（希腊译本的朱庇特）举起他的金色天平秤那一刻就已经被决定了。

在《夺发记》里，对宇宙天平秤意象充满嘲讽意味的引用，使诗歌在叙述中增添了几分道德的暗示。其一，宇宙天平秤的出现似乎在提醒人们，在这场对头发的争夺战中，人类的力量在强大的命运面前显得多么的软弱无力。其二，与古代战争的壮烈气氛和勇士们所进行的伟大、殊死搏斗相比，这场论争是如此的渺小、平凡、微不足道，然而，伟大或平凡与否，其上帝所代表的宇宙自然法则却同样适用，这再次表明了人类终究不可违背或超越普遍的、神圣的宇宙秩序。这种对宇宙神圣秩序的信仰，也正是诗人所处那个时代追求理性与秩序的伦理精神的极好体现。

（3）《夺发记》还借用史诗中人们熟悉的人物或事物典故来唤起读者的联想，在与古典人物和史诗情节的相似性对比或对照中，使其中隐藏的意义获得无限的延伸、扩展和叠加。比如，《埃涅伊德》里的狄多（Dido）是古典史诗中一个最著名的爱情悲剧人物之一，蒲柏对《埃涅伊德》进行阅读和借鉴的是德莱顿的英译本，而下面的诗行则显然是对迪多爱情悲剧故事的模仿和影射：

> Happy! Ah ten times happy, had I been
> If*Hampton-Court* these Eyes had never seen! (Ⅳ, 149–50)

这里是贝林达在头发被夺之后所发出的悲叹和哀悼声，其语言表达恰好与神话人物狄多曾经发出的哀叹声极为相似，是对《埃涅伊德》诗句的直接模仿："Happy! Ah too happy had I been if the Darden keels had never touched these shores！"① （Wasserman, Earl R. 1980. p. 242.）

还有，《夺发记》第四章的开头两句这样描写贝林达在头发被抢夺之后的内心情感：

> But anxious Care the pensive Nymph opprest,
> And secret Passions labour'd in her Breast.（IV，1-2）

这里模拟的正是德莱顿翻译的《埃涅伊德》中第四章的开头两句。描写了贝林达被痛苦和焦虑所压迫，她的内心深处似乎蕴藏着不为人所知的强烈情感和秘密。此处，对于贝林达的焦急心情的描写，与对《埃涅伊德》中狄多被爱人抛弃后悲苦心情的描写极为相似，如下：

> But anxious Cares already seiz'd the Queen：
> She fed within her Veins a Flame unseen：　（Kinsley，1958. p. 1145）

狄多是古典神话中迦太基国的女王，她疯狂而热烈地爱上了特洛伊战争中的勇士埃涅阿斯（Aeneas），最后却被埃涅阿斯无情地拒绝和抛弃，狄多因此在绝望中自尽。蒲柏在描写贝林达时，刻意使她在许多方面与狄多近似，比如贝林达在外表上就被描写为高贵的女王或女神（Goddess，I，132）。诗歌的叙述还通过在语言上对古典人物描写的模仿，刻意将二者进行类比。

---

① 转引自 Wasserman, Earl R. "The Limits of Allusion in The Rape of the Lock", *Pope：Recent Essays by Several Hands.* Eds, Maynard Mack and James A. Winn. Hampden, Connecticut：The shoe String Press, Inc. , 1980。

虽然贝林达与狄多各自的处境和遭遇有诸多相似，但又并不是完全相同。《埃涅伊德》里的狄多要求埃涅阿斯回到她的身边，但不管她如何地苦苦哀求，仍然遭到了埃涅阿斯的拒绝。《夺发记》第五章的开头几行对贝林达不幸遭遇的描述，仿佛就是狄多的恳求遭到拒绝的回声，与之极为相似，如下：

> She said: the pitying Audience melt in Tears,
>
> But Fate and Jove had stopp'd the Baron's Ears.
>
> ……
>
> Not half so fixt the Trojan cou'd remain,
>
> While Anna begg'd and Dido rag'd in vain. (V , 1–6)

与狄多请求爱人回来却遭到拒绝的情形相似，这里由安娜替代贝林达向男爵发出了归还头发的恳求，但同样遭到被拒绝的命运。诗歌中情节的接近、语言描述的相似性，甚至对狄多本人的提及，直接将贝林达与狄多女王的悲剧形象紧紧联系在了一起。

不过，与狄多不同的是，狄多要求的是爱人回到她的身边，而贝林达所请求的却是归还头发——贞洁的象征物，这便具有了一定的讽刺意味。这是否暗示着，贝林达实际上是现代社会女性对于爱情所持的错误观念的牺牲品？尽管贝林达在表面上拒绝男人，而在她内心里是渴望世俗爱情的。她只是为了迎合当时社会虚假的道德观念和陈腐的习俗，刻意压抑和掩饰自己的真实欲望罢了。对她的这种复杂、微妙心态的刻画，在古典人物既相似又不尽相同的对照和衬托中，更加显示出了诗歌对"狄多"引喻的巧妙运用和表现深度。

（4）模仿某个古典史诗人物的精彩讲话片段也是《夺发记》中常见的引用方式。下面，是气精首领——爱丽尔模仿朱庇特主神的语气来恐吓众精灵的一段讲话：

不管是哪个精灵，胆敢玩忽职守，

离开他的岗位，抛下美丽的佳人，

将很快为自己的罪过受到重罚，

被封进小瓶，被针尖刺穿绊住；

或被扔进洗面奶的苦海里淹没，

或永世被卡到大眼针里不能动弹；

……（Ⅱ，123－136）

　　这段讲话充满了诙谐和幽默。爱丽尔故作威严与神圣，煞有介事地警告那些气精，谁要是胆敢玩忽职守，将被处以种种严厉的惩罚。比如，会被小瓶小罐困住、被针尖穿透、被扔进洗面奶里，或永远被卡在梳子缝里或是针眼里；或被口香糖和润发油沾住再也飞不起来了；或者就像古典史诗里的拉庇太泰王——伊克西翁（Ixion）那样，被绑在旋转的碾磨机上转得晕头转向；还有就是，随时可能被扔进下面滚烫的巧克力奶茶的海洋里。这些情形恰如维吉尔的《埃涅伊德》里所描述的那样，"地狱里的灵魂在重新回到人的生命之前必须要经受的各种酷刑"①。

　　令人忍俊不禁的是，这些所谓的酷刑对于微型世界的小精灵们而言虽然是极端严重的，但从人类社会的角度来看，只不过都是些无关痛痒的女性生活中故作夸张的无聊小事，不值得这么大惊小怪。这里，诗句模仿了古典史诗中常常描写的人在地狱里所经受的种种痛苦和折磨，却喜剧性地从整体上将它们统统缩到了最小限度。"诗人（指蒲柏）在丰富的才能与想象中，玩味于一个他创造的微型小地狱，它所产生的极其精细而远非宏大的效果，却大大强化了作者的道德目的。在这种故意缩小了的尺寸或范围底下，突出了这样一个主题，即

---

①　Butt, John, ed. *The Poems of Alexander Pope.* London：Methuen & CO LTD, 1963, p. 226.

人们应当具有正确的观念以及准确、理性的判断力"。①

《夺发记》中另外一处对古典史诗中精彩讲话片段的成功模仿，就是在第五章开头汉普敦宫女主人克拉丽莎（Clarissa）的一段讲话。蒲柏在注解里明确地告知读者，这段讲话是对特洛伊战争中的希腊英雄宙斯之子——萨耳珀冬（Sarpedon）的著名演讲的模仿，其目的是为了更加清楚地阐明该诗的道德主题。以下几组诗行分别取自蒲柏创作的《夺发记》和他早在 1709 年翻译的《伊利亚特》片段，试列举以进行对照和比较：

Sarpedon：

Why on those Shores are we with Joy survey'd,

Admir'd as Heroes, and as Gods obey'd?

Unless great Acts superior Merit prove,

And Vindicate the bounteous Pow'rs above：②

Clarissa：

Say, why are Beauties prais'd and honour'd

The wise Man's Passion, and the vain Man's Toast?

How vain are all these Glories, all our Pain,

Unless good-sense preserve what Beauty gains：（V，9–10、15–16）

Sarpedon：

But since, alas, ignoble Age must come,

Disease, and Death's inexorable Doom；③

① Gooneratne, Yasmine. *Alexander Pope*. London：Cambridge University Press, 1976, p. 44.

② Butt, John, ed. *The Poems of Alexander Pope*. London：Methuen & CO LTD, 1963, pp. 61–62.

③ Butt, John, ed. *The Poems of Alexander Pope*. London：Methuen & CO LTD, 1963, p. 62.

Clarissa：

But since, alas! Frail Beauty must decay,

Curl'd or uncurl'd, since Locks will turn to gray, （V，25-267）

可以清楚地看到，上面这些对史诗语言的刻意模仿，形成了某种滑稽、怪诞、不协调的对应或对比。作者将萨耳珀冬这样一位古典英雄的豪迈语言，移植到克拉丽莎这样一位现代社会的贵族女性身上，让她来发表这样一番既庄严又凝重的讲话，虽然不能使人完全怀疑其道德的严肃性，却不免给读者某种微妙的嬉戏与嘲弄的感觉。况且，古典史诗里的英雄萨耳珀冬宣讲这番话的目的，是要鼓动人们勇敢地前赴战场，他的讲话情绪饱满、激昂，语气里充满了战斗的激情。他的英勇和好斗（great Acts），表现了那个时代人们所推崇、所赞扬的优秀品质。而克拉丽莎却恰好相反，她举动矜持、优雅，语气平和、恬淡，其目的是要人们冷静下来，保持清醒，讲究明智，避免争斗。这是因为英国 18 世纪是一个讲究理性、节制和秩序的时代，这与古希腊、罗马英雄时代的人们所持有的道德价值观念完全不同。因此，克拉丽莎在这里提倡的"明智"（good-sense），即指人们在道德行为方面所表现出来的得体与适度，也正是作者所属那个时代人们所强调和追求的价值和美德。

在古典史诗里，萨耳珀冬的讲话激起了勇士们的斗志，但这里克拉丽莎的讲话却没有受到人们的欢迎和认同。然而，与史诗里的英雄们在演讲的鼓舞下进入战斗的情节相似，贝林达和她贵族小社会的人们在听完讲话后，也卷入了一场激烈的纠纷之中。两者的讲话尽管在语言上有着某些相仿之处，但其内涵和用意又是如此不同，却意外地导致了相似的结果，真是阴差阳错，怎不令人啼笑皆非。无疑，作者的目的绝不仅仅在于制造诙谐、滑稽的气氛，因为在笑声背后，隐藏着作者更为严肃的道德指涉。

在丰富的"引喻"中，蒲柏生动地刻画了贝林达和她的贵族小圈子人们的精神状态和道德观念。作者以一套传统的、社会公认的伦理道德体系作为衡量标准，将读者置身于一个个具有反讽意味的语境中，使他们时刻意识到作者的真正意图所在，那就是作者在诗歌中早已提出的观点，人们在社会交往中必须培养"明智"。"明智"作为一种与人的道德力量相关的理解力和判断力，要求人们在实际生活中用理性来支配和控制自己的情欲。

《夺发记》通过对具有古典史诗特征的语言或典故的模仿和引用，来使读者意识到它先前所存在的历史背景，这种背景形成一种人们看不见但分明可以从中听到的嘲讽的回音，从而使诗歌在意义上和韵律上获得了双重的力量。早在1906年7月创作该诗之前，蒲柏在给他的启蒙导师威廉·沃什的信中，曾就怎样模仿或引用古典作品的问题进行过咨询和探讨。他这样说："究竟可以在多大的程度上来进行借鉴呢？……作者借用他人成果的情形，就如同那些树原本只能结出一种果子，但嫁接到其他树木上就可以结出多种果实来一样。相互交换或借鉴有利于诗歌的繁荣和发展。然而，诗人恰似商人，从别人那里获得物品之后还必须得拿出自己的东西作为回报；这不像海盗，把别人的东西掠夺过来，统统据为己有。"①

显然，《夺发记》作为一首对于人类如何树立正确观念与看法的重要性方面进行反思的长诗，从蒲柏那善于影射或暗示的习惯中获得了额外的分量，增添了无比丰富的隐喻，充分表现了他那"借用自如"（Liberty of Borrowing）的高超技艺与刻意追求。② 正是作者对于"引喻"艺术的灵活运用以及巧妙发挥，使得作品的内涵和意义获得

① Erskine-Hill, Howard, ed. *Alexander Pope: Selected Letters*. Oxford: Oxford University Press, 2000, p. 13.
② Gooneratne, Yasmine. *Alexander Pope*. London: Cambridge University Press, 1976, pp. 42 - 43.

了不断地增殖与扩展，激发了读者无尽的想象，尤其是对道德的联想，从而使诗歌达到了愉悦与说教的双重目的。

《夺发记》就如同一座被压缩了的微型雕塑，其中包含了古代诗史中所描绘的人类各种愤怒、狂热、争斗和道德冲突。作者几度将贝林达与精美的瓷器联系在一起，是因为她本人就像是一件昂贵、美丽、耀眼，但极为脆弱和易碎的"瓷器"（China，Ⅱ，105，Ⅲ，110，159），仿佛人类所有的欲望和激情都被浓缩在这件瓷器里（即她的内心世界），里面的各种狂乱情感随时将要爆发出来，将盛载它们的器皿冲破。正是由于这些潜在的、激动人心的因素，使故事情节的发展随时处在紧迫、复杂与微妙的张力中，即秩序与能量之间、理性与欲望之间展开着永无止境的较量与对峙，并赋予读者无限的想象空间。

1714 年夏安妮女王去世，蒲柏在朝廷的托利党朋友失去了地位，他本人的社会影响也因此被削弱。他开始着手翻译荷马史诗《伊利亚特》和《奥德赛》，编撰《莎士比亚戏剧集》，前后花去 13 年时间。虽然这是一项艰巨而卓绝的工作，但最终的成功却磨炼和积淀了他的诗才，并使他的诗学思想更加趋于成熟和完整。荷马史诗里那些可歌可泣的英雄事迹在蒲柏笔下得到了生动再现；同时，由于英国 18 世纪是讲究理性、崇尚秩序的时代，蒲柏的《伊利亚特》和《奥德赛》成为了那个时代所追求的文雅、得体和明智等价值观的变奏曲。通过荷马史诗的翻译，蒲柏对于他所属的时代精神进行了另一种意义上的诗学阐释。

在《夺发记》的创作和发表之后，蒲柏暂时放下诗歌创作而转向翻译，终于，他在 1727 年完成了对荷马史诗的翻译。他在下一阶段的诗歌创作中，又产出了不少的优秀作品，其中最具影响力的是两部伦理诗——《人论》和《道德论》，和一部大型讽刺诗——《群愚史记》。早期的诗歌创作经历，以及翻译荷马史诗的磨炼和积淀，使得蒲柏在思想和艺术两方面都以更加成熟的面貌再次出现在世人面前，并迎来了他诗歌创作生涯中的另一座高峰。

第四章 《人论》中的宇宙秩序

他没有在幻想的迷宫中漫游多久，

却投身于真理，写起道德诗来。(340-1)①

这是蒲柏在他著名的讽刺诗，同时也是一部自传式诗歌——《致阿巴思诺特医生书》（*An Epistle to Dr. Arbuthnot*，1735）中对自己的描述和评价。阿巴思诺特（Dr. John Arbuthnot，1667–1735）医生曾是安妮女王的御医，他喜爱结交文学名人，与蒲柏、斯威夫特、盖伊等文学名人是好朋友。他们组成了一个"斯克里布莱拉斯俱乐部"（Scriblerus Club），常常在一起针砭时政，发表对社会的看法。该诗以对话的形式写成，在主要发言人蒲柏与提问者阿巴思诺特医生之间展开。

蒲柏在此诗的前言《告读者》（Advertisement）中说明，自己初入文坛之时与世无争，并无意与谁为敌，但那些伪善、虚荣的人却妒忌他的才华，想尽办法贬低和排挤他，因此，现在他不得不站出来为自己的荣誉辩护。② 在上面这两行诗中谈到，过去，他一度沉溺于诗歌的幻想世界（Fancy's Maze），创作了一些纯属个人感情方面的、抒情意味比较浓厚的诗歌；现在，他要转向更加严肃、更加广阔、更加宏大的创作题材，也就是要"投身于真理"（stoop to Truth），在诗歌

---

① Butt，John，ed. "An Epistle to Dr. Arbuthnot"，*The Poems of Alexander Pope*. London：Methuen & CO LTD，1963，p. 608. 译文引自王春元、钱中文主编《英国作家论文学》，汪培基等译，北京：三联书店，1984，第81页。

② 参见Butt，John，ed. "Essay on Man"，*The Poems of Alexander Pope*. London：Methuen & CO LTD，1963，p. 597。

中更加直接、明朗地向人们宣讲真理和美德，因此他开始"写起道德诗来"（moralize his song）。在他后阶段的创作中，蒲柏的语言变得更为辛辣和富于巧智。他尽情地讽刺文坛上那些附庸风雅、低级趣味的文人墨客，进而上升到对文坛以及整个社会的道德腐败现象猛烈开战。

蒲柏的后期创作是从 1727 年完成荷马史诗的翻译开始，直至他于 1744 年去世的这段时间里。这也是他在诗歌创作上更为成熟的重要时期。值得一提的是，他开始对于诗歌的目的和性质，以及作为诗人对社会的作用等方面，产生了新的看法和微妙的变化，那就是他在作品中越来越注重道德、伦理问题的探讨。蒲柏在这段时期的创作中，直接增添了许多对伦理、道德问题的议论和探索，他在诗歌中自愿扮演起反抗腐败政治和堕落德行的代言人角色。当然，他仍然没有放弃对"巧智"的运用，因为这对于他针砭时事、加大讽刺的力度是必需的手段。但与他以前的许多讽刺诗人不同的是，这种独特的艺术技巧从现在开始，被他更多地运用到了对人生、社会、宇宙和关于人的哲学方面的思考。

《人论》（An Essay on Man，1733–1734）作为蒲柏的一部重要作品，便是蒲柏在上面诗句中所指的"道德诗"之一。这是一部专门针对人性、人与社会、人与宇宙、人的幸福等伦理关系问题展开论述的作品。作者模仿古代文艺批评家贺拉斯的《诗艺》，运用诗体语言进行写作，并采用了书信体作为创作形式，与他的另外一部重要作品——《道德论》以及"仿贺拉斯诗札"多篇一起，构成了他著名的伦理书信系列（Ethical Epistles）。史宾塞在他的回忆录《文人逸事、观察与性格》（Anecdotes, Observations, and Characters of Books and Man）里记载了他与蒲柏关于这个话题的多次对话记录。从他与蒲柏的对话里，我们得知，蒲柏当时正在酝酿着写作一部伦理书信，以作为他对一整套伦理体系的具体表达，史宾塞对于这部诗论的记载最早开始于 1730 年：

> 第一部书信准备作为对整个作品的总绪，就如同是一部书的
> 细节性提纲一样。这里，我想，是我的最大的困难：不但是在把
> 各个部分都安排妥当，还要想办法使它们在阅读起来的时候使人
> 愉悦。这是（蒲柏）1730 年 5 月说的话，当时他习惯地称之为
> "道德书信"系列，后来他称之为"人论"。他本来打算写一部
> 信札，后来变成了写给博林布鲁克的四封信札。①

其实，蒲柏早在 1729 年写给他的好朋友斯威夫特的信中，就曾
提到过他打算写作一部贺拉斯式的伦理书信作品。作为创作宗旨，作
者在提炼和总结西方古代与现代众多的伦理学说的基础上，试图阐述
与构建一套属于自己的伦理思想体系。有批评家曾指责蒲柏在诗中对
于道德哲学某些细节的论述中出现不严谨的地方或漏洞，然而我们要
强调的是，蒲柏并不是哲学家，而只是一位诗人；他的创作目的也不
是要炮制什么逻辑严谨的哲学巨著，而是要借以诗歌艺术这种简洁、
有力的语言形式，更加生动、形象地向人们阐明某些道德哲学方面
的、人所共知的普遍道理，以更好地表达自己对于伦理、道德方面的
观点和理想。其实，他在该诗的前言《告读者》中清晰地表达了他的
创作宗旨：②

> 我本可用散文来写，但我用了诗，还押了韵，是出于两个原
> 因，一个是原理、箴言、格言之类用诗写更容易打动读者，更能

---

① Spence, Joseph. *Observations*, *Anecdotes*, *and Characters of Books and Men*. 2vols, Oxford：Clarendon, 1966, p. 12.

② 原文见 Butt, John, ed. "Essay on Man", *The Poems of Alexander Pope*. London：Methuen & CO LTD, 1963, p. 502. 译文引自吴景荣、刘意青主编的《英国十八世纪文学史》, 北京：外语教学与研究出版社，2000。

使他看了不忘。另一个原因是，我发现我用诗能比用散文写得更简短。有一点是肯定的，既讲道理或教训人要做到有力而又文雅，文字非简练不可。在这里我如不简练，则容易细节谈得过多，显得枯燥，罗嗦；或者过分诗化，过分修饰，以至不够清楚，不够精确，常要打断说理的连贯性。（着重点原有）

正是由于作者的这种深入浅出、生动形象的语言表达方式，以及他那炉火纯青的作诗技艺，使读者在欣赏和品味诗人精湛的诗歌艺术同时，能够更加深入、透彻地领悟其中所蕴涵的丰富的伦理学思想精华。

《人论》作为蒲柏伦理书信系列的第一部，创作于1730年至1732年，发表于1733年至1734年间，由四封写给诗人的朋友兼哲学导师亨利·圣约翰·博林布鲁克（Henry St John Bolingbroke，1678–1751）的信札组成。诗中，蒲柏试图对自古以来众多哲学家、思想家们在伦理、道德方面的思想和学说，做出全面性、综合性的概括和探讨。因此，《人论》主要是针对人在宇宙中的地位、人的本来属性、人与社会之间的关系，以及人生、幸福等一些具有普遍性意义的伦理学问题所做的专题论述和探讨。

第一节　永恒的宇宙和谐与秩序

《人论》的第一篇主要是论述人在宇宙中的位置、状态以及人的自然属性。作者指出，由于人常常局限于对自身的认识，把自己孤立起来，从而忽略了自己与整个宇宙之间的关系。如果把人放到整个宇宙体系中去就会发现，人与自然、人与生物、人与造物主等，都被恰到好处地安排在了一个"巨大的生物链"当中。人类和万物在这个世界上各自都有属于自己的位置，它们都是上帝统一安排的结果，是自然规律和永恒的宇宙秩序的结果。所以，人作为宇宙万物中的一部分，就要清醒地认识到自己的地位、局限和弱点，他不要妄想超越自己应有的位置，而是服从于这种安排，安心于自己在宇宙中的固有地位，因为，正如诗歌中断言的那样："存在的就是合理的。"

一　人是"巨大生物链"中的一环

18 世纪，以牛顿为代表的新型资产阶级科学家在自然科学各个领域的新发现，启发了人们对大自然和宇宙的好奇和认识，从而也推动了思想界和文艺界对科学理性的推崇。牛顿天体学表明，自然界的确存在着可由物理和数学得以论证的规律，并认为宇宙的规律和秩序是造物主（上帝）精心规划的结果。因此，整个 18 世纪的英国被一种理性的乐观精神所充斥着。

从牛顿力学中发展而来的宇宙或自然界的整齐秩序和普遍规律的科学思想，深刻地影响和改变了当时许多思想家、哲学家和文学家的思维，并成为他们对社会进行启蒙和传播新思想的起点。启蒙哲学和启蒙运动的思想基础是自然法则和自然神论。自然法的概念自古希腊就产生了，它指宇宙万物都是有规律和有秩序的；不仅自然界存在规则，社会、个人与民族之间也有早已确立的整合秩序。在斯多亚学派那里，"自然"并不是严格意义上的大自然，而是某种和谐的秩序，它不仅是事物的秩序，也是人的理性。①

自然神论（Deism）把上帝认同为大自然，它出现在 17 世纪末，在 18 世纪前期得到了进一步发展。自然神论者相信神的存在，但认为上帝是通过其创造的宇宙自然而证实其自身的存在，并不是透过其所给人在精神上的启示。他们认为，基督教并不神秘，是可以通过科学理性得到证明的，所以，在他们眼里基督法就是自然法、理性法。

① 宋希仁主编《西方伦理思想史》，北京：中国人民大学出版社，2004，第 187 页。

在那个时代，科学进步虽然证明了宇宙的某些规律，但宇宙起源于上帝的观念并没有遭到怀疑，因此资产阶级启蒙思想家和科学家还不可能是彻底的无神论者。在他们的眼里，自然科学与自然法则的基础仍然是上帝。牛顿的诞生发现了某些不为人觉察的自然法则和宇宙规律，为人们认识宇宙奥秘提供了理性的思维与方法，而这一切最终又只能解释为是建立在上帝或神的旨意和统一安排之下的。

从某个侧面看，宇宙的和谐与秩序观念构成了自然神论及自然法的深层内涵。洛克——这位对 18 世纪产生了最深刻影响的哲学家、思想家，在他的著作《人类理解论》中这样表达他关于宇宙自然的观点：人们眼前宇宙万物的完美组合，就是对宇宙神圣的和谐秩序和造物主的鬼斧神工以及他的无限仁慈的最好证明。①

蒲柏不可避免地受到了这种思想的感染，他在《人论》中表述的思想无不是当时社会流行的各种观念和思想的反映，在第一篇的开头，他便使用这样一个"圣经"意象来描述大千世界：

　　　　哦，一座巨大的迷宫！但经过精心规划；②

整个宇宙被描写为一座庞大的迷宫（A Mighty maze! Ⅰ，6）。如同上帝创造的伊甸园里（Garden，Ⅰ，8），表面上看不但有花草、树木混杂生长，还有诱人犯罪的禁果（forbidden fruit）。但是，这一切绝不是没有条理、没有规划的，而是经过"精心规划"，即上帝之手的精心安排与巧妙设计的。

---

① 转引自 Fairer, David. *The Poetry of Alexander Pope*. London：Penguin Books LTD. , 1989, p. 77。洛克关于这方面的讨论可进一步详见：洛克：《人类理解论》（下册）第四卷中的第十章："我们对上帝的存在的所有知识"。北京：商务印书馆，2009，第 666 页。

② Butt, John, ed. "Essay on Man", *The Poems of Alexander Pope*. London：Methuen & CO LTD，1963，p. 501. 以下在文中凡出自该书的引文，均按照此注方法直接在引文后注明章节数和诗行数。中译文除了已经作出标注了的之外，均为本文作者自译。

　　洛克的思想对于自然神论在英国的发展起到了很大的推动作用。与自然法理论和自然神论思潮相吻合，"巨大生物链"（the Great Chain of Being）的理念在 18 世纪继续流行。[1] 艾狄生（Joseph Addison，1672–1719）是当时文坛的重要人物之一，他创办的《旁观者》（The Spectator，1711–1714）成为当时社会最为流行的刊物，其办刊宗旨就是"将哲学道理从图书馆、大学的密室深阁里，带到俱乐部、聚会、茶馆和咖啡馆里"。[2] 他曾在《旁观者》第 519 期就谈到了"巨大生物链"的理念，并将其归功于洛克的启发。

　　其实，"巨大生物链"是自古希腊柏拉图以来就有了的一种传统、古老的宇宙自然观。蒲柏在诗中是这样描写的：

> 上帝的宇宙体系自古存在，
> 他无边的智慧缔造了最佳格局，
> 一切都完满无缺，没有断裂，
> 环环相扣，等级严明。（Ⅰ，43–6）

　　宇宙万物形成了一个完满的、阶梯式的巨大生物群，它们之间和谐相处、秩序井然，各自都有上帝安排的位置。也就是说，在广袤的大自然中，上至神灵上帝，下至微小生物，万事万物都被置放于这个"巨大的生物链"中（Vast chain of being，Ⅰ，237），共同构成宇宙中的一个和谐有序的整体：

> 巨大的生存之链，从上帝开始，

---

[1] 关于"巨大的生物链"的详细论述，可进一步参见 Lovejoy, A. O., *The Great Chain of Being：A Study of the Histroy of an Idea.* Cambridge：Mass.，1936。

[2] Root, Robert Kilburn. *The Poetical Career of Alexander Pope.* Princeton：Princeton University Press，1938，p. 175.

自然的天神和人类，包括天使、人，

畜生、鸟、鱼和昆虫！肉眼看不到，

带上眼镜也看不清！从无极限到你，

从你到一无所有！——我们越是

向上攀升，我们变得越低级无能：

或者会在完满的生物链中留下空缺，

只要一个环节打破，整个天平倾斜：

大自然的链条，无论破坏哪个环节，

第十个或第一万个，都会使它断裂。（Ⅰ，237-241）

　　这是一个早已被上帝之手预先规定和安排了的宇宙体系，如果有任何一个企图超越或破坏的举动，不管多么轻微、细小，都会造成整个寰宇世界和秩序的颠倒和混乱，都是对宇宙神圣的和谐与秩序的破坏，都是非理性的、违反规则的，同样也是不道德的。这说明，人假如企图破坏上帝的自然法则或超越宇宙神圣的秩序，实际上就会构成对伦理、道德的违背。因为：人作为宇宙自然中的一个部分，必然也有属于他自己固有的位置，他只是这条巨大的生物链中的一环（Then, in the scale of reas'ing life, 'tis plain, There must be, somewhere, such a rank as Man；Ⅰ，47-8）。

　　然而，自古以来，人类对于自己矛盾的属性以及复杂的生存状态一直困惑不解、争论不休。质疑的中心就是："上帝是否将他摆在了正确的位置上？"（if God has Plac'd him wrong？Ⅰ，49-50）人的属性究竟是什么呢？

　　这不禁使我们想起了古希腊德斐尔神庙前面的石碑上所刻写的著名古训——"认识你自己"。《人论》第二篇的开头一句仿佛就是对这句名言的诗化复述：

认识你自己吧，别窥探上帝的奥秘，

人类应该研究的对象就是人自己！（Ⅱ，1-2）

这句"认识你自己吧"（Know then thyself，Ⅱ，1）就是引起了古今无数智者深思的"德斐尔箴言"，也正是作者在《人论》中所要进行探讨的问题的起点和终点。

二 人对自己的认识和局限

针对上述的这个问题，诗歌作者分析了人对于自己在宇宙中所处地位在认识上的局限，并指出了产生这种局限的原因。他说，其实，人并非真正的不完美，也不是上帝将他摆错了位置，相对于人自身所应当具备的条件来说，他是完整的（Then say not Man's imperfect, Heav'n in fault；Say rather, Man's as perfect as he ought；Ⅰ，69-70）。主要原因在于，由于人在认识上的局限，不能够正确地、清醒地认识自己在宇宙中的恰当位置。

首先，人的局限在于他看不清到上帝的真正意图。前面已经提到，上帝的属性是宇宙的宏大、完满和秩序。在上帝创造的无数的自然现象中，有各种形态的变化，因此宇宙必须是由各种不同的等级（rise in due degree，Ⅰ，46）因素构成，才能实现上帝心目中真正的完满（all must full，Ⅰ，45）与和谐（coherent，Ⅰ，45）。但是，人只是注意到自身和存在于自身的种种长处与不足，因此，他痛苦不堪，百思不得其解。为什么他奋发向上，却吃尽苦头；他向上帝发出这样的疑问：

人的骄傲和愚昧能够理解这些吗？

其行动、情感、存在、价值和目的；

他一会儿被鼓励，一会儿又被限制；

他此刻是奴隶，过会儿又变成神仙？（Ⅰ，65-8）

其次，人对于宇宙世界的未来是无知的、预见不到的，因为人不可能像上帝那样高瞻远瞩，洞察一切，无所不知，无所不晓。人只能看到局部，只能看到他自己所在的范围（'Tis but a part we see, and not a whole. Ⅰ, 60）。因此，他弄不明白上帝为什么给人以希望，又常常让他的希望落空，使他总是得不到最大满足。于是，人将自己的幸福寄托于对未来的梦想，认为总有一天上帝会给他带来最大的满足和幸福（Oh blindness to the future! kindly giv'n, That each may fill the circle mark'd by Heav'n; Ⅰ, 85-6）。

作者在此指出：人的这些错误和痛苦来自于人的骄傲。（In pride, in reas'ning Pride, our error lies, Ⅰ, 123）由于骄傲，人期望能够超越自己的局限，像上帝那样知道得更多。他对自己现有的状态不满，他希望变得更加完善，于是把自己摆到上帝同样高的地位，企图像上帝那样至高无上，全能全知。人的这种骄傲情绪是产生邪恶的根源，因为，假如宇宙各种生物都妄想超越自己的领地，都希望飞升到最高领域，如同天使想要变成上帝，而人又想要变成天使，那么，就会打乱上帝对宇宙自然的整体规划。这种对上帝的秩序原则（laws Of ORDER，Ⅰ，130）和永恒不变的目标（th' Eternal Cause Ⅰ，130）的背离和颠倒，标志着人在道德上的堕落和犯罪。

这时，蒲柏在对这段论述的注解中提到了弥尔顿在《失乐园》里描述的情节：撒旦为了达到毁灭亚当和夏娃的险恶目的，用诡计引诱他们去反抗上帝的指令。① 这暗示读者，人类的骄傲从他们的始祖那里就开始了，说明人的堕落也是从很早以前就开始了。假如人们大胆

---

① 参见 Butt, John, ed. "Essay on Man", *The Poems of Alexander Pope*. London: Methuen & CO LTD, 1963, p. 509。

地质问上帝：如此广阔的天地究竟是为谁而设造的？（Ask for what end the heavn'ly bodies shine, Earth for whose use? Ⅰ, 131-2）那些傲慢无知、自以为是的人就会像亚当和夏娃那样，这样回答："全部都是为我！"（Pride answers, Tis for mine'. Ⅰ, 132）

然而，对于这个问题，那个神圣秩序的最高代表却给出了明确答案：否。因为整个宇宙的最终目的，不是只从局部考虑，而是要从全体着想，一切都必须遵循普遍的宇宙法则（the first Almighty Cause, Acts not by partial, but by gen'ral laws; Ⅰ, 145-6）。

从上帝创造宇宙开始的那一刻，自然界就不是完美的，就会出现有这样或那样的邪恶。但局部的不完美，并不影响宇宙在整体上的平衡、和谐与秩序。那么，人们会问，既然上帝的伟大目标是给人带来幸福，为什么不把人塑造得比自然界其他生物更完美一些呢？（If the great end be human Happiness, Then Nature deviate; and can Man do less? Ⅰ, 146-9）

诗人回答：这是因为，人自出生就注定拥有双重的自然属性，他既受情感的驱使，又有理性的控制。激情总是驱使着他产生各种梦想和追求，但激情假如失去理性的引导，就使人难以把握好尺度，而犯下错误。也就是说，如果这些激情使用不当，就有可能导致道德上的错误。这就如同上帝的普遍法则是从全体来考虑绝大多数人的善，但不免同时会带来局部的恶一样，上帝在赐予人激情的同时也给他带去了道德上的邪恶。① 因此，我们不禁要问，人为什么不能把种种激情协调起来、使它们和谐一致，从而达到道德的完善呢？如下：

① 英文原文如下：As God has established general laws for the larger good of the whole which sometimes bring about natural evils in particular instances, so God has given man passions which sometimes result in moral evils… 参见 Butt, John, ed. "Essay on Man", *The Poems of Alexander Pope*. London: Methuen & CO LTD, 1963, p. 510。

人们最好——也许是这样，

将一切调和，美德齐备；

就像风平浪静的天空和大海；

感情平静，心灵祥和。（Ⅰ，165-8）

是啊，人多么希望自己不被激情扰乱了内心的平静，如同希望天空和大海永远没有风暴的袭击那样。他梦想着心灵上的平衡、宁静，道德上的完善，从而拥有世上所有的美德。可是，当人们发现自己的愿望和理想与现实之间存在着如此之大的差异和距离的时候，人又该往何处去呢？下面，诗人给出了明确的回答。

三　存在的就是合理的

《人论》在分析了人在宇宙中的位置以及人的局限和弱点之后，进一步论述了有关自然和宇宙秩序的问题并给予了明确阐述和回答。由于人是自然的一部分，人与自然具有同构关系。正如自然界既有阳光灿烂、也有狂风暴雨一样，人的内心世界就如同外部的大自然一样，当然也免不了"各种矛盾、对抗因素在撞击与冲突中并存，而激情（Passions）就是人生命中的基本要素"。（But all subsists by elemental strife；And Passions are the elements of life. Ⅰ，169-170）因此，自然界不可能一成不变、风平浪静，人的内心世界同样也是矛盾的、冲突的，不可能永远保持平和与宁静。

一方面，人要求自己在精神上像天使那样完美无缺，另一方面又希望自己在肉体上拥有其他动物的一切本能条件。然而，诗歌明确指出，人的这些要求是不合理的，也是不道德的。因为，普遍的宇宙秩序（The gen'ral ORDER Ⅰ，171）是神圣不可侵犯的，它亘古以来就存在于自然，也同样存在于人类，是自然法则规定了的、永恒的伦理秩序，如下：

普遍存在的宇宙秩序，一切事物的根源，

它存在于自然万物，也存在于人的身上。（Ⅰ，171-2）

这样一来，可以进一步得知，人的幸福（The bilss of Man Ⅰ，189）就在于学会接受自己的现状，正确地认识到自身的局限，而不要企图超越自己的能力范围去行动和思考。（Is not to act or think beyond mankind；Ⅰ，190）

蒲柏在《关于第一篇的论点》（Argument of the First Epistle）中这样解释道：在整个可见的宇宙自然中，造物主赋予了宇宙万物不同的原始冲动和自然本能，并规定了这种生物与那种生物之间，以及人与其他动物之间所存在的能力上的差别，他们在感性能力和理性能力上形成了一定的阶梯或等级，这些能力的等级依次分别是：感官（sense）、本能（instinct）、思想（thought）、沉思（reflection）和理性（reason）。①

作者进一步强调，在这些诸多的能力当中，人的理性能力是最高级、最完美的形式，这便使得人优越于宇宙间所有其他的生物。尽管动物与人之间有许多近似之处，但他们之间却总是隔着一道无法逾越的屏障，永远不能完全连接、重合，唯一区别就在于：其他生物的能力都在人的力量之下，因为只有人才拥有理性思考的能力（The pow'rs of all subdu'd by thee alone, Is not thy Reason all these pow'rs in one? Ⅰ，230-1）。

这里，蒲柏以严肃、庄重与诚挚的态度，运用精巧、简短并富于辩证意味的双韵诗行，有力地论述了牛顿力学所展示的宇宙秩序关系，他始终所强调的仍然是那无所不在的、普遍的宇宙统一与秩序观念，即世界万物都是宇宙巨大体系中的某个组成部分，各个部分共同

---

① 参见 Butt, John, ed., "Essay on Man", *The Poems of Alexander Pope.* London：Methuen & CO LTD, 1963, p. 503。

构成宇宙自然的肌体，而上帝就是主宰整个自然的灵魂（All are but parts of one stupendous whole, Whose body, Nature, and God the soul; Ⅰ, 267–8）。

至此，诗人郑重告诫读者，"不要再抱怨上帝了，也不要认为宇宙秩序是不完美的"（Cease then, nor ORDER Imperfection name: Our proper bliss depends on what we blame. Ⅰ, 281–2）。因为，我们所抱怨的地方其实就是我们的福佑所在，因为缺陷恰恰就是完美整体的各个组成成分，整体的完美其实就存在于不完美的个别事物之中。

人与宇宙自然中的万物一样，都被恰到好处地安排在了一个"巨大的生存之链"当中，各自在这个世界上都有自己存在的道理，它是上帝的旨意或者说是神意的安排。人类只要清醒地认识到自己的地位、局限和弱点，服从于这种安排，安心于自己所在的地位即可。下面一段作了最后的总结性论述，诗行铿锵有力，充满了说服力：

　　　　整个自然都是艺术，不过你不领悟；
　　　　一切偶然都是规定，只是你没看清；
　　　　一切不协，是你不理解的和谐；
　　　　一切局部的祸，乃是全体的福；
　　　　人恨高傲，乃恨理智走错了道。
　　　　分明有一条真理：凡存在都合理。①（Ⅰ, 289–294）

这里，蒲柏以颇为自得的口吻，对于人与自然、人与万物、人与

---

① 译文引自吴景荣、刘意青主编《英国十八世纪文学史》，北京：外语教学与研究出版社，2000，第100页。

造物主的关系做出了最后的总结。人类和万物在这个世界上都有属于自己的位置，它们都由上帝这个无形的艺术家统一布局、统一安排。作为宇宙万物中的小小的一份子，人要清醒地认识到自己的地位、局限和弱点，他绝不可以骄傲自大并企图超越自己应有的位置，而是要服从于这种安排，安心于自己在宇宙中的地位，因为，"存在的就是合理的！"

从上述这些关于宇宙自然与和谐秩序的论述中，我们隐约看到了自然神论思想的痕迹。自然神论思潮的代表之一延达尔在《基督教与创世同其悠长》一书中认为：自然法与基督法就内容而言并无差别，基督法就是自然法的翻版，尤其是通过人类的道德知识而为人类所领悟的。"在延达尔看来，所谓宗教，就是承认我们的义务乃是神的命令，就是从一些普遍有效的、具有普遍可行的规范出发，然后把这些规范与一个神圣的创造者联系起来，把它们视为他的意志的表现。由此可见，在英国自然神论发展过程中，重心已经从纯理智领域转移到了'实践理性'领域，'道德的'自然神论取代了'建构的'自然神论"[1]。

虽然英国的自然神论并没有强大而严谨的理论体系的支撑，但它之所以对18世纪英国乃至整个欧洲产生了不同寻常的思想影响，就在于它的这种道德严肃性。"自然神论的态度，亦即它对真理的真诚的追求，它在批判教义时所持有的道德严肃性，比它的所有理论演绎更有影响力"。也许，蒲柏在诗中所议论和宣讲的，不过是一些当时社会上人们共知的所谓"普遍真理"，然而，这些普通的学说一经他那精巧、简洁，格言警句式的诗歌形式表达出来，浅显、简单、平凡的道理即刻变得深刻、有力和明朗起来。

---

① E. 卡西勒：《启蒙哲学》，顾伟铭等译，济南：山东人民出版社，1988，第169页。

第二节　激情与理智

《人论》第二篇分析了人的基本属性，即人性的复杂主要表现为激情与理智之间的矛盾和冲突。对人性的探讨并不是一个新的话题，自古以来早就有了，古希腊先哲们曾就这个问题进行过许多探讨。在柏拉图那里，人的灵魂分为理性和情欲两大部分，他认为如果情欲服从了理性，那就具备了节制之美德。亚里士多德说："理智起领导作用，激情和欲望一致赞成由他领导而不反判，这样的人不是有节制的人吗？""有自制力的人服从理性，在他明知欲望是不好的时候，就不再追随。"① 如此看来，亚里士多德并不反对欲望在道德中的作用，只是认为对欲望的满足不是无节制的，而要求把两者协调起来，运用得要平衡、适度，而所有不足或过度都是不道德的。

古代思想家们是从人的基本属性出发来探讨人的道德属性的。到了17、18 世纪，人们对于人性又有了更加深入的分析和讨论，而且主要分成了两大阵营：性恶论和性善论。这两种极端的观点分别以霍布斯和沙甫兹伯利为代表人物。霍布斯（Thomas Hobbes，1588 ~ 1679）在他的著作《利维坦》（Leviathan，1651）里详细阐述了他的人性观。他以个人的苦乐感即人的感官欲望作为断定善与恶的标准，认为，人性就是"自保"或"自爱"，人的本性是自私的、邪恶的，"人的自然状态是一种战争状态，在这种状态中每个人是每个人的敌人"，② 这便沦为一种彻底的人性自私论。③

而沙甫兹伯利的伦理思想主要体现在《人、习俗、舆论、时代的

---

① 转引自王海明著《伦理学原理》，北京：北京大学出版社，2001，第 293 页。
② 索利：《英国哲学史》，段德智译，济南：山东人民出版社，第 67 页。
③ 霍布斯关于人和人性的详细探讨，请参见霍布斯《利维坦》（一）中的第十三章"论有关人类幸福和苦难的自然状况"，北京：中国社会科学出版社，2007，第 193 ~ 201 页。

特征》一书中。他也从人性论出发，认为人的行动是受情感驱动的，人性中有一种"天然情感"，人们的行为的善恶性质无非是驱动行为的情感不同所致。① "天然情感"是指人天生具有仁爱的本性，其目标指向就是追求共同利益和大众的好处。而非天然情感就是不趋于公众好处的情感，是完全邪恶的。这样一来，他从价值观的角度把情感看作判断道德价值的基础，并用"和谐的美"的原则来阐释道德，形成了他独具特色的"美伦理"。

蒲柏在《人论》中并没有单纯地接受或采纳某个人的观点和学说，而是在综合与总结众多古代与现代哲学家们的学说和观点的基础上，试图将两种出发点完全不同或相反的思想观点调和起来，并运用富于形象的诗歌表达方式，来阐述一套属于自己的伦理学说。

一 人的"中间属性"

第一章中论述了人在宇宙中的位置、状态以及他的自然属性。大自然中的万事万物被置放于一个"巨大的生物链"中，环环相扣，等级严明，任何企图超越或破坏神圣的宇宙秩序的行为，同时也是违背伦理、道德的行为。在这"巨大的生物链"中，人被上帝安排在不上不下、不左不右的一条"狭窄的中间地带"（isthmus of middle state，Ⅱ，3）。正是人的这种"中间状态"导致了人性的复杂和矛盾，使人常常面临着进退两难的窘迫和困惑（hangs between，Ⅱ，7）。在《人论》第二篇的一开头，蒲柏运用简洁、精妙和对称的双韵体诗行，将人的这种进退维谷的尴尬境地刻画得生动形象、入木三分：

> 他愚昧而聪明，拙劣而伟大，
> 位于中间状态的狭窄地带：

---

① 宋希仁主编《西方伦理思想史》，北京：中国人民大学出版社，2004，第219页。

> 他知识过多，可又怀疑一切，
>
> 他坚毅骄傲，可又意志软弱，
>
> 不尴不尬，犹豫不决，进退两难，
>
> 是自视为神灵，还是畜生，
>
> 是看重灵魂，还是屈从肉体，
>
> 生来注定要死，依靠理性却还要犯错；① （Ⅱ，3-10）

　　这里，作者指出了人所具有的双重属性：一方面，人是感性的、肉欲的，类似于自然界其他的生物，具有低级动物的自然本能和原始冲动；但是，人又是万物之灵，他优越于世间其他一切生物，具有其他动物所不具备的另一面，那就是他的知识、思想、智慧和理性。他似乎有一种超越世俗的精神力量，如同神灵甚至上帝一般超脱、神圣。作者发出议论：

> 想得过多，想得太少，结果相同，
>
> 思想的道理都是同样的愚昧荒懵：
>
> 思想和情感，一切都庞杂混乱，
>
> 他仍放纵滥用，或先放纵而后收敛；
>
> 他生就的半要升天，半要入地；
>
> 既是万物之主，又受万物奴役；
>
> 他是真理的唯一裁判，又不断错误迷离，
>
> 他是世上的荣誉、世上的笑柄、世上的谜。② （Ⅱ，11-18）

　　作者对于人的矛盾状态进行了详细描述。人以及人性的这种"中

---

① 引自王佐良主编《英国诗选》，上海：上海译文出版社，1988，第 165 页。

② 引自王佐良主编《英国诗选》，上海：上海译文出版社，1988，第 165 页。

间"位置，决定了人在道德和精神上也处在一个"中间"的状态。首先，人凭借着他特有的理性才能，使得他优越于其他生物，似乎无所不能，可以不断向上飞升，甚至可以窥探到上帝以及宇宙的奥妙，以牛顿为首的现代科学进步似乎就是一个有力的证明。但是，人又受到自身感性原始冲动的驱使，表现为各种激情（Passions，Ⅱ，93），作者称之为"自爱的种种表现方式"（Modes of self-love，Ⅱ，93）。这股强大的力量同时向下拉扯着人，使他不可能彻底超脱世俗的羁绊，更难以达到上帝那样的神圣的高度。他在精神上一半在升华（half to rise，Ⅱ，16），另一半在堕落（half to fall，Ⅱ，16），就这样，人总是被卷入到理智与激情之间的碰撞和撕扯当中，陷入"思想与激情的麻团，疑惑不解、缠绕不清"（Chaos of Thought and Passion，all confuse'd；Ⅱ，13），在道德的旋涡中难以自拔。人就是这样一个矛盾综合体，他是"世间真理的惟一裁判，尽管不断犯下错误（Sole judge of Truth，in endless Error hurl'd）"，真可谓"世界的光荣、世界的笑柄、世界的谜"（The glory，jest，and riddle of the world Ⅱ，18）！

诗人在《论批评》中曾提出，诗歌的韵律必须追随诗意而行，声音必须反映意义。诗歌要符合批评家的审美标准，就是要做到"得让声音像是意义的回声"。让我们回头来看《人论》第一章第2、3行，其音韵上表现的平衡与对仗，对人的属性处在一个中间地带的状态，有着形象而生动的展现。为了更清楚地领略这种音韵之妙，请欣赏诗歌原文：

> Plac'd on this isthmus of a middle state,
> A being darkly wise, and rudely great:

这里，作者为了突出意义的表现力度，运用诗歌的声音、韵律和节奏的变化以及在句子中央标点，以造成恰当的停顿，使得诗句达到平衡和对仗而产生一种不偏不倚的视觉和听觉效果。

虽然英雄双韵体是一种传统的诗歌样式,然而作者充分挖掘它的艺术特征和提升了它的艺术效果,将之变为一种比较适合说理的诗歌体裁。在押韵的诗行中,作者可以借助于将押韵的重音放在某个音节上而起到强调的作用,使用声音、韵律和节奏在行中的变化来削减或加强对观点的论述,最后帮助作者一步步得出有力的论证。

英雄双韵体的特点是每两行为一组,互相押韵,下面两行再换一韵,虽然这样可以达到工整、平衡的效果,但也容易陷入枯燥、乏味。蒲柏为了使他的诗句不流于普通和一般,采取在节奏、韵律和速度等方面的变化来使诗歌更加活泼、新颖、独特。他的做法是:在诗行中大多设有一个停顿,顿的位置也常有不同,或靠前,或靠后,使意义表达得更加微妙、更具有张力。这样一来,增加了音节与意义对照与配合的机会,也同时达到了加强语气的效果。这样充分运用节奏的轻、重、缓、急,或韵律的流畅或滞重,来逐步增加论述的力度。

接下来再看《人论》第一章中的第 4 行至第 6 行,原文如下:

> With too much knowledge for the Sceptic side,
> With too much weakness for the Stoic's pride,
> He hangs between; / in doubt to act, or rest,

前面是两个平衡、流畅、在意义上形成排比和对照的平行句,紧接着下面一行刚说到一半,就戛然而止,猛然停顿下来,使音韵的流畅与短促在强烈的对比中表现出来,把人被夹在中间,不尴不尬、进退两难的窘迫境地展现得栩栩如生,并给读者在视觉上和听觉上造成同步的效果,真可谓是音与义互相增益,音义和谐的典范。

承接上面被标点隔开的半诗行,从该诗句的后半部开始,作者接下来采用一系列相互对比与对仗的概念,或平行、或对称、或交替对

照，在每个顿的前面或后面保持着平衡、连贯的升调，以获得强化词
语意义的效果，在整诗行或者半诗行的押韵中层层递进，逐步——排
列开来：

in doubt to act, /or rest,
In doubt to deem himself a God, /or Beast;
In doubt his Mind, /or Body to prefer,
Born but to die, /and reas' ning but to err;

在对这一连串的相对或相反的概念陈述中，语调不断转换、递
进、上升，语气由原先的滞重、缓慢，到后来逐渐越来越加紧、急
迫，把人的犹豫不决、举步艰难的心态，以及滑稽、怪诞的形象刻画
得惟妙惟肖、有声有色，充分展现了人以及人性在"巨大生物链"中
的"中间"状态，彻底暴露了人性的矛盾和复杂特征。

二　自爱法则与理性法则

在分析了人的激情与理智之间的冲突以及表现出来的复杂性和矛
盾性之后，作者从人具有的双重属性出发，进一步论述了支配和统治
人性的两条重要法则——自爱法则（Self-love）与理性法则
（Reason）。他指出，自爱作为人在行动中的驱动力量，而理性则作为
一种对人的行动的抑制力量存在。如下所述：

两条法则主宰着人的属性，
自爱来推动，理性来约束；
没有孰优孰劣、好坏之分，
或促进或支配，各司其职；
驾驭得当就会产生好的效果，

坏的结果归因于滥用和失控。（Ⅱ，53-8）

可见，由自爱引发出来的强烈情感——激情，促使人们奋力去追求自己想要得到的东西，它作用于人的心灵，是人的一切行为的原动力。作者指出，自爱本身并没有什么不好，它是人的自然属性。但是，假如自爱在激情的推动下走向极端，超出了适当的范围，就变成了自私，从而导致不道德的行为。相反，如果正确地运用理性的法则，就能够指导和调节那些过度膨胀的欲望和情感，使它们变得平衡、恰当与适度，并使之更加符合道德的要求：

自爱的动力源泉作用于人的灵魂；
理性的平衡法则关照整体的和谐，（Ⅱ，60-1）

我们得知，自爱和理性这两条法则各自有着自己的目的和作用，两者缺一不可，不存在孰优孰劣、谁是谁非的问题。例如激情，虽然是出于人自私、自爱的本能，但只要服从了理性法则的引导，运用得恰当、适宜，就会产生好的效果，就是符合道德的情感（Passions, tho'selfish, if their means be fair, List under Reason, and deserve her care；Ⅱ，97-98）。关键就在于如何恰当地运用理性法则来对整体进行把握和平衡，假如激情发挥不当，发挥得不足或者过度了，便都成为坏的、邪恶的和不道德的。

因此，在人的生活中，自爱法则与理性法则就像两股反向的力量，同时作用于人的思想和行为。这里，作者采用了各种形象、生动的比喻，来描述两条法则的恰当运用是如何地发挥作用，而运用不当则会失去作用的。比如：

如同植物生长在某个特殊部位，

吸收营养则茂盛，不然则枯萎。（Ⅱ，64-5）

这里意思是植物生长在相同的位置，却会因为特殊的原因出现不同的结果，这在于它们对于营养的吸收是否恰当。还比如，人就像在天空中运转的行星一样，理性的指导使它能够平稳地运行在自己的轨道上，而另一股强烈的情感力量——激情，则是推动行星向前行进的动力。同样的，这种情形又如同生活在广阔海洋里的人们，各自航行在不同的航道上：

> 激情是推波助澜、前进的原动力，
> 理性是引导我们正确方向的图标；（Ⅱ，107-8）

这时，作者提出，良好的道德可以通过实际生活的学习中获得。通过平时的关注和亲身的体验，慢慢训练成为习惯，便可以逐步加强理性的能力，抑制过度自私的情感滋生：

> 自爱的力量更加强大，因目标就在近旁；
> 理性的控制力较为遥远，它远远地照看：
> ……
> 强大的自爱行动得到调节控制
> 要靠理性的力量，理性的监督：
> 依靠关注、习惯和经验的不断努力，
> 理性得到加强，抑制着自爱的泛滥。（Ⅱ，71-80）

在情感与理性的关系中，激情是一种更加强烈地作用于人的力量，它紧紧抓住人的心灵，迅速、直接地影响人的言行。而理性往往没有情感来得那么迅速而不直接作用于人，它似乎总是徘徊在一定距离之外，从远处守望着人的一举一动。因此，人的行动往往是受到强烈情感的驱使，这就时时需要理性的督导，用理性来对其加以控制和平衡，使它们遵循自然法则的道路（Nature's road，Ⅱ，115），即上帝所代表的宇宙秩序。

作者进一步论述，人生来就被各种对立的、冲突的激情所控制，爱、希望、欢乐等是引起愉悦的情感，而仇恨、恐惧、悲伤则是痛苦的渊源，但是，对于这些形成强烈对比的情感，如果可以用艺术的手段巧妙地将它们调节、融合（mix'd with art，Ⅱ，119），把它们都掌握与控制在恰到好处的范围之内（to due bounds confin'd，Ⅱ，119），就能够保持心灵的平衡和安宁（Make and maintain the balance of the mind，Ⅱ，120）。也只有这样，人的行为才真正地合乎道德的要求。

对于上面引用的这一段诗行请看蒲柏本人特别为之做的注解：人的任务就是运用创造性技巧来使激情和理性之间的冲突变得和谐起来，使人内心的混乱状态在永恒的宇宙秩序面前得到恢复。①

当我们回想起《人论》第一章结尾时所说的"整个自然就是艺术"时便已经得知，上帝是最大的艺术家，他是整个宇宙自然的创造者，上帝的艺术作品归根结底就是"自然"。人只要能够正确地运用理性，就能够认识自然并遵循自然。作者在注解中所说的"创造性技巧"（creative skill），其实就是指上帝用以创造宇宙自然的"艺术"（Art），这说明人也可以模仿上帝那巧妙的艺术（创造性技巧），使自己混乱、矛盾的内心世界变得跟上帝创造的外部世界一样有条不紊、秩序井然。这里，作者追求的理性、和谐与秩序的理想，又一次在对上帝的艺术作品——"自然"的模仿当中得到了实现。

总而言之，人是被自爱法则与理性法则同时支配着的生物，因而

---

① 此注解的英文如下：Man's duty is to achieve by creative skill an inner harmony of all his powers, imposing order on the chaos indicated in Ⅱ 13. 参见 Butt, John, ed. "Essay on Man", *The Poems of Alexander Pope*. London: Methuen & CO LTD, 1963, p. 519。

人的情感与理智经常会发生冲突与矛盾，这就应该以理性来指导或支配情感。在理性的引导下，使情感得到有效的调节、控制，变得更为平衡、合理和适度，从而使得情感与理智和谐共处、协调一致。

三 善与恶的辩证转化

人的这种激情与理性之间的冲突与调和过程，在道德属性上表现为善与恶的对立统一的辩证转化关系。在《人论》中，蒲柏兼容并纳了当时社会上流行的两种相对立的人性学说。首先，蒲柏与霍布斯一样，承认人的本性是自爱、自私的；但是，他又始终坚持乐观主义的、普遍的宇宙"和谐说"，这似乎又得益于沙甫兹伯利有关人性的"仁爱"理论；而在霍布斯那里，由于人的自然本性是自私，人活着只是为了追求自己的利益与目标，"人与人之间就都是敌人，因为每个人都企图胜过别人，从而都在互相侵犯"。[①] "人对人就像狼一样"，[②] 这就与沙氏的乐观主义"性善论"在精神上背道而驰了。

蒲柏的看法是：由于人的本性是双重的，他是物质的同时又是精神的，他在肉体与灵魂之间不断撕扯与挣扎着，人性中没有绝对的善或绝对的恶，关键就在于情感和理性之间矛盾的平衡与调和。这样，社会上流行的各种看似对立的伦理学说在蒲柏这个关于人的"矛盾统一体"视阈中相遇了，在善与恶的辩证统一关系中达成一致、融为一体。

为了更好地说明激情是如何作用于人的道德行为的，作者在诗中引入了一个专门描写人性特征的词语——"占支配地位的情感"（ruling Passion，Ⅱ，137），笔者根据对蒲柏诗歌的理解，将之译为"主导情欲"。

---

① 列奥·施特劳斯：《霍布斯的政治哲学》，申彤译，南京：译林出版社，2001，第14页。
② 章海山：《西方伦理思想史》，沈阳：辽宁人民出版社，1984，第263页。

　　蒲柏认为，一个人从他出生的那一刻起就被某种"主导情欲"控制着，成为形成他的人格特征的主导因素，是此人外部表现的突出特征，它又被称为人天生就具有的"心灵疾病"（The Mind's disease，Ⅱ，137），它如同人一生下来就注定有死的那天一样，任何人都逃脱不了的。为了进行更加形象的阐述，作者把人的这种心灵疾病比喻为那些不理会主人的精心培养的果实，它们不按照正常的规律和要求生长，而偏偏结在那些野枝乱桠上面。（As fruits ungrateful to the planter's care, On savage stocks inserted learn to bear；Ⅱ，181-2）

　　这里，作者将我们又引回到那永恒的、放之四海皆准的自然宇宙法则。他指出，人只有沿着自然的轨道，并以理性作为监督，来让自己的激情得到调和与控制：

> 诚然，自然的道路需要坚持到底；
> 理性并不是它的向导，只是监督：
> 她的作用是修正而不是抛弃，
> 把激情当做朋友而不是敌人。（Ⅱ，161-4）

　　那么，现在的问题就是如何正确对待和处理由"主控情欲"所表现着人的心灵疾病了。这里，作者所要采用的办法仍然是那永恒不变的、自然的艺术（Th' Eternal Art，Ⅱ，175）。人的本性生来就是混合的、不稳定的，但凭借这种"永恒的艺术"对"主导情欲"的辨别，可以使我们对于人的这种天生易变的属性做出准确辨认和决定性判断。

　　"主导情欲"是如此强大地作用于人，因此，蒲柏没有忽视激情在道德中的重要性，他说："最可靠的美德来自于激情，激情是人行动的原动力，产生于人的自然天性。"（The surest Virtues thus from Passions shoot, Wild Nature's vigor working at the root. Ⅱ，183-4）

作者进一步论述，那些暴躁、固执、痛恨和恐惧的内在情绪，也许会以智慧、诚实的外部面貌出现；愤怒可能是由热情和坚韧的性格所导致；贪婪的特性从另一个角度看也许就是审慎；而怠惰却可能是冷静、达观的另一种表现。这就是说，关键在于如何把握和控制内心的欲望和情感，把它们运用得恰到好处。这里，蒲柏似乎是在对西格蒙德·弗洛伊德（Sigmund Freud，1856－1939）的精神分析学说做预先演示。虽然蒲柏早在弗洛伊德出生之前十多年就已经去世了，但是，他似乎对人的心理却有着超乎寻常的洞察。弗氏精神分析理论的精华，是关于人的本我、自我、超我的三重人格心理显现及其转换，而这些抽象的术语在诗人简洁、明快、形象的诗句中，被分析和展示得更加具体、生动和透彻。

许多时候，某些类似的情感，由于运用的方式和目的不同，会导致不同的行为和结果，产生极度相反的德行。比如，对异性的欲求和冲动（Lust，Ⅱ，189），经过了崇高思想的过滤，就会变得纯洁起来，成为温柔、典雅的爱情（gentle love，Ⅱ，190），吸引和打动所有的女性。还有嫉妒的情感（Envy，Ⅱ，191），如果成为高尚心灵的俘虏，就会转化为一种积极向上的竞争意识（emulation，Ⅱ，192）。

因此，并不能把美德的产生说成是出于男性或是女性的某种性别差异，而可能只是产生于人的骄傲或是羞愧的心理原因。 （Nor Virtue, male or female, can we name, But what grows on Pride, or grow on shame. Ⅱ，193-4）。比如 ambition（Ⅱ，201）这个词，其含义在英语里既可以"野心"，也可以是"雄心"：

> 它既可以毁灭人，也可以挽救人；
> 既可能造就英雄，也可能产生恶棍。（Ⅱ，201-2）

从上面的一系列平衡、对仗诗句结构的运用，以及对比、对照因素的比喻性描述说明，种种对立、冲突的激情在一定的条件下可以发生微妙的转变，从而导致走向它们的反面。针对这种情况，作者呼吁：让自然法则来调节和克制人们的骄傲情绪吧。因为自然既赐予我们美德，同时也给我们带来邪恶，美德往往与邪恶结伴而行（The virtue nearest to our vice ally'd；Ⅱ，196），善与恶的距离如此接近，关系微妙，全靠理性的导向来区分。人只要正确运用理性，通过理性来平衡和调节它们，就可以将原本恶的东西转化成为善的东西。

卡尔·马克思说过，"恶是历史发展的动力借以表现出来的形式……自从阶级对立产生以来，正是人的恶劣的情欲——贪欲和权势欲成了历史发展的杠杆，关于这方面，例如封建制度和资产阶级的历史就是一个独一无二的持续不断的证明"，① 这里，马克思是从全人类历史发展的高度说出了恶、善的辩证关系对于人类社会的真正价值和意义所在。

恶与善常常如此紧密地混合、联结在一起，其差别就在于极其微妙、细小的变化之间，往往只要一瞬间的工夫，或者是一念之差，就会使事物从一个方面走向它的另一面。马克思的"杠杆"理论早在一个世纪以前，就在诗人蒲柏简洁、明朗、对仗的诗句中，得到了生动的叙述和反映：

> 如此的混合不清，差异难辨，
> 美德就在罪恶结束瞬间出现。（Ⅱ，205-9）

有"道德圣人"美称的斯宾诺沙（Baruch de Spinoza，1632-1677）认为：激情产生于人的感情和欲望，它有两种主要形式，一种是积极的、主动的，另一种是消极的、被动的。"一个被动的情感只

---

① 《马克思恩格斯选集》第四卷，北京：人民出版社，1972，第28页。

要我们对它形成清楚明晰的观念时，便立即停止其为一个被动的情感"。① 主动的情感是被理性所把握的，是合理的、正当的，因而也是善的。只有主动的情感，才是道德的真正基础，而被动情感则是邪恶的。下面的诗行俨然是对于斯宾诺沙的情感与理性辩证哲学关系理论的诗化阐释：

> 每个人都可能是善良或邪恶的，
> 没有极端的好坏，只是程度不一；
> 流氓和傻瓜，偶尔也会慈悲和机灵，
> 甚至最好的人，有时候也会遭轻视。
> 我们各自都有各自的长处和短处，
> 恶德还是美德，都靠个人的把握；
> 每个人都在追求各种各样的目标，
> 而上帝的视野是"一"，整体的善。（Ⅱ，231-8）

诗中说：每一个人身上都有可能存在道德与不道德的情感，很少有绝对道德的或不道德的人，只是每个人表现的程度不同而已。无赖或傻瓜偶尔也有讲道理或聪明的时候，而即使是最高尚的人，有的时候也会受到轻蔑。人性的情感因素往往都是恶、善参半的，是向善、还是向恶，就完全取决于自己理性的选择和把握。

最后，在蒲柏步步推理、铿锵有力的诗化表述中，人性中的这两种对立因素和特征，在种种矛盾、冲突、对峙与和解中，都被无一例外地、理所当然地统一于上帝神圣的宇宙秩序（But HEAV'N's great view is One，and that the Whole Ⅱ，238）之中，再一次印证了诗歌始终强调的"凡存在都合理"这一至理名言。

---

① 斯宾诺莎著《伦理学》，贺麟译，北京：商务印书馆，1997，第240页。

蒲柏在《人论》前言中谈到他对诗歌的构思时，曾自信地说：
"如果我自夸这篇诗作有什么优点的话，那就是它在那些看似完全对
立的各种原则或学说当中避免了极端，使之能够保持不偏不倚的态
度。"① 这里，作者的用词"看似"值得注意，这说明，在作者眼里，
那些所谓走极端的、相互对立的原理或学说，其实并非是决然矛盾、
对立的，而是可以相互调解、和睦相处的。或许，蒲柏的《人论》便
是他试图调和在现实当中那些极端学说的愿望和理想，在诗歌这种艺
术形式当中使它们变得和谐相处的另一种实现吧。

第三节　人的社会性与群己关系

《人论》的第三篇首先从宇宙"巨大生物链"观念推导出世界
"仁爱之链"观念，继而，着重探讨了在社会生活中，人们应当怎样
看待和认识个人与他人、个人与群体之间的关系问题，这也是伦理学
所要探讨的主要问题之一。

对群己关系问题的探讨从很早以前就开始了。中世纪和资本主义
发展初期的伦理学家往往是把群体与个人的关系对立起来，前者的目
的是在于强调整体，为了封建社会统治的整体利益，而不惜牺牲个人
的利益，而资本主义在初级发展阶段，有的新兴资本家为了冲破社会
束缚，方便个人的发展，又极力鼓吹"个人至上"。到了18世纪，关
于这个问题的看法和讨论越来越趋向成熟、深入，一些伦理学家如沙
甫兹伯利、斯宾诺沙等人就认为，群体与个体之间并非决然对立，不
必二者择其一，而是两者可以得到共同实现。这种群己统一、共同实
现的乐观主义理想一经提出，便成了18、19世纪大部分哲学家的共

---

① 参见 Butt, John, ed., "Essay on Man", *The Poems of Alexander Pope.* London：Methuen &
　CO LTD, 1963, p. 519。

同理想。① 蒲柏的《人论》就是在这样一种充满乐观与和谐精神的思想背景下创作出来的。

一 "仁爱之链"

从前面对第二篇的论述中我们得知,人性同时被自爱法则和理性法则控制。首先,人出于自爱的本性,都在尽力追求自己的目的和利益。但是,宇宙"巨大的生物链"已经决定了世界万事万物的相互依存关系,人与各种生物都是这根链条中的某一环。人是自然中的一部分,这便决定了人的自爱与对他人的爱也是相互依存、不可分割、紧密联系的,这就是作者在诗中提到的所谓"仁爱之链"(chain of Love,Ⅲ,7),如下:

> 环视周围世界,只见"仁爱之链"
> 将天上与地下所有生物紧密相连。
> 可塑的自然都在朝着这个目标运行,
> 如同每个单子相互关照、互相依存,
> ……
> 纵观事物之间,都被赋予多种生机,
> 依然紧紧围绕一个中心,普遍的善。(Ⅲ,7–14)

这说明,人和动物都是具有社会性的群体,如同每个单子相互吸引、相互牵制。自然界的所有生物从最伟大的到最微小的,都必然互相吸引、互相联系着,大家相依为命、相互依靠,都是为了一个共同的利益。世界上的一切事物都不可能是孤立存在的,任何生物都不能与世隔绝而得以生存下去,人的社会属性决定了他与生物界的相互依

---

① 黄伟合著《欧洲传统伦理思想史》,上海:华东师范大学出版社,1991,第189页。

存关系。于是，"仁爱链条"就这样：

> 将每个生命连接，最伟大的与最卑微的；
> 野兽给人类带来好处，人也为野兽服务。
> 相互关照、互相帮助、互为依存。
> 一环接着一环，无限延伸，永无止境。（Ⅲ，23-6）

宇宙中的每一个自然之子都会享有自然的馈赠。无论是动物还是人类，都是同等地分享来自上帝的仁慈和厚爱。假如人认为宇宙中的一切事物都是为了某个别人的利益而存在，那就大错特错了，因为宇宙的每一个存在都要服从于一个共同利益，因为：

> 要知道，自然的儿女都分享她的关爱；
> 毛皮穿在君王身上，同时也给熊温暖，
> 假如人说："看哪，万物皆为我所用！"
> 那只娇惯的鹅却回答："人为我服务！"
> 误以为人人为我，而不是我为人人，
> 这是理性丧失，人也会因此堕落。（Ⅲ，43-8）

接下来，作者进一步指出，人和动物的这种社会性来自人的两个方面的特性，本能（Instinct，Ⅲ，79）和理性（Reason，Ⅲ，79）。但无论是人的理性能力还是动物的本能，各自都具有最适宜自己的能力，（that pow'r which suits them best；Ⅲ，79），并各自都能够找到实现自己目标的手段。（the means proportion'd to their end，Ⅲ，81）。因此，这两种特性只要发挥得当，都有利于社会的形成并促进社会的发展。

因此，无论是出于哪种需要和原因，只要各自找到一个实现目标的合适手段，满足一个相同的目标即可。每个环节都不可缺少，每个生物都享有最合适自己生存的本领，动物依靠本能，人依靠自己的理性，各自赢得各自的幸福，如下所述：

> 上帝根据每个生物的自然属性，
> 赐予相宜的福佑，也给予适当的限制；
> 当他规划整个世界，造福于全宇宙，
> 在相互需要的基础上建立相互的幸福，
> 生物之间相互依存，人与人联合，
> 都被统一于永恒的宇宙秩序当中。（Ⅲ，109-114）

在动物世界里，动物们是出于本能去爱护他们的幼小子女，而人的本能也是自爱和自私，但正是在这种本能的驱使之下，人的理性却使得他认识到在自爱的同时还需要相互关心、互相爱护，以结成更加长期的同盟，使自己的利益得到保障。人的理性告诉他，在满足自己情感需要的同时，还必须要促进大家共同的利益。因为，宇宙万物的自然属性就在于它的社会性，人作为自然的一部分，毫无疑问地也是社会性的。就这样，宇宙万物相互依存、联合整一，全部都被统一于永恒不变的宇宙秩序当中（So from the first eternal ORDER ran，Ⅲ，113-4）。这里，"秩序"一词全部采用大写字母拼写，说明作者对于它的原始性、神圣性、永恒性以及权威性的强调。

总之，无论是出自本能，还是理性，都属于上帝的自然，都离不开它所具有的社会性。因而，"自然状态"（NATURE'S STATE，Ⅲ，147）并非是杂乱无章、没有秩序的，而是在上帝的统一支配下有规律地运行，人的自爱和他爱双重属性从最早上帝创世时就出现了：

> 切莫认为，自然状态没有条理；

自然的王国是上帝统治的领域：

自爱与爱社会与生俱来，

将万物和人类紧密结合。（Ⅲ，147–50）

蒲柏在这里描述的自然状态，既不像霍布斯所说的那么可怕，"是一切人反对一切人的战争状态"；① 也不像卢克来修所坚持的"社会契约"学说那样，很大一部分人都遵守信约，为了避免混乱、暴力和厮杀，建立了法律和国家；② 而是更接近洛克的主张，"认为在国家产生之前，人类处在原始的自然状态中，享受生命、自由和财产占有的自然权利。……是一种和平、善意和互助的状态"。③

论述至此，于是作者用动情的笔调描绘起这样一个仅仅存在于远古时代的和谐社会：那个时候，世界上没有骄傲，也没有因为骄傲而带来的钩心斗角、互相倾轧。上帝将一切生物（包括人类）紧紧团结起来，人与野兽同行、同吃、同住，没有相互残杀，也没有相互迫害。大家都住在同一个屋檐下，生活在同一片森林里，其乐融融，和平相处，齐声歌颂他们公平、仁慈的主——上帝。（Ⅲ，151–156）好一幅诗意化的理想世界图画啊！

二　"私利就在公益当中"

在为读者描绘了一幅美好世界的图画之后，这时蒲柏笔锋一转，敏锐地指出，这种理想化的黄金时代却仅仅存在于人类早期的历史。因此，他不由得担忧起人类的未来。他仿佛看到，因为人性的自私，人产生了骄傲，失去了理智（And just as short of reason he must fall，Ⅲ，47），变得疯狂、野蛮起来，他们相互残杀，给自己，也给同类

---

① 宋希仁主编《西方伦理思想史》，北京：中国人民大学出版社，2004，第191页。
② 参见卢克来修《物性论》第5卷《文明的起源》，北京：商务印书馆，1981。
③ 宋希仁主编《西方伦理思想史》，北京：中国人民大学出版社，2004，第209页。

带来了灾难。这时，诗人也许想起了人类过去历史上那些曾经发生过的各种可怕、邪恶、非理性事件，例如，夏娃的堕落，该隐杀弟事件，等等。这些都无不说明，疯狂的原始欲望有时会致使人丧失理智，变得像野兽一样凶残。他们的行为彻底背离了自然法则，打破了宇宙的和谐与秩序，从而造成人类在道德上的堕落，请看下面的描述：

> 啊！未来的人类是多么的不同！
> 一半的人将成为屠夫和掘墓人；
> 他们是自然的敌人，滥杀无辜，
> 谋害他的同类，背叛他自己。
> 狂暴的情绪由那血腥而起，
> 对付人类的是更加凶猛的野兽——人。（Ⅲ，161-8）

作者接下来对宇宙自然和人类进化与发展的历史进行了回忆。在远古的黄金时代，上帝造就了自然万物，那时候，人自觉向低级生物学习生活的本能技巧，从鼹鼠那里学会耕犁，从蠕虫那里学会编织，从野兽那里学会医治，从蚂蚁和蜜蜂那里，学习建造自己的城镇。就这样，人从最初的出于自爱的本能而缔结了婚姻、家庭，慢慢地由感性的要求一步步上升到理性的思考，继而形成了社会，最后组成了政府、国家。这一切说明：象征着人类文明与历史进步的社会性才是人类真正的自然状态，人和万物的社会性反映了永恒不变的宇宙和谐与秩序的要求，而这，恰恰就是英国 18 世纪所颂扬和追求的理想社会状态和道德价值。

诗中论述，人受到自保本能的驱使，会运用各种正当或不正当的手段，极力追求权力、金钱，以满足个人私欲，维护个人利益。但正是出于这同一种自爱，成为约束和防止人们的欲望过于膨胀的主要原因，政府和法律正是由此而产生（The same self-love, in all, becomes the cause, Of what restrains him, Government and Laws. Ⅲ, 269–272）。

古典自然法学派的主要代表同时也是近代自然法理论的创始人之一的胡果·格劳秀斯（Hugo Grotius, 1583–1645）认为，人性中对自我利益和自我保护的追求，是最基本的人性，构成自然法的基础。除了这种人性的自然外，人性中还包含社会性的一面，人除了追求自我，还有与社会交往和过理智生活的需要，理性的社会生活要求人们和谐相处。

霍布斯基本上继承了格劳秀斯的观点，他认为："所谓自然法，乃是理性所发现的一种箴言。"人为了自保自爱，必须寻求和平，遵守信约。"我对别人享有的自由，以他人对自己享有的自由为标准，人人做到'己所不欲，勿施于人'"。[1] 人为了保全自身的安全，必须对其本人的自由予以一定的限制，大家互相牵制，相互监督，否则人与人之间就会陷入战争。自然法作为理性提出的一种普遍法则、一种道德戒律，"命令人去做他所认为最可以保全生命的事情"[2]。因此，诗人呼吁，让和平、友爱、感恩、尊重他人等美德成为社会安定的手段吧，即使是君王也得学会待人公正和仁慈。这里，蒲柏似乎在对霍布斯的自然法理论进行诗化阐释：

> 保全自身，必须对自由做出限制：
> 人人相互监督，约束各自的欲望。
> 自保的本能使得人们拥有美德，
> 即使君王也学会要公平和仁慈：

① 章海山：《西方伦理思想史》，沈阳：辽宁人民出版社，1984，第265页。
② 宋希仁主编《西方伦理思想史》，北京：中国人民大学出版社，2004，第194页。

> 利己主义改变了它的初衷,
>
> 因为私利其实就在公益当中。(Ⅲ,278-82)

由此推演开来,诗人的乐观主义精神再次占了上风,他得出结论:自爱的本能决定了人们去追求个人利益,然而,要实现个人利益,最好的途径就是把个人利益与他人利益、社会利益结合起来,在利他的同时达到利己。这是因为,"理性的命令,只教为我们尊重自己的利益起见,应与他人结为友谊"[1],因此,"人要保持他的存在,最有价值之事,莫过于力求所有的人都和谐一致,使人人都追求全体的公共福利"[2]。总之,理性告诉我们,为了自保,必须利他、利群,必须同时实现他人利益和公共利益。由此,利己与利他紧密结合了起来,成为不可分割的整体。

这里,宇宙普遍的秩序原则再次发挥了它无与伦比的威力,自我利益、他人利益与公共利益,在普遍、永恒、神圣的宇宙秩序中得到了和谐统一。这就是所谓的"世界大同"或者"和谐社会"(World's great harmony,Ⅲ,295)。如下:

> 那些矛盾冲突的利益之间,
>
> 混合起来成为协调的音乐。
>
> 这就是世界大同,和谐社会,
>
> 秩序、联合,万物完满统一!(Ⅲ,293-6)

这个美好画面仿佛如古希腊哲学家对美的学说所描述那样:"音

---

[1] 斯宾诺莎著《伦理学》,贺麟译,北京:商务印书馆,1997,第 198 页。

[2] 宋希仁主编《西方伦理思想史》,第 184 页。

乐是对立因素的和谐的统一，把杂多导致统一，把不协调导致协调。"① 至此，诗歌所表达的和谐与秩序思想似乎又一次与沙甫兹伯利的"均衡与和谐"的美的原则相遇了。最后，作者对人的社会属性以及人类社会的群己关系做了全面性概括和总结：

> 于是两种协调的运动作用于人的心灵；
> 一种关注自身利益，另一种关照全体。
> 上帝和自然连接起整个宇宙体系，
> 这样，爱自己与爱社会实属相同。（Ⅲ，314–18）

在蒲柏富于形象化的诗行中，我们看到，人类社会就如同一条挂满无数果实的葡萄藤，相互吸取或提供水分和营养；或如同各自沿着自己轨道运行的行星，同时又都围绕着太阳旋转。自爱和他爱同时作用于人的灵魂，使人在关注自己的利益同时，也照顾整体的利益。在这一连串充满诗意的形象化比喻中，诗人满怀信心地告诉大家，"上帝和自然连成一个整体，爱自己与爱社会实属相同"（Thus God and Nature link'd the gen'ral frame, And bade Self-love and Social be the same. Ⅲ，317–8）。

第四节　　和谐与秩序之中的永恒幸福

《人论》的第四篇谈到了人生所追求的终极目标——人的幸福问题。自古以来，在人的生活中，至善和幸福是争论最多，也是最为人

---

① 此处取自朱光潜先生的译文："音乐是对立因素的和谐的统一，把杂多导致统一，把不协调导致协调。"根据诗歌的论述，笔者认为，这里所谓"和谐"思想的内涵首先应该被理解为一个辩证的哲学思想。参见北京大学哲学系美学教研室编《西方美学家论美和美感》，北京：商务印书馆，1980，第14页。

所关心的问题之一。人们认为，追求幸福就是人生的最终目的，人的一切行为都是为了得到幸福。伦理学作为一门专门研究人的学科，人的幸福问题理所当然成为它所要回答的中心问题。

第四篇是从人的幸福问题角度对前面三篇的观点所做的进一步论述和概括，它主要说明人的幸福或者美德就在于将对自己的爱转化为对上帝和对全人类的爱。如果说，第三篇重点论述的是对社会与伦理秩序的破坏所将导致的后果，而第四篇主要讨论人在社会中应当怎样做才能生活得更好的问题。整篇诗论从第一章开始谈到人要正确认识自己在宇宙中的位置，接着论述人的双重属性以及如何才能够协调和达成两者的平衡，并要学会将自爱转化为对社会、对整体的爱；最后，作者得出结论，人的幸福就在于把对自己的爱扩大到对一切事物的爱——一种普遍意义上的仁爱。

一 "至善就是幸福"

第四篇的开头第一句，我们就被告知，幸福是人类所追求的终极目标（our being's end and aim）。追求幸福是每一个人的渴望，也是每一个人的权利。由于上帝创造世界的目标是根据宇宙普遍法则制定的，它所针对的是全体而不是个人，因此人人可以争取幸福、得到幸福，幸福的机会对于每个人来说都是均等的，如下所述：

> 人啊，你要记住，"宇宙的运行
> 不只看局部，而是根据普遍法则"；
> 是什么才可以叫做真正的幸福
> 它不是个别人的福利，而是全体。（Ⅳ，35-8）

幸福的这种普遍性决定了所有的国度都能够享有它，所有的人们都能够拥有它。很明显，幸福不是个别人的专利，而是针对天下所有人的，因此，诗人告诉我们：

> 遵从自然，抛弃那疯狂的念头，
> 所有国度都拥有，每个人都享用；
> 它好处很明显，不在某个极端，
> 而是需要思想正确，意图良好。（Ⅳ，29－32）

这就要求我们遵循自然法则，抛弃那些疯狂的念头和想法，因为幸福来自"思想正确，意图良好"。（thinking right，and meaning well，Ⅳ，32）

诗歌始终强调，上帝的第一法则是宇宙秩序（ORDER is Heav'n's first law，Ⅳ，49）。而正是出于这种秩序原则本身的需要，便规定了世界上的有些事物要比其他事物更加优越，导致有些人要比其他人更加富裕，或更加有智慧。然而，这些表面的不平等、不协调因素其实是宇宙内部和谐与秩序的外在表现，《人论》第一篇的结束句已经告诉我们，"分明有一条真理：凡存在都合理"。因此，假如谁要认为那些拥有财富和智慧的人就必定比其他人得到更多的幸福，那就是不明智的想法了：

> 秩序是自然的第一法则；承认这点，
> 某些事物在其他事物中会鹤立鸡群，
> 有些人会更富有更智慧；但假如认为，
> 这些人比别人更加幸福，这就是愚蠢。（Ⅳ，49－52）

显然，神圣的宇宙自然法则对于全人类都是公平的，所以，在幸福面前人人平等。人的幸福是在人们相互需要、相互促进中产生的，不会因为条件和环境的不同而改变，无论对于一个平民还是一个国王来说，幸福的内涵和意义是一致的、相同的：

> 假如每个人在幸福面前平等，
> 那么上帝对于人类就是公平：
> 然而互相需要促进普遍的幸福，
> 自然的变化保持着自然的平衡。
> 条件与环境并不意味什么，
> 福佑对于平民和君王相同。（Ⅳ，53-8）

但是，对于个人来说，什么样的人才可以得到幸福呢？针对这个问题，蒲柏特地在诗的注解中指出：在全世界范围内，好人（GOOD MAN）更容易获得幸福。[①] 上帝的自然将幸福赐予了好人。那么，好人的幸福是什么呢？简单地说，就是三个字：健康、安宁和能力〔Lie in three words, Health, Peace, and Competence.（Ⅳ，79-80）〕，它们具体是指："理性的喜悦和感官的欢乐。"（Reason's whole pleasure, all the joys of Sense，Ⅳ，77）

这里，人的健康状态意味着对欲望的节制，它要求人保持内心的宁静、和谐（Peace，Ⅳ，82）。此处 Peace 这个词是指一个人内心的和谐与安详，它才是真正的美德所在。在前一章《夺发记》里，我们曾经谈到，人的内心世界就像是一座外部世界的微型景观，它如同外部大自然一样，里面充满了矛盾、冲突与斗争，人的任务是要尽力使它们协调起来。这里作者把人内心的安详、宁静等同于美德，其实是对理性、和谐与秩序意识的另一种注解。

这就要求人们正确处理和调节好理智与欲望之间的矛盾，使人的

---

① 英文原文如下："In what the Happiness of Individuals consists, and that the GOOD MAN has the advantage, even in the world." 参见 Butt, John, ed. "Essay on Man", *The Poems of Alexander Pope.* London: Methuen & CO LTD, 1963, p. 538。

激情和欲望自然地服从理性的权威。在通过理性对激情和欲望进行调解的过程中，人发挥出他的真正的功能，并且达到他为之而存在的目的。这就是善行，也就是幸福。

然而这时，一个问题提出了：为什么美德往往得不到回报，而邪恶反倒有时候可以得势？这个疑问即刻遭到了有力的回答与反驳："即使这样又能如何呢？难道美德的报偿仅仅是在于物质上的富有吗？"（But sometimes Virtue starves, while Vice is fed.' What then? Is the reward of Virtue bread? Ⅳ, 149-50)

那么，真正的幸福究竟是怎样的呢？诗人说，那是任何现世的、世俗的东西所不能给予的，也是世上任何事物所不能破坏掉的；它给人的灵魂带来阳光般的安详和宁静，使人发自内心的欢乐和喜悦，这一切，是真正"美德的奖赏"（Virtue's prize，Ⅳ, 169)。

为了充分说明这一点，作者逐一分析论证：人如果仅仅凭借自爱的本能和冲动，即使拥有了财富（Riches, 185)、荣誉（Honour, 193)、高贵（Nobility, 205)、强大（Greatness, 217)、名声（Fame, 237)、过人的才能（Superior Talents, 259)等这一切特权和享受，却都不能够给人带来真正的幸福。

在亚里士多德关于幸福的学说中有一个很明确的观点，即，至善就是幸福。他说：人类的善就应该是"心灵合于德行的活动"，[①] 或者说善就是与美德相一致的活动，而人的幸福就在于人的善行。

最后，诗人用铿锵的诗句向我们宣告了亚氏关于幸福的结论——其实人人都知道（Know then this truth Ⅳ, 309)，只有具备了美德才能拥有真正的幸福，因为，"至善就是幸福！"（Virtue alone is Happiness below. Ⅳ, 310)

亚里士多德认为，人生的幸福要具备三个条件：身体、财富和德

---

① 参见亚里士多德《政治学》，北京：商务印书馆，1981，第364页。

行。但在这三个条件里，他尤其注重德行，认为，如果不具备德行而只具备其他两个条件，就不会得到真正的幸福。德行才是人唯一的福佑所在，它使人品尝到至善的好处而不至于堕落。所以，最优良的善德本身就是幸福，幸福就是善德的具体实现，也是善德的极致。诚然，蒲柏的诗句俨然是在对亚里士多德的幸福学说予以诗化的表现。

二 和谐与秩序之中的永恒幸福

柏拉图在探讨"幸福是什么"问题时提出了"和谐说"的人生观，他指出："善的生活应该是混合的生活，是一种理性与感性、快乐与智慧相混合的生活。"① 在这种混合的生活中，理性必须占据指导地位。可见，柏拉图宣扬的是一种以理性为主导的"和谐"人生观，反映了他向往永恒幸福的理想的人生观。

在亚里士多德那里，幸福并非局限于一点，是一个和谐的结构。② 他认为，人的激情和欲望自然地服从理性的权威，在理性的正确引导下，使感性欲望得到满足，理性与欲望的关系得到协调，处于一种有秩序的和谐之中，那么，就是达到了幸福和至善。可见，亚里士多德的幸福观里的关键词就是理性、和谐与秩序。如果说，亚里士多德与柏拉图的哲学观大有分歧，柏拉图是客观的唯心主义者，他把所谓理性或理念当做外部世界的本原或基础，而亚里士多德动摇于唯心论和唯物论之间，认为理念不是实物的原因，从而向唯物主义方向迈进了一大步。但是，他们在关于"幸福"问题的探讨上倒颇有几分相似之处。

《人论》中叙述，"仁爱之链"连接着上帝对广阔无边的宇宙的宏伟设计，它将天上和地下、人和神紧紧结合在一起。幸福就在于人

---

① 黄伟合著《欧洲传统伦理思想史》，上海：华东师范大学出版社，1991，第52页。
② 黄伟合著《欧洲传统伦理思想史》，第60页。

要学会看远、看全，因为人类所有的信念、法律、道德都是为了一个共同目标，这个目标始终就存在于对上帝的爱，对全人类的爱中：

> 在这层层而上的整体联盟里，
> 了解人类的最初和最后目的；
> 信念、法律、道德，为了一个目标，
> 存在于对上帝的爱、对全人类的爱。（Ⅳ，337-340）

因此，人的理智告诫自己，造物主的仁慈和博爱是面向全人类的，而并不是局限于某个人的，人如果一味谋求私利，就违背了神圣的自然法则和秩序。理智是上帝赐予人类最好的礼物，它可以将"人的最好德行与人的最大福佑紧密结合"（Wise is her present; she connects in this, His greatest Virtue with his greatest Bliss, Ⅳ，350）。

诗歌告诉我们，由自爱推延开来到对邻居的爱，再进一步发展到对敌人的爱，最后将天神、人类、生物、动物都统统包揽到一个"仁爱的紧密体系"当中（one close system of benevolence，Ⅳ，358）。人越是行善，幸福的程度就越高。因为，福佑永远与仁慈同在！（height of bliss but height of Charity，Ⅳ，360）如下：

> 自爱推演开来，到社会、到上帝，
> 让赐予你邻居的祝福也成为你自己的。
> 这对于博大无边的胸怀是否仍然太窄？
> 再延伸吧，让你的敌人也在其中：
> 将整个理智，生命与感觉的世界，
> 统统包揽到一个仁爱的紧密体系，
> 越是仁慈就越是幸福，
> 福佑永远与仁慈同在。（Ⅳ，353-60）

　　上帝的爱是从全体到局部，但人的社会属性则注定了人只有将自爱扩展对全社会的爱，以及对全人类的爱，才是人最高尚的美德，才会给人带来真正的幸福。这时，诗人运用了一个生动、恰当的意象来进行描写：自爱就像一颗被扔进了湖水中央的石子，平静的湖面上泛起了阵阵涟漪和波浪，围绕着石子的中央向外扩展，一圈接着一圈，一层连着一层，延伸下去。它们首先包括朋友、父母、邻居等，最后发展到对国家和对全人类的爱：

> 自爱唤醒了善良的心灵，
> 如同小石头投进平静的湖中，
> 中心动了，泛起一圈波澜，
> 一波接着一波，沿绵不断，
> 朋友、父母、邻居当首先拥抱，
> 然后是国家，以及整个人类，
> 越来越广，如心海的波涛翻滚
> 直到包括所有不同种类的生物；
> 地球微笑了，沐浴着无边的慷慨，
> 上帝将它的映像装在胸中。（Ⅳ，361-72）

　　此时，读者眼前出现这样的图画：世界丰饶富足、慷慨无边，每个人的心灵都充满温暖和喜悦，万事万物都相互友爱、和睦相处，共同沐浴在上帝仁爱的阳光里。诗人的这种乐观主义的宣泄和想象是多么的令人惬意、爽快！让我们不禁联想到在18世纪欧洲正流行的莱布尼茨"宇宙预定和谐"学说：

> 当灵魂感到自身中有一种伟大的和谐、秩序、自由、力和完美，从而欢欣鼓舞时，就引起快乐。……这种快乐如果源于知

识，并由光明陪伴的时候，就将是永恒的，它不可能欺骗我们，也不可能招致将来的懊悔。这种快乐使意志产生向善即美德的倾向。……由此可见，没有什么比理性之光，比永远按照理性行使意志更加有助于幸福的了。①

我们发现，蒲柏在诗歌中始终宣扬的"宇宙和谐与秩序"观念，与莱布尼茨的"宇宙预定和谐"说在精神上和气质上是多么的接近啊！

作者在《人论》的序言《告读者》里声明，他写作《人论》的目的，是"建构一套适宜但并非不协调、简短但并非不完整的伦理思想体系"。(着重点原有)② 然而，我们仍然发现，他在论述中试图借用并调和古代和现代流行的各种道德学说，形成了他驳杂、繁复、凌乱的说理特征，从而也造成了他在某些论述的不严谨、不一致，甚至矛盾的地方。但是，蒲柏毕竟只是一位诗人，我们不能用一个哲学家的标准来苛求他。因为，作为诗人，他的《人论》主要只是对古代和现代社会普遍流行的伦理思想和学说的诗意表达。蒲柏对于幸福的内涵的理解以及他所提出的追求永恒幸福的条件，是对古代思想家在这个问题探讨基础上的进一步思考和阐发，带有理想主义和浪漫主义的成分。

从大体上看，作者的笔端下流露出来的是乐观、自信、进取的音符。然而，这种乐观主义和理想主义只是蒲柏对于人类和人类社会的良好愿望，并非他在现实社会生活中对人和人性的观察和认识。实际上，蒲柏并不是没有看到当时社会阴暗、腐朽和堕落的一面，他始终

① 转引自 E. 卡西勒《启蒙哲学》，顾伟铭等译，济南：山东人民出版社，1988，第 119 页。
② Butt, John, ed. "Essay on Man", *The Poems of Alexander Pope*. London：Methuen & CO LTD, 1963, p. 502.

对国家和人类的前途和未来怀有深深的忧患，他也时时没有忘记人因为愚昧、骄傲和无知给社会及自己所带来的种种恶果。诗人对于人性的弱点始终有着十分清醒的认识，虽然他在说理的时候尽力保持着平缓、克制、理性的态度，但从他常常略带嘲讽的字里行间里，不时暴露出悲观、失望、甚至愤怒的情绪。

18 世纪的前半期在文学史上通常被称为"蒲柏时代"，就是因为蒲柏的思想和艺术都比较完整地反映了这个时代的特征，追求平衡、理智与和谐的道德观念和政治理想是那个时代的显著特征。蒲柏的诗歌倾向于以理性来维护现存的社会政治秩序，表现了新兴资本主义既追求个人利益，又要维护整体利益的要求。总的来说，蒲柏诗歌中所表现的是一种资产阶级发展时期追求自然、理性、和谐与秩序的伦理精神。他始终保持着对永恒的宇宙和谐与秩序观念的信仰，反映了他追求和谐、稳定的社会关系与秩序的道德观念和政治理想。

第五章 《道德论》与
"中庸"思想

　　《道德论》(*Moral Essays*, 1731-1735) 包括四封分别写给四个人的诗体信,其中,《致科巴姆》创作于 1731 年,《致伯林顿》完成于 1733 年,而另外两封信札则分别完成于 1734 年和 1735 年。《道德论》四封信札的创作和完成时间几乎与《人论》同步,主要是针对实际生活中的人的性格、品味以及财富的正确运用等社会道德和个人道德问题的论述。可以说,《道德论》是对《人论》中宣讲的各种抽象的、普遍的伦理学说和理论所进行的具体例证和进一步阐释。作者原初的意图,是从男人的性格、女人的性格、财富、智慧、教育、政府、学问等多个方面进行具体的论述,以形成一套属于自己的、较为全面的伦理思想体系,但最终只完成了其中的一部分。《人论》与《道德论》相互论证、互为补充,有着思想上和内容上的连贯性和互补性,它们共同构成了作者的伦理书信系列,形成了作者对于伦理学问题的整体论述。因此,人们(包括作者自己)通常将两部作品视为一个创作整体来看待。

　　虽然《人论》和《道德论》都是对伦理问题的探讨,但作者创作的视角和语气是有所不同的。在《人论》中,作者站在宏观的、具有说理性的高度,是对人性、人类社会和宇宙秩序等普遍性现象进行的理论阐述,语气庄重、平和、恬淡,带有明显的说教性。而《道德论》则是通过描写日常生活中的具体人物、性格和事例,描述人们理想的生活状态应该是怎样的,以及什么样的行为方式才是适度的、得体的,才会受到社会的承认和尊重,才能符合社会和谐与秩序的要求等，语气轻快、随意、活泼、娓娓动听，语言更加口语化。《道德论》同样采用均衡、对称、活泼、简练的诗文，承接《人论》中对于人性的抽象性、概括性议论，基于对实际生活中人性的复杂性和矛盾性的认识，继而通过对一个个活生生的人物和具体事例进行描写，表达了诗人自己的道德主张，向人们昭示了日常生活中所应遵循的一条最普遍、最根本的道德规则——"中庸"（mean）。

蒲柏在《人论》中曾论述：人生来就是受自爱法则与理性法则同时支配的生物，因而人的理性与欲望经常发生冲突，这就应该以理性来指导或支配欲望，使两者能够和谐一致。不唯如此，蒲柏还吸取了古希腊伦理学说的思想精华，在诗歌中主张遵循"中庸"的道德原则，并幻想着将它推进一步，以实现他理想中调和的目的，体现了他追求和谐与秩序的伦理思想。蒲柏诗歌中所体现的就是这样一种浸透着理性与和谐的"中庸"观。

所谓"中庸"，"乃贯穿一切善行和美德的极其普遍、极其根本、极其重要的道德规范、道德品质"。"中庸"不仅是一种伦理观，同时也是一种思想方法。[①] "中庸"的思想观念不但是西方传统伦理思想史上一个重要而光辉的思想，在中国古代"中庸之道"的概念也早已有之，但它更多的是指一种品德，一种伦理行为。孔子曾说："中庸之为德也。"[②] 这里，要特别提醒的是，中庸并不是指任何伦理行为之"中"，而是指"适当地"遵守道德。这就是说，不遵守道德是恶，过于遵守道德也是恶，只有适当地遵守才是善的、道德的。因此，亚里士多德说："过度与不及都属于恶，中庸才是善。"[③] "中庸"（mean）这个词在亚里士多德的伦理学著作《尼各马科伦理学》里的希腊原文是 mesotes，"中庸"概念构成了亚氏的伦理与政治思想体系

---

① 王海明著《伦理学原理》，北京：北京大学出版社，2001，第303页。
② 转引自王海明著《伦理学原理》，北京：北京大学出版社，2001，第301页。
③ 《亚里士多德全集》第8卷，北京：中国人民大学出版社，1992，第36页。

中的核心思想。[①] 这就是说，要建立起符合理想社会的和谐伦理秩序，人们需要平衡与协调自己的思想和行为，只有这样，社会才能树立各种正确、适当的道德行为和规范；假如要实现这一切，就必须遵循"中庸"道德规则，它是调和人的欲望与理性之间矛盾和冲突的"和谐之道"。

在蒲柏的诗歌中多处提到了"中庸"的概念。比如早在《温沙森林》里，蒲柏在倡导人们过一种自然、平衡的生活时，就提出要遵守"中庸"（T' observe a Mean, 252）。在讽刺诗《仿贺拉斯诗札第二》第一篇中，他将自己的"中庸"道德立场，以及他所提倡的在生活中所应遵循的"中庸"规则明确地表达了出来，他这样宣告：

> 不管你将我归于哪类，诗人或散文家，
> 我的思想和情感流露于笔端；
> 是天主教徒还是新教徒，或两者之间，
> 就像高尚的伊拉斯谟保持正直的中庸；
> 托利把我算做辉格，辉格却将我称做托利，
> 我的荣光就在于我的适度。（Imit. Hor. Sat. 2. 1. 63-8）[②]

毫无疑问，作为一名诗人，这是蒲柏通过诗歌的简洁、精妙的语言艺术，对自己的宗教思想和政治倾向所做出的绝佳宣言。这些铿锵有力的对仗诗行实际上是他通过对政治和宗教问题的探讨，而上升到对于"中庸"道德问题所做的诗化阐述。

---

① 参见 Evrigenis, Ioannis D. "The Doctrine of the Mean in Aristotle's Ethical and Political Theroy." *Histroy and Political Thought*. Vol. X X. No. 3. Autumn 1999。

② Butt, John, ed. *The Poems of Alexander Pope*. London：Methuen & CO LTD, 1963, p. 615.

第一节 人性的复杂与道德的判断

《道德论》的第一封信札是《给理查德·坦普尔——科巴姆子爵》（To Richard Temple, Viscount Cobham），其副标题为"论人的性格"（Of the Characters of Men）。蒲柏这里所谓的"人"（Men），并非只局限于男人，而是指在广泛意义上的人，即包括所有的、各种各样的人。诗歌对于实际生活中人的性格的形成因素以及生活中人的各种行为的道德属性进行了深入论述。值得强调的是，在作者看来，人的性格形成原因以及显现方式是与人的道德观念和行为方式密切相关的，他对于人性的观察和议论是以道德为判断基础的。尽管诗歌也分析了人的复杂性格形成的某些心理原因，但道德作为根本性因素，始终是评判人的性格与品质的最终标准。其中，"中庸"作为人所应该具备的一种基本道德得到了反复的暗示。

一 人的瞬息万变

诗歌一开头，作者就指出，通常人们对于人性的辨认和判断有两个方面的来源：书本上的知识（Books, Ⅰ, 10）① 和对人的普遍性观察（Observations, Ⅰ, 11）。但是，这两方面的知识都是不准确的、片面的，因为它们有些是出自于人在主观上的印象或观念（Notions, Ⅰ, 14），有些则完全是臆断或猜测（Guess, Ⅰ, 14）。这是因为，人的性格千变万化、迥然各异、复杂难辨。每个人都具有不同于他人的性格特征，每个人都有每个人的特殊本质，这道理就如同世界上没有两片完全相同的树叶或两颗完全相同的谷粒一样简单。因此，人们

---

① Butt, John, ed. "Moral Essays," *The Poems of Alexander Pope.* London: Methuen & CO LTD, 1963, p. 549. 以下在文中凡出自该书的英文引文，均按照此注方法直接在引文后注明章节数和诗行数。

一般很难推断出哪些是属于人的普遍性特征，哪些是人的个性特征；况且，由于每个人的内心思想千变万化，极为不稳定，是无法笼统对待的，如下：

> 每片树叶和每粒谷子都各有特色，
> 某些不明显的纤维，某些不同的叶脉：
> 人可以分为几种大致的性格类型吗？
> 其实，人心各异，变化莫测。(15-8)

也许，有人认为可以依靠理性来观察和推断人的行动（On human actions reason tho' you can，Ⅰ，35），因为行动可以反映人的真实思想。但是，这也是不可靠的，因为人更多的时候是感性的动物，并不一定时时都按照理性去行动和思考（It may be reason，but it is not man，Ⅰ，36）。有些人个性分裂，其外在表现与内心活动往往不一致，自相矛盾。人的行动有时候是偶然的、无意识的，出自某种内心的、不为人觉察的隐秘动机，这样，就使得人的性格更加复杂，难以分辨。况且，人的自身在某种复杂、极端和狂乱情感和心理作用下，也使得他不能够很清楚地意识到自己内心的想法，以致迷失了驱使其思想和行动的真正动机：

> 通常，在激情的狂乱旋转翻滚中，
> 我们迷失了行动的真正动机：
> 疲惫不堪或举棋不定，最终我们放弃，
> 随之而来的是原野的主人。
> 当理性退却，幻想萦绕梦中，
> （尽管都是些遥远的记忆）
> 那一团乱麻中的最后印象，

　　成为制造我们梦幻的原料：

　　内心某些模糊不清的想法

　　也许就是我们许多人行动的原因。（41-50）

　　这里意思是说，由于受到各种狂乱激情的作用和影响，人往往被一大堆混乱的观念、思想困扰着，剩下最后的印象残留在脑海。这时，当清醒的理性退却，而想象作用于人的梦中，思想的记忆就会慢慢演变成人们梦境中的东西，形成人们脑子里的"某种模糊的观念或潜在的意识"（Something as dim to our internal view，Ⅰ，49），它能够成为驱使人们行动的潜在心理因素。在这里，我们惊异地发现，蒲柏对于人的潜在意识的深入探测与分析，几乎预见了弗洛伊德精神分析学说的核心——"无意识"理论。

　　因此，蒲柏说："人的行动并非总是能够反映一个人的性格。"（Not always Actions shew the man，Ⅰ，61）那些"潜在意识"（internal view Ⅰ，49）如同我们观察事物时的外在视觉，是靠不住的，容易使人产生错觉的。假如我们对于自己和他人的动机没有完全清醒的意识，就不能根据其行动来断定哪些是出于主要动机，哪些出于次要动机。有些行动是由于人偶然产生的动机所导致的，这便是造成人的行动常常自相矛盾的原因。还有，人们对于人的性格判断还经常会受到其社会地位、阶层以及他们所从事的职业或行业的影响。

　　接下来，作者谈到，尽管有个别一些人的性格是平常易见的，但这种人在现实生活中极为少见。大多数人都有着强烈的倾向性和爱好，且极为容易发生思想上的急剧波动（quick the turns of mind，Ⅰ，123）。人的性格上的这种对立与冲突（puzzling Contraries Ⅰ，124）和前后矛盾（inconsistencies，Ⅰ，129）的特性，迷糊了人们的眼睛，混淆了人们的头脑，往往令人迷惑不解，变得真假难辨，好坏难分，使人难以准确地预料和把握，因而不能真正从整体上认清楚人真实的内心思想或内在本质。

比如，生活中的同一个人，往往可能会有各种不同的，甚至矛盾相反的表现，他：

> 一会儿充满活力，一会儿又暮气沉沉；
> 在人群中却孤独，感觉适应却不恰当；
> 早年从事稳定职业，晚年却干起冒险的事；
> 在猎狐中疯狂，在辩论中却审慎；
> 在某个地方喝得醉醺醺，到舞会上变得彬彬有礼；
> 对普通人友好，对政府却背信弃义。(130-5)

在作者生动、活泼，富于形象化的描绘中，在这些平衡、对仗、明快、简洁的双韵体诗句中，读者真正地感受到，人的性格是如此复杂和多变，要清楚、准确地认识和判断一个人的性格是何等的不易和艰难啊。

二 "主导情欲"

为了更好地、更加清晰地辨认和判断复杂的人性，作者提出，寻找一种"生活中占支配地位的激情"，或"主要的志趣"（Ruling Passion, Ⅰ, 174），即"主导情欲"。前面《人论》的第二部中，蒲柏已经从理论上对于"主导情欲"的内涵做过宏观、抽象的论述，它是形成人的性格特征的主导因素，是人的外部表现的突出特征。"主导情欲"作为人的内心最为强烈的，占主导地位的情感或欲望，主宰着人的思想和行动。它一经被发现（clue once found, Ⅰ, 178），便可以使我们在令人眼花缭乱的各种复杂人性中做出准确辨别，找到最为可靠的判断依据（unravels all the rest, Ⅰ, 178）。这里，作者将"主导情欲"运用到了对人们在实际生活当中是如何表现的分析当中：

让我们寻找主导情欲吧，只有靠它，

疯狂个性充分显示，狡诈性格得以揭穿；

愚人本质表现一致，虚伪者露出真面目；

牧师，王子，女人，都在此揭开伪装面具。

这条线索一旦发现，澄清其他所有现象，

一切昭然若揭，沃顿的嘴脸一目了然。（Ⅰ，174-9）

乔治·S. 弗雷泽说："经过了对于人性的复杂进行如此丰富多彩的描绘之后，以及认识到对于人自身及他人的性格的辨析是何等困难之后，他（指蒲柏）总算找到了这样一个过于简单的，但却能自我满足的解决问题的办法——当然，这种满足只是在他那诗意化的表述中得到了实现。"[1]

下面，为了更具体地描述在人性中"主导情欲"（"占支配地位的激情"）是如何作用于人的思想和行为的，诗人重点描述了一个他同时代的典型人物——沃顿公爵（Duke of Wharton，1698-1731）。作者指出，此人的一生虽然短暂，但其在政治立场、宗教信仰以及人生态度等方面都极不稳定，常常自相矛盾，走各种极端。作者断言，这一切都取决于沃顿公爵性格中"主导情欲"（"占支配地位的激情"），那就是："哗众取宠"或曰"沽名钓誉"（Lust of Praise）。请看以下这段描写：

沃顿，我们社会的笑柄和奇观，

他的主导情欲就是沽名钓誉；

生来就妄想获取所有人的爱戴；

哪怕是妇女和傻子也不例外；

---

[1] Fraser, George S. *Alexander Pope*. London：Routledge & Kegan Paul，1978，p. 80.

> 尽管惊讶的参议院聆听他唠叨，
> 俱乐部定把他尊为笑话高手。
> 各个方面如此不同却毫无新意？
> 他可以同时扮演智人和小人。
> 然后他忏悔，得到上帝青睐，
> 又以同样的热情酗酒和嫖娼；
> 只要得到所有人的赞美，
> 不论是流氓还是小贩。
> 于是他拥有各种天赋和才能，
> 唯独缺乏一颗赤忱之心；
> 生来取悦别人，却难免邪恶，
> 极力避免耻辱却受尽人们鄙视；
> 他的狂热情欲就是哗众取宠，
> 他的一生，被各种方式亵渎；
> 不断贿赂却交不到真正朋友；
> 巧舌如簧，却无人信任。（Ⅰ，198-9）

从上面一段描写可以看出，沃顿公爵正是受到他的"主导情欲"，即"哗众取宠"或"沽名钓誉"的疯狂欲望的支配，丧失了理性的控制，导致他在生活的各个方面都做出不明智的举动，使得他一生中到处碰壁，总是陷入矛盾、尴尬的境地。他的种种反常、过激和不恰当行为，同样也是不理智、不道德的行为，真可谓：

> 思想上过于迅速，行动上又太过于拘束，
> 比大多数人都显得聪明，却只是个白痴。（Ⅰ，200-1）

这大概就是人们常说的"聪明反被聪明误"，或者"过犹不及"

吧。它告诉人们，凡事都应当讲究得体、适度、恰到好处。由于沃顿公爵极不稳定的性格，缺乏应有的理性和节制，掌握不好思想和行动的分寸，从而使得他做任何事情都走向相反的另一面。这不可避免地导致了他行动中的种种矛盾：他心里并非不爱妻子，但从行动上却非常残暴；他并非不热爱他的君王，却恰恰成为反叛君王的人。正因为如此，他的结局很悲惨，至死都被任何一个教堂和国家拒之于门外，声名狼藉、臭名昭著。

假如人们问到：为什么沃顿公爵总是违反各种做人的基本原则，而处处惨遭失败呢？作者一针见血地指出：

> 假如问沃顿为何违反每条规则？
> 是因为害怕流氓会称他为白痴。（Ⅰ，206-7）

由于受到了这种"哗众取宠"的"主导情欲"控制，沃顿公爵企图博取所有人的欢心和赞美，以达到他沽名钓誉的目的，甚至连流氓也不例外。这种过分追求名誉的行为势必会物极必反，走向反面。因此，实际上，沃顿公爵一生的所作所为构成了对"中庸"道德规则的违背，使他成为非理性的、邪恶的，同时也是不道德的典型代表。

三 人生百态在临终前的定格

在《道德论》的第一封信札里，作者还以略带嘲讽、讥笑的语气，运用一种类似人物素描的艺术手法，勾勒出一组神态各异的人物画像，并通过刻画人在临终前的定格，生动地表现了人生百态以及复杂难辨的人性特征。人们曾说，人在临死前的那一刻可以反映出其人的一生。批评家瓦尔特·本雅明（Walter Benjamin，1892-1940）曾经这样评论："死亡是对于故事中所讲述的一切的最终认定。死亡在我们对于生活的叙述中已经注入了意义，它可以对过去发生的一切给予定型，就如同一个句子，最终由一个句号来定义它的意思。"①

　　也许是基于相同的认识，作者在诗歌的最后部分搬出了七幅虽简短，却生动、形象的漫画式速写，将形态各异的人物在死亡前的"主导情欲"表现得惟妙惟肖、入木三分，把人在临终一刻真实的内心思想和动机揭示出来。他们各自的"主导情欲"在临死前都被暴露无遗，突出地表现了他们各自的性格特征，并不同程度地呈现出为道德上的种种缺陷，如愚蠢、虚荣、贪婪、吝啬、奴性等。

　　作者在刻画人物的时候常利用两两押韵的对句，以获得奇异、出人意料的戏剧性效果。人物在死前的表情与神态，既有真实、自然的一面，也有夸张、虚构的成分。比如，那位奄奄一息中的女子娜斯伊沙（Narcissa），直到她生命的最后一刻，还在关注着她的外在容貌是否仍像平时一样美丽、动人。她抱怨被裹上了厚厚的毛纺寿服，要求替她换上漂亮的带花边的衣服，还不忘记嘱咐女仆给她苍白的脸上抹上胭脂：

　　　　"真讨厌！要穿毛纺！"对牧师发怒，
　　　　（这是可怜的娜斯伊沙的临终之词）
　　　　不，让可爱的印花棉布或布鲁塞尔花边
　　　　裹紧我冰凉的四肢，盖住我无色的面容：
　　　　"人在死的时候不要显得这么可怕——
　　　　来——贝蒂——给这边脸补上一点胭脂。"（Ⅰ，242-7）

---

① 转引自 Baines, Paul. *The Complete Critical Guide To Alexander Pope*. London：Routledge，2000，p. 95。原文如下：Death is the sanction of everything the story can tell. Death confers meaning on the narratives of our lives and gives retrospective shape to them as the full stop defines the meaning of the sentence。

口语化的描写从侧面反映了娜斯伊沙突出的性格特征，即她并不注重心灵的、内在的完美，而过于在乎她外表的美丽，反映了她在道德上的缺陷。这里的描写使我们联想起《夺发记》里的贝林达，与娜斯伊沙一样，贝林达只讲究外在的美貌和名誉，而并不真正注重内心纯洁和美德。她们两人表现出来的性格特征是多么的相似。作者通过运用灵活、富有弹性的诗句，不仅使诗歌意义的色彩得到了强化，还有效地向读者传递了一种身临其境的感受。

从娜斯伊沙的语言里，我们觉察到了一种近乎残酷的黑色幽默。到临死前她还仍在想着、念叨着平日生活里那些绚丽夺目的东西：什么漂亮的印花布啦，布鲁塞尔花边、饰带啦，等等；这一切与她目前晦暗、令人沮丧的状态是多么的不相称啊。这些曾经给她带来快乐、迷人（charming，Ⅰ，244）的东西，与她现在可怕（frightful，Ⅰ，246）的处境形成如此鲜明的对照，令人觉得滑稽、可笑，同时，读者不由得为她的浅薄和虚荣感到一阵阵悲哀。

下面是另外一副人物肖像的描写，主要通过生动的语言和对白的方式戏剧性地表现出来。请看：

> "我让出和遗赠，（老欧克莱说，
>
> 叹了口气）我的土地和房厂给尼德"，
>
> "你的钱呢，阁下？""我的钱，先生，什么？"
>
> "唉，——假如我非要——（落泪）给保罗"，
>
> "庄园呢，阁下？"——"庄园！打住"，他喊道，
>
> "绝对不行，——我不能送人"——话毕咽气。（Ⅰ，255-
>
> 61）

这里，通过急促的、紧追不舍的提问，和那犹犹豫豫、迟疑不决的回答，刻画出了两个生动、鲜明的人物形象。读者似乎看见公证人

手里正拿只笔，在紧张不停地追问和记载着他的主人临死之前的遗嘱。而那位奄奄一息的主人，因为他的吝啬与贪婪，临死前却迟迟不肯做出遗赠财产的决定，一直拖到了最后快要落气的那一刻，活脱脱一副守财奴形象。

除了上面两例人物肖像，还有那行将就木的宫廷侍臣，至死还在准备他最后的外交演讲；那因为贪吃而损害了身体的暴饮暴食者，直到快要病死了还在继续大吃大喝；以及那对主人忠心耿耿的奴才，临到就要落气了却还念念不忘对主人的效忠。这一幅幅人物速写都被描绘得如此栩栩如生、活灵活现。

最后，作者笔锋一转，用严肃、庄重和敬仰的语气提到了一个与上述的形象决然相反、对立的人物形象，用以平衡与对照前面所提到的七个有道德缺陷的人物画像，他就是作者的朋友、该诗札的受献人（dedicatee）——科巴姆子爵（COBHAM）：

> 啊你，勇敢的科巴姆，到最后一刻
> 强烈感受到你临终前的主导情欲：
> 这一刻跟过去任何时候相同，
> "啊上帝，保全我的国家！"你最后的心声。（Ⅰ，262-5）

短短的几行诗句，紧凑、简短，却有力，显示出科巴姆子爵的"主导情欲"，那便是他一贯为之的、坚定不移的爱国之心。而之前所刻画的七个人物在临死前所表现出来的愚蠢与丑恶，都是由于他们不能适当、得体地把握和控制好自己的欲望和激情，因此表现出与理性相背离的性格特征；相比之下，就其道德属性而言，科巴姆子爵临死前所表现出来的，正是作者所提倡的具有明智、适度与得体的"中庸"道德。

第二节 女性的性格特征及道德阐释

《道德论》第二封信札是《给一位女士》（*Epistle to a Lady*），其副标题就是《论女性的性格》（Of the Characters of Women）。前面提到的第一封《给理查德·坦普尔——科巴姆子爵》是针对所有人的性格（包括男人和女人）的复杂性、普遍性所做的笼统探讨，而这一次是专门针对女人性格的独特性进行的论述。作者以略带揶揄、嘲讽和讥笑的语气，通过描绘一组个性独特、神态各异的女性画像，将女性的反复无常、极端矛盾的性格特征描绘得惟妙惟肖、栩栩动人，生动地再现了日常生活中的女性所表现出来的千姿百态。蒲柏在这封信札的前言中说明了他的论点：关于那些女性的性格（仅从对照其他性别来考虑的），那是比男人的性格更加矛盾，更加不一致，更令人难以理解的……①

与《道德论》的第一封信札所表述的观点相同，作者认为，人的性格特征包涵了深刻的伦理因素，与人的道德属性密切相关。因此，作者这里对于女性种种复杂心理和矛盾行为的议论和揭示，也主要是从伦理、道德的层面来展开的。"中庸"作为一个重要的道德品质被再次予以了形象化的描述。

一 女性的矛盾性与道德暗示

蒲柏在《给一位女士》的一开头就发出这样议论："没有什么比你曾经说过的话更真实，大多数女人根本就谈不上有什么性格！"

---

① 参见 Butt, John, ed. "Epistle to a lady," *The Poems of Alexander Pope*. London：Methuen & CO LTD, 1963, p. 559。英文原文：Of the Characters of Women consider'd only as contradistinguished from the other Sex. That these are yet more inconsistent and incomprehensible than those of Men。

[Nothing so true as what you once let fall, Most Women have no Characters at all.（Ⅱ，2）]

猛然一看，这是一句看似粗鲁、轻蔑，对女性带有攻击性的语言。但是，在蒲柏的时代，性格（Character）一词用来暗示着某种稳定、一致的综合性特征，即从人的自然本质意义上来说的特征，这是根据当时人们对男女在心理方面的表现和反映来看待的。而且，在作者所处那个时代，人们普遍认为，男人之所以有性格，是指他个性中恒定、强硬和理性的一面，而女人则更加柔软、易变或被动，容易产生直觉和冲动，喜欢感情用事。因此，这里说女人"毫无性格可言"（have no Characters），其实际用意在于强调她们性格中的矛盾、动摇、不稳定、不一致的一面，即女性的易变性。众所周知，女人具有喜怒无常、瞬息万变的特性是从古代以来就有了的传统观念。在乔叟、维吉尔、弥尔顿等人的著名诗篇里，都有对于女性的这种易变性特征的描写。而蒲柏的诗句之所以能够把众多的女性形象刻画得如此的细腻、独特和生动，是因为他不但从心理学的角度去探测女性的这种矛盾性、易变性的深度，同时还给女性的性格特质注入了道德的内涵，从而得以更加深入地揭示女性性格。

接下来，作者在诗歌中运用绘画作为一种隐喻手法，① 来刻画和描绘一组女性肖像。这是因为蒲柏从小就学习过绘画，对这方面有一定的知识和造诣，因此他把绘画艺术灵活地运用到了他的诗歌艺术创作当中。请看下面一段：

　　　　亲爱的女士，这些设计的图画，
　　　　不需要牢靠的手艺以及稳定的线条；

---

① 在诗歌中运用绘画艺术的手法和词汇是那个时代诗人或作家常用的手段。这里的描写显现了绘画艺术的词语和特征，而作者还好几次直接提到绘画（picture，5/151）、肖像（portrait，181）、描绘（paint，156）等词语。

些许游离的点缀，几条反射的光线，

轻扬的几笔就可以描画得恰到好处：

难道，使用固定的颜色是诀窍？

难道，变色龙只能描成白或黑？（151-6）

这里，图案设计（design）、手艺（hand）、线条（line）、点缀（touch）、光线（light）、一笔（stroke）、颜色（colours）等，都是一些常用于绘画方面的词汇，俨然一位画家在挥洒他的多彩笔墨。

作者指出，从女性前后矛盾、表里不一致的种种表现可以看出，在女性身上都体现了这样一种共同的特性，那就是矛盾性（contrarieties）和易变性（change）。[①]

例如：西利雅（Silia）平日里看似性情温顺（Soft-natured），[②] 为人柔和，行为举止优雅、得体，是弱者的朋友，普通老实人的保护者。忽然间，她大发脾气，歇斯底里地怒吼起来，像变了一个人似的。发生这种突变的原因究竟是什么呢？请看：

西利雅多么温柔！她谁也不敢冒犯。

她是弱者的朋友，老实人的保护伞，

卡丽斯塔证明她的行为得体、儒雅，

天真纯朴的人向她讨教为人做事之法。

突然间，她大发雷霆，咆哮起来，

---

① 矛盾性（contrarieties）和易变性（change）二词在诗歌注解中和诗行中多次出现，参见 Butt, John, ed. "Epistle to a lady," *The Poems of Alexander Pope*, London: Methuen & Co LTD, 1963, pp. 559-563。

② Soft-natured 一词参见作者自己的注解，Butt, John, ed. "Epistle to a lady," *The Poems of Alexander Pope*. London: Methuen & CO LTD, 1963, p. 561。

> 快使个眼色，可别指责西利雅不吃这一套。
>
> 所有的眼睛都朝她望了过去，
>
> 想找出她怎么会有这样大的变化，
>
> 终于找到了答案：原来鼻子上长个小疙瘩！（Ⅱ，29—36）

西利雅为这样一件微不足道的小事就勃然大怒，使我们不由得联想起《夺发记》里的贝林达小姐。贝林达正是因为一卷头发被剪去这样的区区小事而大吵大闹，搞得沸沸扬扬、满城风雨。实际上，作者要从中揭示的是，与贝林达一样，西利雅就是因为缺乏节制的美德，从而导致了不理智的行为。蒲柏对于人应当具有怎样的道德行为（尤其是针对女性）的问题，在《夺发记》里有过详细描绘和阐述。他认为，对于一个女人来说，拥有明智（Good Sense）和好性情（Good-humour）是极为重要的。①

娜斯伊沙（Narcissa）的性格表现为变化无常、表里不一（Whimsical），② 其行为和作风都十分奇特、古怪，令人费解。比如，她可能因为一时的兴致，会给一位寡妇送去温暖，或是像基督徒行善那样，在复活节给予施舍。但是，这并不能说明她生来就性格敦厚，脾气温和，因为她只是偶尔对某个人表示友好，而对绝大多数人都心怀不满和愤恨。可以看出，娜斯伊沙无论做什么事都是凭着一时的心血来潮（whim，Ⅱ，58）。这是因为她凡事只顾及自己的喜怒哀乐（A fool to Pleasure，Ⅱ，62），或者只是为了自己的名声。在此，作者对她虚伪的道德本质进行了揭露。

娜斯伊沙言行举止使人们不由得对其道德品质提出了怀疑和诘

---

① 在《夺发记》中，作者通过克拉丽莎的发言把女性的明智（Good Sense）和好性情（Good-humour）作为一种优良道德品质提了出来并进行过阐述。参见第二章的第一部分第三小节。

② Whimsical 一词参见作者自己的注解：Butt, John, ed. "Epistle to a lady", *The Poems of Alexander Pope*. London：Methuen & CO LTD, 1963, p. 562。

问。因此，诗歌继续从对她反复无常、自相矛盾举动的描写，进入到了对她的道德实质的探究和评论：

> 一时良心使她冷却，一时又激情燃烧：
>
> 一会是异教分子，一会又变成了信徒；
>
> 肉体上不相信上帝，放荡不羁，
>
> 内心里又那么阴郁、良善和虔诚。（Ⅱ，65-8）

娜斯伊沙到底信仰什么呢？她既不像真正的基督徒，又不是异教分子，她反反复复、摇摆不定，极端矛盾，似乎种种矛盾的因素在她身上都体现出来。她与西利雅同样，正是由于缺乏明智和节制，从而造成了她在道德上的虚伪与堕落。

又比如弗拉维亚（Flavia）是那种太过于机敏、讲究、精明和挑剔的女人（Wits and refiners）。① 她时常想法太多，稍纵即逝，以至于终日心神不宁、情绪紊乱、复杂无序，没有定准，结果给自己带来灾难和不幸，难怪诗人这样感叹：

> 可怜人！你太讲究而难以满足，
>
> 精力太过旺盛而难以安神；
>
> 你过分机敏而难以驯导，
>
> 想法太多而失去了常理：
>
> 为了那些欢娱付出痛苦的代价，
>
> 到生命的尽头不过是一场闹剧。（Ⅱ，95-8）

---

① Wits and refiners 一词参见作者自己的注解，John Butt, ed. "Epistle to a lady", *The Poems of Alexander Pope*, London: Methuen & CO LTD, 1963, p. 563。

这里，连续使用了几个排偶句，① 以重复和头韵的方式使语气在持续性的排比中得到不断加强，给读者在情绪上造成一种特殊的冲击与震撼。

阿塔莎（Atossa）是作者塑造的众多女性中的一个典型例证。她的形象是以诗人生活时代的白金汉公爵夫人（Duchess of Buckinghamshire）② 为原型而塑造的。蒲柏原本与她关系友好，但后来由于种种误会使他们之间产生了矛盾。在诗中，她被描写为性情乖张、容易冲动、暴躁，她的情绪常常剧烈波动，缺乏理智，是作者所塑造的女性中最极端、最矛盾，也是与道德最相背离的一个例子。自打她一出生以来，她的整个生活就是一场战争。（Who, with herself, or with others, from her birth, Finds all her life one warfare upon earth, Ⅱ，117-8）从年轻时代的不可爱，到老年仍得不到尊敬，是因为她对一切从来都是抱怨和不满意，凡事都容易发怒。这种狂暴的性格使她失去理智，变得愚蠢。阿塔莎的一生中没有快乐，而总是与丑行和流言相伴。在《夺发记》里，诗人曾经对地精安布里进行过生动描写，他作为四类精灵中的一个极端，是邪恶道德的化身。贝林达的道德缺陷则象征性地通过地精表现了出来，即失控、愤怒、歇斯底里、仇恨、傲慢等。与之相似，阿塔莎也表现出种种极度的矛盾、易怒、骄傲、多变、不稳定性，仿佛所有的道德缺陷与邪恶品质都集于一

---

① 为了显示其原诗文的韵律特征，故摘录这段诗如下：

　　Wise Wretch! With Pleasures too refin'd to please,
　　With too much Spirit to be e'er at ease,
　　With too much Quickness to be taught,
　　With too much Thinking to have common Thought:
　　Who purchase Pain with all that Joy can give,
　　And die of nothing but a Rage to live.

　　参见 Butt, John, ed. "Epistle to a lady," *The Poems of Alexander Pope*. London: Methuen & Co LTD, 1963, p. 5643。

② 蒲柏在注解中对于白金汉公爵夫人是这样解释和定义的：公爵夫人是一个傲慢、爱争吵、行为古怪的女人，但她不乏精力、聪明才智和公共精神。参见 Butt, John, ed. "Epistle to a lady", *The Poems of Alexander Pope*. London: Methuen & CO LTD, 1963, p. 564。

身。正如作者所指出的那样:"从来没有过一刻是阿塔莎真实的自我,仿佛她是所有女性的化身。"(But what these to great Atossa's mind? Scarce once herself, by turns all Womankind! Ⅱ, 115-6)真可谓风云变幻莫测,"难识庐山真面目"!

这里,"所有女性的化身"(all Womankind, Ⅱ, 116)是指女性矛盾、易变的性格特征,这些特征在阿塔莎身上以极端的、不道德的方式集中地表现了出来。

为了更加鲜明地描绘和概括女性的性格特色,作者还将女性的性格特征与男人的性格相互对照起来比较。诗中说:男人可能是由各种各样"主导情感"控制的。但是,控制女人所有这些性格特征的"主导情感"却大多归于两类,那就是"随心所欲"和"摇摆不定"(Love of Pleasure, Love of Sway, Ⅱ, 210)。

在对女性的性格类型做了总结性的议论之后,诗歌对于上述这类女性进行了尽情的嘲笑,对她们一生的状况和结局是这样描写的:

> 看世界是怎样回报它的玩世不恭者!
> 年轻时嬉戏玩乐,年纪大了受人耻笑,
> 打扮漂亮不知为何,耍心眼又没有目标;
> 年轻时没有人爱,年老了没有朋友,
> 感情上挑三拣四,最后却嫁了个酒鬼。
> 活着,荒唐可笑;死了,无人记起。(Ⅱ, 243-8)

这是诗中一段极为精彩的描写,作者把女人因为虚荣和不明智而招致的可怕情形及后果刻画得淋漓尽致,并从性格表现方面对她们的道德属性进行了归纳和总结。

二 "中庸"思想的诗化阐释

诗歌的最后,作为对于上述一组女性形象的反衬和对比,蒲柏特

地提到了一位女士——玛撒·布朗特（Martha Blount，1690–1763），
她就是这篇信札受献者。玛撒·布朗特是蒲柏一生当中最亲密的女性
朋友，也有些研究者认为她可能就是诗人的情人，因为她长期与他生
活在一起，而蒲柏把他生前所居住的房屋和财产等都作为遗产赠送给
了她。她的后半生就住在诗人生前留下的庄园里，一直到她去世。

　　在这篇诗论的最后部分，蒲柏给予了玛撒·布朗特高度的评价和
赞扬。他先是以嬉戏、调侃但善意的语调，提到了布朗特作为一名女
性，同样也具有各种矛盾的性格特征。诗歌开头的那句"大多数女人
根本就谈不上什么性格而言"，正是引用了布朗特小姐本人对女性矛
盾性格的自嘲式评价，因为，即使最好的女人也仍然会是一个矛盾
体。（Woman's at best a Contradiction still，Ⅱ，270）然而，在作者眼
里，布朗特小姐是上帝竭尽全力打造出来的最后一件"杰作或精品"
（Its last best work，Ⅱ，272）。她与众不同，特别受到上帝的青睐，
同时具备男人和女人的优点。与前面诗中提到的其他女性不同的是，
她集男女两性的种种特点于一身，并使它们相互交汇、融合，且把握
得恰到好处：

> 请相信我，好也罢，坏也罢，
> 最好的女人仍是一个矛盾体。
> 上天，当它要倾尽全力打造
> 一件精品，就以刚柔并济形成；
> 吸取各自的长处，成为上帝的宠儿，
> 有时爱好热闹，有时喜欢安静，
> 混合协调，不落于任何的俗套，
> 你们的憨厚，加上我们的敏锐，
> 含蓄而又坦率，巧妙却又真诚；
> 果敢而又温柔，谦虚却不失自尊；

　　既有坚定的原则，但不乏新奇幻想；

　　所有一切调和融合，这就是——你。（Ⅱ，269-280）

　　如此看来，布朗特小姐的形象塑造似乎是蒲柏对 "中庸" 思想所进行的诗化阐释，在她身上，一切表面上看似矛盾对立的品质都恰当地、完美地融合起来（Shakes all together，Ⅱ，280），形成了一个和谐的整体，这就是 "你"，——玛撒·布朗特。这里，玛撒小姐俨然是作者心目中理想的女性形象，是美德的化身。

　　可以说，这些女性矛盾的特征之所以在布朗特小姐身上得到了很好的体现，其主要的原因就在于她能够将这种种矛盾、对立的因素融洽地结合起来，在于她能够把握节制、得体与适度的道德行为准则，从而使她拥有了 "中庸" 的美德。她在各方面都表现出不愠不火、不亢不卑的处世态度，将女性身上种种复杂、矛盾、变化的特征糅合得天衣无缝，形成一个完美、和谐的整体。诗人在这篇诗歌的提要中对他的论点做总结时，对玛撒·布朗特的形象是这样定义的："一个受人尊重的女性化身，她构成女性当中的最佳矛盾体。"①

　　值得注意的是，这里强调的一个关键词就是 "最佳"（best kind），即上面提到了的最后的 "杰作或精品" 的同义词。所谓 "最佳矛盾体"（best kind of Contrarieties），实质上是指 "最协调、最和谐的矛盾体"，她是上帝的精心制造的杰作，同时也是 "中庸" 道德的化身。《温沙森林》里已经论述，上帝创造了自然万物和宇宙秩序，而自然界所有表面的杂乱和矛盾其实都是内在和谐的辩证统一。这里，作者再次暗示了关于自然、和谐与秩序的伦理思想，而这种伦理思想在社会实际生活中，便是 "中庸" 道德的体现。

———————————

① Butt, John ed. "Epistle to a lady", *The Poems of Alexander Pope*. London: Methuen & CO LTD, 1963, p. 560. 英文如下：The Picture of an esteemable Woman, made up of the best kind of Contrarieties。

因此，作者作出了最后的结论：布朗特小姐的理性和美德使那些公爵夫人都变得黯然无色、毫无价值。虽然她没有高贵的地位和显赫的身份，但由于她具备明智（Sense，Ⅱ，292）和好的性情（Good-humour，Ⅱ，292），从而遵循了"中庸"的道德规则，所以她还得到了一个无价之宝，那就是一位诗人，而这位诗人当然就是指蒲柏自己啦。如下：

> 慷慨的上帝，用智慧和黄金冶炼，
> 他酝酿矿藏的同时也造就灵魂，
> 那些公爵夫人浅薄无知，世人都知道，
> 却赐予你理智、贤良，还有一位诗人。（Ⅱ，289–92）

诗人在这里将自己的诗歌创作过程与他对各种女性形象的塑造过程进行了类比。经过从一开始对各个女性的特殊性格进行逐步分析的过程，最终归纳出了一个崭新、完美、理想的女性形象，"就如同我们终于拥有了这样一件上帝的'杰作或精品'，他本人的诗歌最后也被打磨成了一件上帝的'杰作或精品'"。① 当然，这里诗的结论中所包含的内容超出了它本身所表现的意义，那就是，蒲柏通过提及他与布朗特小姐之间的亲密关系，还从中昭示了他本人的道德立场和道德品质。

蒲柏运用诗性语言进行论述，将抽象枯燥的哲学思维转化为具体的形象思维，把读者带入一个由人与社会所组成的现实世界里，是对古希腊以来的"中庸"学说所做的具体阐释和形象化注解。"中庸"的核心其实就是指在美德与邪恶之间只有一步之遥，关键在于"度"的把握。所有思想和行为的"过度"与"不及"，都是邪恶的、不道

---

① Fairer, David. *The Poetry of Alexander Pope*. London：Penguin Books LTD, 1989, p. 109.

德的，终将适得其反，使事物走向反面。这里，诗人始终站在道德的高度，对于女性表现出来的性格特征从道德层面上来给予了分析和评判。

在《人论》中，作者曾经探讨了激情与理智都是人性中不可缺少的重要因素，而这两者又常常发生矛盾与冲突，不免使人进退两难，陷入困境。《道德论》进一步将人的这种矛盾、复杂的自然属性，通过对现实生活中的具体人物和事迹进行具体化、形象化的分析和论述，使读者得以从活生生的事例中受到教育和启发。

《道德论》的第二封信札《给一位女士》，实际上是作者对现实生活中女性的种种特征和表现所做出的诗化阐述，是以诗歌的艺术形式去教育和启发人们应该怎样把握激情与理智之间的关系，并处理好它们之间的矛盾。那么，在现实生活中一个人的言行举止究竟应当怎样，才能做到符合真正道德的基本要求呢？

古希腊先哲们曾就这个问题进行过深入探讨，其中“中庸”作为一个比较重要的道德思想被反复提了出来。比如古希腊政治家、哲学家梭伦就提到：中庸之道是神赐的智慧。按照中庸之道对待人生才是智慧的人。① 毕达哥拉斯指出，美德就存在于和谐之中，而和谐所要求的就是“保持一定比例，不能过度”，从而提出“在一切事物中，中庸是最美好的”。② 而柏拉图认为，人的情欲若是服从了理智，那他就具备了节制之美德。③ 节制的美德是理智支配情欲，它强调凡事都必须做到适中、适度，不失偏颇，只有大家都有节制的美德，才能产生和谐。这里柏拉图提到的适中与适度，其实也就是“中庸”思想的反映。

---

① 罗国杰、宋希仁编著《西方伦理思想史》上卷，北京：中国人民出版社，1985，第50页。
② 黄伟合著《欧洲传统伦理思想史》，上海：华东师范大学出版社，1991，第32页。
③ 柏拉图：《理想国》，北京：商务印书馆，1995，第170页。

　　在这个基础上，亚里士多德对于他前人关于"中庸"的伦理思想正式进行了系统性总结，第一次将它作为道德的最基本原则正式提了出来。他认为真正的道德就是在理性的支配下，使理智与欲望和谐统一起来。需要注意的是，亚里士多德并不反对欲望在道德中的作用，只是认为对欲望的满足不是无节制的，而要求把两者运用得平衡、适度，而所有的不足或过度都是不道德的。在亚氏那里，"中庸"是调和理智与欲望之间的矛盾的理想途径，是最理想的生活状态，是最合适的生活方式，从而也是实现人的道德行为的最基本、最普遍规则。

　　蒲柏的"中庸"思想早在他对于宗教的温和、宽容态度中显露了出来。他反对宗教在思想和仪式上的教条和僵化，而崇尚和追求伊拉斯谟式的自由、民主、人文主义的宗教精神。在政治上他也持相同的态度，他表示并不偏向于任何一个政党。在给他的朋友阿特伯里主教（Bishop Atterbury，1662–1732）的信中，蒲柏这样说：

　　　　在政治上我都不会过多地涉及，我只要求尽量保持我生活的平静，无论我生活在哪种性质的政府领导下。对于宗教我也是同样，只要在我所信仰的宗教中保持良心的安宁即可…… 一句话，我一直所希望的，不是什么罗马基督教，或是法国基督教，或什么西班牙基督教，我只想做一个普通的基督教徒：这就好比我不想只效忠于一个辉格党国王，或者托利党国王，我只想效忠于一个英国国王。①

　　蒲柏吸收并继承了西方传统思想史上关于"中庸"的道德观念与学说并运用于他的诗歌创作中。《给一位女士》就是他对于人的特征，

---

① Sherburn, George, ed. *The Correspondence of Alexander Pope*. Ⅵ, Oxford: Clarendon Press, 1956, p. 454.

尤其是对女性性格特征深入洞悉的精彩之作,不唯如此,还是他对于古希腊先哲们的"中庸"思想所做的形象化阐述。

第三节 "中庸"规则之于财富的运用

《给一位女士》中所演绎的这种"中庸"思想,其实早在蒲柏谈论有关文艺批评与文学创作的作品中就反映了出来。《论批评》的第二章在谈及文艺批评的正确方法与审美标准时,作者强调了整体与和谐的审美思想,他这样告诫人们:

> 那些过于激动,或过于冷漠的人,
> 不要走极端,要避免犯这样的错。
> 在每件小事上都挑剔、计较,
> 只说明你骄傲自大,缺乏理智。(Ⅱ,384-7)

诗人提出:"不要走极端,尽量避免犯这样的错误。"这是指有的评论家在批评某个文学作品的时候,要么就是过多指责,要么就是过分赞美,而不是一分为二地对待。他们一旦抓到了作品中的一点点纰漏,就大加讨伐,这就显示出他们太过于自傲(Great Pride,Ⅱ,387)而缺乏理智(Little Sense,Ⅱ,387)。这里,作者强调"不要走极端",其实就是指他所主张的"中庸"道德,即假如有人在思想上和行为上走极端,那便是一种道德上的过错或缺陷。"中庸"作为一条基本的道德规则早在《论批评》里显露了出来。

《道德论》第三封信札是《给巴瑟斯特》(Epistle To Bathurst),其副标题为《论财富的运用》(Of the Use of Riches),主要谈论了财富(或者金钱)的正确使用问题。蒲柏在这篇信札的前言里列举了自己的论点,他明确指出,绝大多数人在对待金钱的问题上面都落入两个极端——贪婪或浪费（Avarice or Profusion），① 这再次涉及了"中庸"的概念，即"正当的（合适的）方法，财富的真正运用"（The due Medium, and true use of Riches）。② 这里所谓"正当的（合适的）方法"，其实就是指的"中庸"方法；诗中，它作为一种如何正确运用财富的基本方法被明确地表达了出来，而财富之于社会是否具有真正的价值和作用，就在于它是怎样被人们所使用的。

一 两种极端——贪婪与浪费

《给巴瑟斯特》首先谈到，金钱是自然之物，它本身没有恶与善、好与坏的区别。金钱的价值是人给它加上去的，因此它原本并不是那么的神圣。金钱也并不是像加尔文的"预定论"所说的那样，上帝将某部分人预定为他的选民，并只赐予这些人以幸运和财富。因为，每个人都有可能拥有金钱和财富，包括愚人、疯子、恶棍等在内。

那么，正是根据那些愚蠢的人在运用财富时所表现出来的各种丑态，人被分成了两大类，大多表现为两个极端，他们要么就是过分贪婪，要么就是过于浪费：

> 金钱不过是玩弄傻子的工具，
> 有些人堆砌它，有些人挥霍它。（Ⅲ，5-6）

对财富和金钱的运用的不同态度和方式，关系到人们拥有怎样的道德价值观念。比如，挥霍者是因为他们使用财富的方式太奢侈，而吝啬鬼的财富则是由于他的过分贪婪。他们的金钱观和价值观都是畸

---

① Butt, John, ed. "Epistle to Bathurst", *The Poems of Alexander Pope*. London: Methuen & CO LTD, 1963, p. 570.

② Butt, John, ed. "Epistle to Bathurst", *The Poems of Alexander Pope*. 英文为：Works the general Good out of Extremes, The Due Medium, and true use of Riches。

形的、错误的，也是与道德的要求相背离的。这里，蒲柏论述道，在堕落的人类社会里，人们对金钱与财富的观念和使用方式决定了它在价值上的善与恶：

> 我的上帝！既然我们生在这样一个世界，
>
> 你说什么？"比如，为什么需要金钱和财富。"
>
> 我们得到的是什么？让我们这样询问一下：
>
> 肉食，燃料和衣物。还有其他的吗？肉食，衣物和燃料。
>
> 就这么点吗？人除了活着还有别的吗？
>
> 唉！特纳发现不了生命有更多意义。
>
> 唉！他意识不到，（他的幻想都已过去）
>
> 可怜的沃顿，尽管醒着，却盲目度日！（Ⅲ，79-82）

上面这段对话式的诗行生动地显示了，人们对于金钱和财富的错误观念和不恰当运用证明了人类普遍堕落的状况。本来，金钱是每个人的基本生存要求。但是人却往往不能正确看待金钱和财富而因此变得贪婪起来，超出了自己所需要的范围，而由于这种贪得无厌的本性，使得他即使拥有再多的财富和金钱也不会给他带来幸福和快乐。前面在第一封信札中提到的沃顿公爵就是一个典型的例子。因此，问题的关键并不在于金钱本身，而是在于金钱赋予人身上的道德要求或者道德义务。

此刻，蒲柏将对金钱和财富的恰当使用与基督教"仁爱"理论联系了起来。这从作者那基督徒式的疑问中得到了体现："也许你认为穷人可能也有份额？"（Perhaps you think the Poor might have their part? Ⅲ，101）这里，根据作者的观点，对财富的适当使用还包含了基督教式的道德义务，即财富也应该分给穷人一份。这就表明了作者的态度，即在正确运用财富的时候，需要发扬基督教普遍的仁爱精神。

　　这里，作者对整个国家混乱、腐败的经济状况和对于财富的不道德运用进行了充满寓意性的描写和充满正义的讨伐，表现了他的极度愤慨。读者仿佛看到，一位世俗神学家正在对腐朽资产阶级经济所导致的黑暗、腐败与堕落的社会现状进行谴责和控诉：

> 终于，腐败如同洪水猛兽，
> （谨慎的大臣们一直要防备）
> 将淹没一切；贪婪悄悄降临，
> 像一层薄雾铺开，遮住了太阳；
> 政治家和爱国者操劳着股票，
> 贵夫人和仆人共享一个包厢，
> 法官经营证券，主教跑进闹市，
> 尊贵的公爵为两先令搞起赌博。
> 整个英国在钱财的肮脏符咒中沦陷，
> 法国在向安妮和爱德华的部队疯狂反扑。
> 不是普通的宫廷徽章，大文人！运转你的大脑，
> 不是贵族式的华贵，也不是城市的财富：
> 不，这是正义的目标，不愿见到
> 议员们在堕落——爱国者不同意，
> 他们崇高地希望，停止党派争斗，
> 收买双方，给你的国家带来安宁。（Ⅲ，137-52）

　　这一段诗句是蒲柏对当时代表资产阶级的伦敦南海公司（the South Sea Company）泡沫经济的描写。在当时，由于大量可实现利润和高达60%股利支付率的传闻，使代表资产阶级的南海公司（the South Sea Company）的股价，从1719年中的114英镑飞涨到1720年7月的1050英镑。股票热使"政治家忘记了政治，律师忘记了法庭，

贸易商放弃了买卖，医生丢弃了病人，店主关闭了铺子，教父离开了圣坛，甚至连贵夫人也忘了高贵和虚荣"。① 这是蒲柏在《道德论》中对当时伦敦南海公司的泡沫经济的真实描写，以至于后来许多的历史学家在记载这段历史时都不约而同地引用了蒲柏的诗句。1720 年 9 月，南海公司不得不宣布破产倒闭，数以万计的债权人和股东都蒙受损失，包括蒲柏本人。在这里，作者对以沃波尔政府为代表的辉格党腐朽经济政策进行了严厉的声讨和谴责。

诗歌中描写，由于大多数人不懂得遵守节制的道德规则，放纵欲望，颠倒理性，往往容易陷入两种极端之中，因而不能适度地运用财富。他们要么是贪婪、吝啬（Avarice），要么就是挥霍、铺张和浪费（Profusion），总是免不了走极端。诗歌从第 179 行到第 198 行专门描写了一个吝啬鬼、守财奴（Miser）的形象，而从第 199 行到第 218 行则描写了有的人是如何成为浪荡子、败家子的（prodigal）。各 20 行的对称、平行描写，表现了这两种极端的典型都是对于财富的不恰当运用。

亚里士多德对于西方古代的中庸思想在理论上作了系统的总结和归纳，指出"中庸"作为一种道德德性，离不开理性原则，是理性的要求，它要求以理性来指导欲望，以达到调和两者的目的。亚里士多德曾对"中庸"的原则作了详细的阐述，它"不等于一条直线的中点，而是过度与不及之间的恰当之处"，② 即"适度"。亚里士多德指出，过度与不及都足以败坏德行，只有"适度"才是道德的，它包含有一定的辩证因素。他还根据各种具体现象中行为的适度，拿出了一张"适度表"，比如，他把挥霍归于"过度"，而把吝啬归于"不

---

① See Alexander Pope, "Epistle to Bathurst," in Butt, John ed., *The Poems of Alexander Pope*. London: Methuen & Co LTD, 1963, p. 577.

② 章海山编著《西方伦理史话》，沈阳：辽宁人民出版社，1987，第 69 页。

及"，而它们之间的适度点就是"乐施"。①

诗中描写了这样一对父子：老卡塔（Old Cotta）——一个吝啬鬼、守财奴（Old Cotta sham'd his fortune and his birth，179），与他的儿子（his Son）——个挥霍无度的浪荡子（his Son，he mark'd this oversight，And then mistook reverse of wrong for right. 199），他们之间形成了强烈、鲜明的对比，刚好展现了亚里士多德所论述的两个道德极端——过度与不及。他们在运用财富和金钱的问题上所表现的不及或过度，都体现了他们在道德上的缺陷。一句话，那就是他们没有很好地遵守"中庸"道德规则。

二　财富的运用与"中庸"道德

在这篇诗论中，财富与金钱的实践道德是从金钱对于社会所起的作用中反映出来的，也是从对金钱价值与道德价值的差别的考察中反映出来的。其中谈到，要考察财富的运用是否体现了"中庸"道德价值和规则，主要就是考察它的运用方式是否符合自然和明智的要求。因为，只有遵循自然法则，具备了明智，人们才能真正做到在生活中的各个方面对"中庸"规则的遵从。总之，在如何运用财富的问题上，过度与不及这两个极端行为都是不道德的，均足以败坏德行。只有采用适当、中庸的方法，才能够真正合理地运用金钱和财富。

首先，诗中谈到"自然"对于"中庸"规则运用的意义。虽然金钱是自然之物，但人在运用它的时候不可避免地会落入两个不道德的极端。那么，尽管人不断追求完美，却很难达到完美的境界，那就只有靠上帝来调和这些极端的因素，并完成这个神圣的使命，因为上帝就是自然的化身，代表了整个宇宙的和谐与秩序。那么，要很好地把握"中庸"规则，就必须遵循自然。对于自然，在《论批评》里，

① 参见黄伟合著《欧洲传统伦理思想史》，上海：华东师范大学出版社，1991，第63页。

诗人早就告诉过人们,"要遵循自然,作为一切的衡量标准",因此它适用于宇宙和人类社会的一切方面,对于财富的运用当然也不例外。对于上面所描述的种种财富运用的极端、不道德现象,诗人作出了他预言般的回答:

记住这个真理:上帝创造了种种激情,

引导不同的人走上不同的道路。

自然界的种种极端产生出相等的利益,

完全不同的人派上共同的用场。

要问什么使人收藏,什么使人给予?

如同自然的力量使海水有潮涨也有潮落。

自然界既有播种的季节,也有收获的季节,

庄稼在干旱与洪水的转换中得平衡与协调。

人有生也有死,生命变化循环,

生生息息,命运的车轮永无止境。(Ⅲ,161–70)

是上帝(或曰上帝的自然)(Heaven,Ⅲ,161)[①] 给予了人们种种激情,让每个人去追求和实现自己的目的。自然界的每一个极端都产生相等的好处,而每一个极端的人加起来就可以从总体上产生作用,那么,"是什么理由让人们保持或放弃他们的欲望和追求呢"?那就是"自然的力量"(POW'R,Ⅲ,166)。同样,人有生也有死,事物总是在变化中永恒持续下去的,循环往复,永无止境。在自然规律的作用下,各种对立的事物都得到了平衡、协调,上面诗句的描写是对自然、和谐与秩序思想的又一次诠释。

---

① 在第四章第一部分第一小节里,已经论述过自然神论将上帝等同于大自然或宇宙秩序的问题。

　　其次，拥有金钱和财富本身并不能体现其价值和意义，只有将财富的运用与明智结合起来，才能体现出财富的真正价值（The Sense to value Riches，Ⅲ，219）。作者在《夺发记》和在《给一位女士》中曾经论述过的"理智"（Sense）再度被提了出来。《夺发记》里曾提倡过"明智"（Good Sense），也就是作者在《给一位女士》里和在此刻提到的"理智"（Sense）。"理智"或"明智"的概念在蒲柏的诗歌里始终是从道德层面上来加以强调的：

> 评价财富要用理智，享受它们
> 要有艺术，依靠德行分享它们，
> 不过分吝啬，也不过分追求
> 用适度的花费来平衡你的钱财。
> 将勤俭节约和慷慨大方结合；
> 既光彩又慈善；既富足又健康；（Ⅲ，219-25）

　　为了说明这一点，作者重点歌颂了一个人物，他就是本信札的受献者——贵族巴瑟斯特（Bathurst）本人。在诗中，巴瑟斯特被表扬为一位遵守"中庸"道德规则的榜样,[①] 他在生活的各个方面都表现出了对"中庸"的遵循。他的明智使他能够正确地使用金钱，把财富运用得恰到好处，他遵循一套适度的价值准则，用适度的花费来平衡财富的运用（To balance Fortune by a just expence. Ⅲ，227）。上述诗行中所谓的"行于极端之中的宝贵秘诀"（secret rare，between th' extremes to move，Ⅲ，227），就是指的"中庸"道德规则。值得注意的是，在这一套"中庸"道德价值准则里，还包括了"仁爱"

---

① 参见 Rosslyn, Felicity. *Alexander Pope*, *A Literary Life*. Basingtroke：Macmillan Distribution LTD, 1990, p. 111。

（Charity，Ⅲ，224）这个词，这就是作者在这之前已经提到过的基督教式的"仁爱"道德。

作者还特地提到另外一个人物，那就是约翰·卡莱先生（John Kyrle），即人人所称道的"罗斯的好人"（the Man of Ross）。[1] 当时周围的人们都通常把他称为"罗斯的好人"，以至于他的真实姓名差点被后人忘记。

这位"罗斯的好人"的种种公益活动既增进了周边地区的健康与繁荣，同时也提升了他自身的道德和价值，因为他懂得如何在过分慈悲与极端自私之间把握均衡、适度与得体，做到不偏不倚。他表现出来的是节俭而慷慨的美德，而不是吝啬或浪费的恶习。他深知行于"中庸之道"的秘密，在两个极端之间巧妙地保持平衡。他既不丧失分寸和原则，一味过分地菩萨心肠，但又不至于陷入极度自私和吝啬的泥沼。这里我们发现，慷慨（gen'rous，Ⅲ，277）与仁爱（charity，Ⅲ，277）这两点被作为值得赞赏的美德得到了强调：

> 多么幸运的人啊！能够追寻那些
> 大多数人想要追逐的，却无能为力！
> 比如，那只慷慨的手赐予了你多少？
> 他的地下埋藏着多么无限的仁慈？（Ⅲ，275-278）

约翰·卡莱先生同本信札的受献者巴瑟斯特一样，在运用财富方面能够遵循自然、讲究明智，这也使得他们具有了节俭、慷慨和仁爱的美德，因此，从他们的身上都表现出了一种积极、健康和向上的道

---

[1] 蒲柏在诗的注明中详细说明了这个称呼的来历。主要的原因是此人被埋葬的时候没有什么题字或刻下碑铭，又由于他被埋在他家乡位于赫里福郡的罗斯地区教堂，因此，后人为了表示对他的敬意，干脆就这么称呼他。笔者根据当时的语境，将"the Man of Ross"译为"罗斯的好人"。参见 Butt, John, ed. "Epistle to Bathurst", *The Poems of Alexander Pope*, London, Methuen & CO LTD, 1963, p. 581。

德力量。

从这首诗的语调来看是较为复杂的，根据 Wasserman, Earl R 的观点，它的讽刺范围其实不仅仅局限于某一个狭窄的领域，而是包括"出现在他（蒲柏）周围的整个新经济社会阶层腐败对他的价值观所形成的威胁"。[①] 而蒲柏在给他的朋友卡莱尔（John Caryll）的信中就将这信札形式的诗歌比作了一部道德训诫（sermon），[②] 他说：

> 你每天都影响着我的思维，经常出现在我的祈祷里——假如你允许一位诗人谈论祈祷。但至少我可以称之为训诫（这个词与祈祷的意思接近）。我发现我最近写的作品（这里指《给巴瑟斯特》）产生了比较好的效果，传教士的说教比那些喜欢抨击公共和国家罪恶的人士要柔和一些，而我的诗歌可以迅速地给予这些罪恶以双倍的打击。

作者信里提到的罪恶是指当时英国资本主义经济对金钱和财富的滥用，它的表现之一就是当时代表新型资产阶级发展的南海公司泡沫经济的崩溃，它使当时很多的土地贵族因此而遭到惨重的损失，蒲柏本人就是其中之一。

这种新的资本主义经济正在威胁着以土地为主的旧贵族阶层原有的社会经济秩序，贵族巴瑟斯特就是其代表人物之一。蒲柏仍然崇尚旧的、传统的价值标准，他持有相对保守态度，表现在他对更加古老、更加稳定的价值体系和秩序的维护。当然，作者讽刺的目的并不意味着对进步的否定，而是强调在发展的同时不能忘记或抛弃传统，

---

① 参见 Wasserman, Earl R, *Pope's Epistle to Bathurst: A Critical Reading with An Edition of the Manuscripts*. Baltimore: Johns Hopkins Press, 1966, p. 11。

② Sherburn, George, ed, *The Correspondence of Alexander Pope*. Vol. Ⅲ, Oxford: Clarendon, 1956, p. 343.

要在发展与守旧之间找到平衡与适度，掌握好节奏。总之，"中庸"道德思想仍然体现了"奥古斯都"时代对于平衡、得体、适度等价值的肯定，对理性、和谐与秩序社会理想的追求。

作者写作这部诗论是要把它当做一部道德训诫，来达到教育和改良的目的。一般来说，讽刺的目的就是靠揭露邪恶来展示美德。这里作者通过指出和讽刺财富的不恰当运用来昭示和宣讲正确使用财富的方法。最重要的是，财富的如何运用将关系到它对于社会所产生的影响，人如果不能正确地运用金钱与财富，就会对社会产生消极的影响，而这才是诗歌所要关注的重点，因为，在作者眼里，人们是否正确运用财富不只是一个生活中的普通问题，而是关系到一个人的道德观念和道德品行的问题。

第四节 建筑艺术中的"品味"

《道德论》的最后一封信札《致伯林顿》（Epistle To Burlington）是蒲柏献给他的好朋友伯林顿伯爵的，它所探讨的问题也是与财富的运用相关，不过作者在这里主要谈到的是建筑的风格与规模问题。《道德论》第一封信札和第二封信札探讨了人的性格，而后两封分别谈了理智与花费、"品味"与建筑之间的平衡与和谐的对称关系。《致伯林顿》中强调，真正的艺术首先需要遵循自然，遵循自然就必须要讲究明智，这才能表现"优良品味"（good taste）以及高尚的道德情操。蒲柏将18世纪讲究理性、适度的中庸道德标准，作为衡量人们的日常活动（包括文学、绘画、建筑艺术等在内）是否合理的尺度。他认为，建筑和园林艺术的风格应当纯正、自然，在规模上也必须适中、简约、讲究实用，而不要虚饰、夸张、空洞和浪费。当时，帕拉第奥式建筑（palladian style）是蒲柏心目中最理想的，具有纯正品味的古典建筑，而伯林顿伯爵作为这种高雅建筑艺术风格的推崇者和实施者，理应受到作者的赞誉，这便有了这封信札。

一 明智、适度与实用

《致伯林顿》首先谈到了"品味"问题，其副标题就是"论品味"（Of the Taste）。"品味"这个词在该诗开头的两段里就出现了四次，被分别用在了不同的语境中或被用来描写不同的人物，但都是对不良趣味或低级"品味"的描绘，它们从各个方面反映了真正的"品味"被滥用和被误用的现象，例如，维罗（Virro，Ⅳ，13）所描画、建造和种植的各种繁杂的东西是为了表现什么呢？这一切只能显示出他"品味"的贫乏。因为这些东西呈现出各种不同的风格和特色，而缺乏他个人的"品味"。在此，"品味"（Tastes）被用作复数是有它的特殊用途的，表现出维罗在趣味上和思想上的混乱，没有自己坚定的原则或标准。接下来再看另一位：

> 什么使维斯多阁下挥霍钱财？
> 魔鬼在耳语："维斯多！尝尝看"。（Ⅳ，15-6）

作者用提问的方式指出，是什么原因使得维斯多爵士（Sir Visto，Ⅳ，15）浪费和挥霍他那来源不正当的财富呢？那是因为有某个魔鬼在他的耳朵旁唆使他。这两行诗句具有不同寻常的讽刺意味。一方面是利用双韵诗行尾词的押韵，将"浪费"与"品味"讽刺性地并列起来，暗示它们之间的联系，即指维斯多的"品味"就意味着"浪费"。另一方面是从那魔鬼的耳语中我们仿佛又看到了蛇（魔鬼的化身）对夏娃的引诱，以及夏娃的堕落。如此一来，就将维斯多爵士的庸俗道德与人类祖先夏娃的堕落进行了类比，在这种嘲讽的语气中将人的"品味"与人的道德品质联系了起来。

诗歌通过上述事例说明，真正的品味要求人们遵循一定的道德规则，而不是任意妄为。那么，什么才是真正的 "品味"，或者说，怎样才能表现真正的 "优良品味" 呢?

第一，有一样东西对于具有 "优良品味" 是极为重要的，那就是 "理智"（Sense，Ⅳ，42）或者 "明智"（Good Sense，Ⅳ，43）。"理智" 或 "明智" 的概念早在《论批评》、《夺发记》和《给一位女士》等作品中已经反复出现并阐述过了，它与人的道德德行有关。建筑虽然只是作为一种艺术形式而出现，但它仍然并非是与道德无关的，因为蒲柏在《论批评》里已经做过论述，艺术审美是离不开道德判断的。下面的诗句表明，一件具有 "良好品味" 的建筑艺术作品，与其他所有好的艺术作品一样，其实质上首先是艺术家 "明智"（Good Sense，Ⅳ，43）的体现:

> 还有些东西比花钱更值得注意，
> 甚至比 "品味" ——运用理智更重要:
> 明智，它只能是上帝赐予的礼物，
> 尽管不是科学，却是第七门功课，
> 它是存在于你内心的一道光芒。（Ⅳ，41-5）

约翰逊博士在他编纂的《英语词典》中对于 "理智"（Sense）是这样定义的: 理解力; 各种可靠的能力; 自然的思维力量。那么，这个词所包含的意思不仅指我们通过感官认识事物的方式，还包括指我们从中得出思想以及我们根据这些思想做出决定。"理智" 与 "明智" 的意义接近，但 "明智" 不单指一种能力本身，还是指人具备所有这些能力的良好心态，它使人们能够将认识与理解和行动紧密联系起来。[1] 根据我们对蒲柏诗歌的分析可以看出，作者常常将两个概

---

[1] Fairer, David. *The Poetry of Alexander Pope.* London: Penguin Books LTD, 1989, p. 92.

念交替互换或者同时使用，几乎可以视为基本相同的含义，并没有把它们决然分开。

有一点需要说明的是，既然"明智"与人的理解力是密切相关的，那么，它一方面可以通过教育获得，作者这时将这种能力的习得比作文科中的第七门课程（fairly worth the sev'n，Ⅳ，44）；另一方面，它并不是个人的突发奇想，也不是被动地接受某些权威的条规，而是属于个人的理解力和领悟力。作者称它是"上帝赐予的天赋"（the gift of Heav'n，Ⅳ，43），一道"心灵之光"（A Light，Ⅳ，45），因而具有一种天生的内在本质。这就是说，"明智"需要外在的学习和内在的天资相结合才能够获得。

第二，在艺术创作和欣赏中如果要做到"明智"，就必须遵循自然的法则。蒲柏早在《论批评》中就提出过：自然作为一切的衡量标准，是判断艺术的最好法则。这里，建筑作为一门艺术当然也不会例外。因此，在创作与欣赏艺术的每一个细节时，诸如建筑物的圆柱、拱门等一切，都"绝对不要忘记自然"（let Nature never be forgot，Ⅳ，50）。比如：在描画一位美丽女神时候，要做到得体、恰当、有分寸；既不要过于盛装，使她的外表显得臃肿、夸张，但又不能让她穿得太少，光着身子：

　　　建筑，或种植，还是其他什么，
　　　或立起圆柱，或做成拱门，
　　　或堆起小丘，或挖掘洞穴；
　　　总之，绝不要忘记自然。
　　　将一位女神装扮成得体的佳人，
　　　既不过于讲究，也不一丝不挂；（Ⅳ，47–52）

这里，关键仍然是在于"度"的把握，这就再次与前面谈到的人们在运用财富时所应遵循的"中庸"道德规则联系起来。艺术审美和艺术创造要体现出真正好的"品味",就意味着必须"适度"。因为,"盛装"是一种过度,而"一丝不挂"则是不及,这两者都足以败坏德行,只有"适度"才是好的、明智的、道德的。如此一来,作者通过"自然"这座桥梁,将良好品味、明智与道德紧密联系了起来。

因此,每一个局部就要相互呼应、协调起来,使它们形成一个自然、和谐的整体,才是真正的美(Parts answ'ring parts shall slide into a whole,Ⅳ,66)。诗人再次告诫人们,依然要遵循"理智"(Still follow Sense,Ⅳ,65),它是欣赏和创造所有艺术的灵魂(of ev'ry Art the Soul,Ⅳ,65)。

要使美在自然而然中产生,尽管开始的时候可能会有点困难,但要尽量因势利导,不可勉强为之。总之,一切都要顺其自然(Nature shall join you,Ⅳ,69),在时间的打磨中才能铸成一件精品。

第三,除了具备"明智"和遵循"自然"之外,如果想要体现"良好的品味",还应该考虑到建筑的实用性。(Use,Ⅳ,176)比如,园林艺术是建筑艺术中的一种,那么,怎样采取适当的办法,才能够因地制宜,使土地面貌得到改善呢?这时,诗人又提及前面第三封信札中谈论和表扬过的巴瑟斯特先生,作者曾对于巴瑟斯特追求自然、朴实的园林艺术风格大为赞赏,并号召人们向他学习。另外,还有一位具有高雅建筑品味的人被郑重地提了出来,那就是本信札的受献者波义尔(BOYLE,Ⅳ,178)——即伯林顿伯爵:①

谁表现出优雅的品味,使土壤优化?
像巴瑟斯特那样种植,像波义尔那样建造。
它的实用价值是花费的首要考虑,

① 这里第178行诗中所说的BOYLE就是伯林顿伯爵本人的名字。

光彩和典雅里反映出理性的光芒。（Ⅳ，177-80）

　　作者这里的议论是有着针对性的。当时，社会上正流行在建筑
上追求规模庞大、装饰豪华等不良风气。伯林顿伯爵为了反对这种
浮夸、低劣和庸俗的道德风气，恢复雅正、古朴与自然的建筑艺术
品味，极力推崇帕拉第奥式建筑，其风格纯正、典雅，规模适中、
简约，讲究实用和人性化。伯林顿伯爵为了宣传和推崇这种古典建
筑艺术风格，不但出版了一些关于帕拉第奥式建筑设计的书籍，还
将之付诸实施，根据帕拉第奥建筑风格建造了一座房屋——西斯威
克庄园（Chiswick House）。他自己就一直住在这座庄园里，直至
去世。

　　贵族巴瑟斯特和伯林顿伯爵都是在建筑艺术上遵循自然、讲究明
智、具有良好品味的楷模。因此，他们都注重建筑的实用价值，将他
们的财富运用于实际的要求，从而避免了夸张、庸俗和浪费，体现了
他们高雅、良好的艺术品味。

二　泰门庄园的低级品味

　　《致伯林顿》中的著名片段和事例是谈到造价昂贵但并不实用的
泰门庄园（Timon's villa）。蒲柏在这里以嘲讽和批评的口吻，重点对
泰门庄园的各个方面进行了极其细致的描述。作者指出，泰门庄园在
风格和规模等各个方面都过于庞大、做作、夸张和奢侈，这正是与上
面谈到的"优良品味"所体现的明智、自然与实用价值相背离，从而
表现出庄园主人的虚荣、浮夸、庸俗的趣味以及他不求实际的品格，
说明了他缺乏内在真正的优雅和高尚的品味，从而也暗示了庄园主人
在精神上和道德上的匮乏。

　　首先，泰门庄园表现出来的低级品味与道德缺陷在于它规模上的
过于庞大（Greatness，Ⅳ，103），这实际上是一种"过度"的行为，

是对适度的"中庸"道德的违背。但是，在泰门庄园的主人眼里，"规模"就代表了价值：

> 啊，庞大的泰门庄园，气势浩荡，
> 顷刻间使人想起那大人国里的巨人。
> 要包围起来，他的建筑就像一座城，
> 它的池塘如同海洋，它的花坛无尽头：
> 谁要是见了它的主人，准会忍俊不禁，
> 如同一个小昆虫，在微风中瑟瑟颤栗！（Ⅳ，103-8）

诗中描述，庞大的泰门庄园，如此的虚张声势，顷刻间叫人想起那大人国里（Brobdignag，Ⅳ，104）的笨拙巨人。"Brobdignag"一词来自斯威夫特著名的讽刺作品《格列佛游记》。斯威夫特在这部寓言式小说中，通过运用反讽的手法，把整个英国描写为一个表面上强大、实际上渺小的巨人，揭露了其虚弱和虚伪的本质。《格列佛游记》描绘了人类的心灵与肉体、激情与理性的灾难性分裂，以及由此所导致的人性的种种丑态与罪恶。这里，蒲柏通过借用斯威夫特的语言来进行嘲讽，说明他们对于当时社会的道德价值观念有着共同的认识和相似的态度。因此，作者无不嘲讽地说："看吧，多么大一堆渺小、无用的废物！"（Lo，what huge heaps of littleness around！109）

这里对泰门庄园的建筑用"巨大"（huge）与"渺小"（littleness）的相对应描写，形成了强烈的讽刺性对比。它向人们暗示，不管泰门庄园在建造方面的花费是多么巨大，却仅仅反映了其品味的庸俗和低级，因而是一钱不值，毫无价值可言的。

其次，作者通过细致的观察与描绘，对于泰门庄园里的花园和装饰风格也进行了尽情的讽刺。他是这样描写的：

> 下面是他的花园让你惊讶，
>
> 从每个方向看去都是围墙！
>
> 没有令人惊喜的错综变化，
>
> 没有巧妙的机关装点景色；
>
> 小树林紧挨着小树林，每条小径雷同。
>
> 这边凉亭几乎就是那边凉亭的翻版。（Ⅳ，113–118）

　　这里，作者利用双韵体诗行均衡、对称和押韵的特点，通过声音上的重复与视觉上的单一感和规则来获得一种对应和并列的效果，强调了一种单调、乏味、机械、不自然的感觉。

　　另外，对于花园的各个部位装饰景点的描写，作者刻意使用整齐的对照和对比，使它们相互对仗、并列起来，来衬托这些景点的呆板、单调和缺乏生气，处处呈现出它们与自然相背离的特点。比如：树木被修剪成一群雕塑，而雕塑又建得像树木一样密密麻麻（The suff'ring eye inverted Nature sees, Trees cut to Statues, Statues thick as trees，Ⅳ，119–120）。

　　不自然、不恰当的表面装饰造成了花园某些景物的荒废和空置，并丧失其应有的功能与价值。比如，喷泉从来就没有喷过水；避暑花房却不能用来遮蔽纳凉（With here a Fountain, never to be play'd, And there a Summer-house, that knows no shade；Ⅳ，121–122）。

　　对这些建筑的描写都展现了庸俗、低劣的品味与其主人的道德缺陷是分不开的。在对庄园小教堂的讽刺性描写是诗中较为精彩的片段，同时也是对庄园主人道德匮乏的影射：

> 乐声急转不和谐连贯，
>
> 灵魂跳着捷格舞上天。
>
> 你虔诚地望着那彩绘的顶，

圣维里欧或拉古尔正爬行

在无边广阔的金云里，

把乐园的一切示于你，

坐垫和软教长请你休息，

从未对信民把地狱提起。（Ⅳ，141–150）①

这里，无不令人感到滑稽的是，到教堂去做祷告（Pray'r，Ⅳ，142）时带着一种骄傲（Pride，Ⅳ，142）的情绪，而不是虔诚的心情。用头韵的形式将几种价值不对等的东西并列和连接起来，以造成对比的讽刺性效果，是蒲柏常用的修辞手法，这里祷告（Pray'r）与骄傲（Pride）又是一例。而对整个教堂的描写散布着一种声色迷离的气氛，一阵阵的音乐声轻飘、跳跃，使人心旷神怡、飘飘欲仙。天花板上爬着四肢伸开的神仙，个个横卧在的金色的云彩弥漫之中，使人不禁以为这里是供人享乐的美丽天堂，而不是庄严、肃穆的教堂。这时，虚伪的教长坐在软软的垫子上，满口文雅之词，开始布道。作者利用修辞转移法，将形容垫子的"软"转移到教长身上（soft Dean，Ⅳ，149），将两种不同性质和内涵的"软"联系在一起，暗示并讽刺了教长内心对奢华、淫乐的追求，表现了其软弱、腐朽、不堪一击的道德实质。

蒲柏所赞赏的做人原则与道德品行是审慎、节制、坚定，而非过度、走极端、随心所欲；是恰到好处的明智、得体和适度，而不是过激、浮夸、铺张和糜烂。诗歌对庄园主人在思想上和生活中各个方面所表达的观点和言论以及讽刺性批评，集中地反映在了蒲柏的道德倾向，那就是他对"中庸"道德规则的推崇，归根结底，反映了他对自

---

① 译文引自安德鲁·桑德斯《牛津简明英国文学史》，谷启楠等译，北京：人民文学出版社，2000，第430页。

然、理性、和谐与秩序伦理精神的追求和向往。

作为一个英国 18 世纪的诗人，蒲柏的艺术与人生是密不可分的。那个时代诗歌的特征就是面向社会、贴近生活，与社会大众紧密联系。文艺为时代服务、为社会服务是那个时代文学、艺术的宗旨，因此，作为一名诗人，即使是写诗歌，也要直抒心意，表达自己的性格、思想和感情。当然，作者的直抒心意并不意味着对人的心理描写的忽略和排斥。实际上，蒲柏的诗歌是在对人的心理、人性的复杂做深入探测同时，将诗歌——尤其是讽刺诗歌当做了自己表达思想、教育民众的工具，他的绝大部分诗歌都反映着他本人的人格特征和道德倾向。他在讽刺诗《仿贺拉斯诗札第二》的第一篇中这样写道：①

> 我喜欢直抒胸臆，倾倒衷肠，
> 就像西朋的坦率、蒙田的年长，
> 他们被热爱的理由明确无误，
> 是灵魂的裸露，而非隐晦与含糊，
> 它证明在方式上至少要明显，
> 如同我脸上的斑点清晰可见，
> 在这面公正的镜子前，我的诗句
> 将我的敌人、朋友和我本人展露。（Imit. Hor. Sat. 2. 1. 51-8）

这里，蒲柏坦诚地告诉人们，他的诗歌创作就像一面透明的镜子，表明了他对于朋友和对于敌人的不同态度，诗歌是他表达自己对社会、人生、道德的观点和立场的最好方式，也是最可靠方式。这样

---

① Butt, John, ed. "Imitations of Horace", *The Poems of Alexander Pope.* London: Methuen & CO LTD, 1963, p.615.

一来，蒲柏将他的艺术与思想和他的人生紧密连接在了一起。

三 道德与空想

英国 18 世纪以启蒙主义的"理性"时代而著称。思想家和作家们力图制定符合理性原则和社会正义原则的道德行为准则。他们相信，只有依靠理性，就能在现存的资产阶级文明范围内树立起美德和创造自由的生活。他们把宣传启蒙思想当做改造社会的最重要途径，把文学看做是教育社会各个阶层的有力武器。在文学创作中，他们主要遵循新古典主义的美学原则，重视理性、节制与适度，讲究规范与形式，其文艺思想代表了那个时代的精神面貌和价值原则。蒲柏诗歌中显露与阐述的"中庸"思想与当时提倡理性的社会趣味和价值取向相吻合。"中庸"道德思想反映了当时西方新兴资本主义在政治、经济、艺术、道德等方面的思想面貌，充分表达了 18 世纪英国社会讲究平衡、得体与适度，追求自然、理性、和谐与秩序的道德价值和道德理想。

《人论》曾论述了人是被自爱法则和理性法则同时支配着的生物，因而人的欲望与理性经常发生冲突。作者主张以理性来指导或支配欲望，认为只有在理性的引导下，使欲望得到有效的调节与控制，变得更为合理、适度，使欲望与理性能够和谐共处、协调一致，从而维护人类社会与文明的伦理秩序。这便有了作者在《致伯林顿》里对下面情景的想象：

> 于是让穷人有衣穿，空肚子有了吃，
> 让农夫们供养了子女，生产了粮食，
> 让劳动者受了益，尽管他的心肠硬，
> 慈善的虚荣心会使他在无意中给予。(169–72)

　　诗句表明，尽管那些拥有财富但并不具备健全道德的人尽情挥霍、浪费，但也许他们的行为有时候会在无意中给穷人带来一点好处。蒲柏一贯认为，宇宙自然中的秩序力量终究会使一切的过度与不及最终都恢复原有的平衡与和谐。在《致伯林顿》里他满怀希望地描写起这样一幅对未来的美好图画：

> 未来将看到金色的稻穗，
> 爬满了山坡，在花园里摇动，
> 丰收的喜悦将骄傲隐藏，
> 谷物女神在大地上欢笑。(177-180)

　　好一幅"理想国"中人类永久的金色季节展望啊。蒲柏这里的描写是对 18 世纪初期英国所谓的"黄金时代"的赞美、向往和期盼。然而，实际上，他在诗歌中反复表述的理性、和谐与秩序伦理思想以及他所提倡的"中庸"道德理想，是基于他对于普遍的人性和共同的理性的肯定和向往，而缺乏对现实和历史因素的考虑，因而带有极为浓厚的道德空想成分。就其内容或本质而论，它仅仅是一种"空想的道德"。这一点单从蒲柏对于泰门庄园的描写中就可以看出。蒲柏特别反感别墅的主人毫无节制的浪费与挥霍，认为别墅虽然豪华但并没有实在的社会价值和道德价值，它仅仅以虚假、堕落的面貌存在。表面的慈善虽然装点着周围的景色，但事实上贫苦的乡民却难以得到真正的救助。

　　《人论》和《道德论》中对于人因为骄傲而犯下的种种错误和罪行的议论，对于人性的弱点以及人的卑劣之处的剖析，对于人类过去历史上的惨痛、残酷经历的回顾，对于社会腐朽、堕落现状的分析和认识，以及对人类的前途与未来的担忧等，都反映了蒲柏在理想与现实之间的徘徊与矛盾，表现了他思想上的苦闷和挣扎。这是因为，依据先念的理性而设计的道德并没有包含人对现实的物质利益要求，所以终将沦为空洞无力的唯心主义教条。由于这种理性道德缺乏坚实的社会实践基础，只能使美好的愿望和理想陷入空想的泥沼。

《人论》和《道德论》是诗人蒲柏对于古希腊哲学家、思想家们闪光的伦理思想的诗意阐述和综合发挥。作者通过简洁的文字、对仗的诗句、巧妙的隐喻、生动的形象，将那些枯燥、晦涩、冗长的哲学道理，变成了格言警句般的、千古传诵的卓越诗行，表现了诗人精湛、绝妙、无与伦比的作诗技艺。虽然从作者的笔端不时发出来的是乐观、自信、进取的音符，然而，这种乐观主义只是蒲柏对于人类和人类社会的良好愿望，并非出自他在现实社会生活中对人与人性的观察和认识。他所表述的"自然""理性""适度""中庸""秩序"等，只不过是一些抽象的概念和理论，其唯心主义的性质决定了其道德基础的不真实，也就是说，在那个时代，这些理论和学说还缺乏一个真实和现实的社会历史基础，是难以真正实现的，因而最终只能沦为"道德的空想"；或者说，一种"乌托邦"式的幻想。

实际上，蒲柏并不是没有看到当时社会阴暗、腐朽、堕落的一面，他始终对国家和人类的前途怀有深深的忧虑，他也时时没有忘记人因为愚昧和无知，给社会和自己所带来的种种恶果。诗人对于人性的弱点和局限始终有着十分清醒的认识，他的字里行间里也不时流露出悲观、失望，甚至愤怒的情绪。蒲柏对于宇宙和谐与秩序的信仰，以及对于"中庸"思想的推崇，体现了他人道主义的道德关怀和理想主义的道德追求。诚然，由于人生来具有的双重自然属性，要实现人的理智与情感的真正和谐，远非是一件易事。为了达到理想的"中庸"境界，人类还需要长期不懈的努力，以及像西绪弗斯那样的永不放弃的精神。

蒲柏的诗歌注重于道德说教，在说理时他常以对话讨论的形式，来表现丰富的思想和事件，这种特点被有些文人指责为缺乏诗歌的抒情性，而倾向散文化说教。然而，诗歌的类型和风格是千差万别、各有所长的。除了 19 世纪浪漫主义诗歌的伟大成就，其他时代不同风格和内容的诗歌艺术与成就也同样不容忽视。今天，当我们阅读蒲柏用精巧、简练的双韵体写成的讽刺诗、哲理诗，并品味他那充满巧智、隐喻的卓越诗行时，我们感受到的也是一种文明而高雅的享受。后来的文学界里欣赏蒲柏的文学批评家和诗人也大有人在。比如，T. S. 艾略特就认为，哲理诗之所以是诗，部分原因就在于它有好的散文特点：均匀、对称、平衡和精练。许多著名诗人还为蒲柏积极地辩护，例如 19 世纪著名诗人拜伦，对蒲柏就作出了高度的赞扬。他认为蒲柏是最完美的诗人和最纯洁的道德家，在讽刺诗和伦理诗方面，没有人能赶上他，"伦理诗是最高级的诗，因为这种诗用韵文做到最伟大的人物希望用散文完成的事"。① 拜伦还进行了这样有力的论证："什么使苏格拉底成为人类最伟大的？他的道德的真理——他的伦理学。什么能与奇迹一样证明耶稣基督是上帝的儿子？他的道德教训。"②

　　蒲柏的大部分诗歌创作，尤其是他的讽刺诗和伦理诗，都包含有大量的道德哲学方面的阐述和议论，显露出他强烈的伦理道德倾向，充分表达了他对社会、对人生、对宇宙的认识和态度。他始终是资产阶级启蒙理性、自由和人道主义的捍卫者。

---

① 王春元、钱中文主编《英国作家论文学》，汪培基等译，北京：三联书店，1984，第 84 页。
② 王春元、钱中文主编《英国作家论文学》，汪培基等译，第 81 页。

第六章 《群愚史记》：幻灭的体验

18 世纪前半期，英国资本主义社会的各种矛盾日益表面化和激化，矛盾和危机随时都存在着，一触即发。认为资产阶级制度能够保证全体人民的普遍幸福的观点已经成为启蒙主义者的妄想，将"理性"作为通往自由、平等社会的唯一道路，也越来越显示出它的不可能性和荒谬性。其主要原因之一就是，18 世纪英国的繁荣，在很大程度上是建立在广大人民群众的痛苦和不幸之上的。资产阶级之所以能够迅速地掌握与巩固政权，也是以牺牲人民的利益为代价的。"我们现在知道这种理性的统治无非是资产阶级统治的理想化"①。

启蒙主义思想家用自然神论和无神论否定君权神授和封建教会的权威，他们提出了"天赋人权"和"法律面前人人平等"的伦理观念和道德理想。这是一个破旧立新的时代，旧的道德风俗和思想观念逐渐离人们远去，而资本主义新的伦理体系尚未建立和健全，这无疑给转型期的社会和思想带来种种复杂、混乱、不协调和非理性现象，这一切不和谐因素都不可避免地成为人们心中或社会内核难以消除的隐痛。

历史事实证明，资产阶级所谓的"理性王国"只不过是昙花一现，前段时期启蒙思想者相信的"理性"权威现在已经彻底动摇了。资产阶级与上流社会阶层所宣传、所信奉的神圣秩序与道德理想透射出其本质上的虚无，这给时代转型期的人们在精神与情感上带来了彷徨与困惑，并不可避免地反映到了文学当中。这一期间，蒲柏在其诗

---

① 《马克思恩格斯全集》第十四卷，北京：人民出版社，1964，第 18 页。

歌创作中表达了对于现行社会腐败、堕落现象的极度愤怒和对人类前途的极端失望。而我们在蒲柏作品中就常常真切地感受到的就是这样一种虚无和幻灭。

随着 18 世纪英国朝政越来越显示出它的腐朽和无能，社会各个领域的腐败、堕落现象日益流行、蔓延开来，文坛上也出现了种种虚假、庸俗与腐化的不良风气。蒲柏从开始创作到十多年后修改并再版他的作品《群愚史记》（*The Dunciad*，1728，1742～1743 年增订）时，已经渐渐改变和失去了他以往的乐观态度，而变得更加沉重、悲观起来。这部长诗采用戏仿英雄史诗的体裁写成，作者以嘲讽、辛辣，甚至是严厉的笔调，描写了一个由愚昧和堕落构成的罪恶世界，使得那些代表社会腐朽、落后势力的群愚们终于在人间得了势，如同弥尔顿的《失乐园》中代表罪恶的撒旦一样，最后将黑暗和死亡重新带回了整个宇宙。

《群愚史记》是一部戏仿荷马史诗以及维吉尔的名作《埃涅伊德》的长篇讽刺诗。为了获得更加滑稽、夸张的讽刺性效果，蒲柏运用反英雄的写作技巧，刻意戏仿古典英雄史诗的叙事结构，其情节也与史诗中的某些事件相对应。史诗前三卷的写作实际上在 1718 年就已经开始了，于 1728 年才第一次正式发表，书名为《群愚史记》（*The Dunciad*）。1729 年，作者在书中添加了假借和模仿各种不同人的声音所做的注解后再次发表，书名变成《群愚史记集注本》（*The Dunciad, in three Books with Notes Variorum*，1729）。早些年，蒲柏与当时的文学界名流如阿巴思诺特医生、斯威夫特、盖伊等人在一起组成了"斯克里布莱拉斯俱乐部"（Scriblerus Club），他们经常聚在一起针砭时政，对于当时文坛的庸俗、腐败现象进行议论和讽刺，而《群愚史记》就是在这种影响和启发之下创作出来的作品。"斯克里布莱拉斯"（Scriblerus）是一个生造的词，意即随意涂鸦者或愚笨书生，借以讽刺社会上那些庸俗、低级、无足轻重的学究们。蒲柏在诗中采取反英雄的叙事策略，目的就是为了影射和嘲讽以莎学者刘易斯·蒂博德（Lewis Theobald，1688–1744）为代表的文艺界的学究气以及他们的低劣、迂腐和无能。1743年，蒲柏对全诗作了全面修改，并增写了第四卷，再次结集出版。这一次，他将诗中的主角由蒂博德换成了朝廷御封的桂冠诗人考莱·锡伯（Colly Cibber，1671–1757），这样，蒲柏就将他嘲笑与讽刺的范围扩大到了政府、朝廷和议会等整个上流社会阶层。

下面通过从愚昧女神、群愚横行、末世景象和末世降临等几个方面进行分析，可以发现，蒲柏对于他理想中的艺术和道德的追求，在这部诗歌中以特殊的反讽形式描写出来，表达了诗人内心深处幻灭的体验，为读者展现了一幅象征着艺术沉沦与道德衰亡的末世画卷。

第一节　艺术沉沦与末世预言

在1729年版《群愚史记》①的前言里，蒲柏借用"马丁纳斯·斯克里布莱拉斯"的名义，用调侃、嘲弄的口吻写了一个序言，并对该诗的创作特地作了如下说明：

> 这部诗，由于它赞颂的是最古老、最阴沉的东西——混沌、黑暗和愚昧，因此它应该是采用最肃穆和最古老的体裁。荷马是第一个将这种体裁和手法运用于歌颂英雄人物和事迹的作家。从古人留下的文献我们有道理这么推断（在创作两部著名的悲剧之前），荷马创作过一部类似于当前这部诗歌的喜剧……该诗系荷马史诗《伊利亚特》和《奥德塞》的翻译者所作。因此，作为对于荷马丢失的喜剧所应尽的责任，作者于是不禁采取了荷马曾

---

① 为了能够更加真实地反映该作品的创作时间的内容，本章节对于前三卷的讨论所引用的诗句均将采用1729年版《群愚史记集注本》，但本论文在论述中一律简称为《群愚史记》。

经使用过的体裁，也就是史诗形式，标题也不乏巧智地效仿古希腊人的风格，取名为《群愚史记》。①

作为一部大型讽刺诗，《群愚史记》的整个叙事被置于一个主导情节的框架内进行。它主要模拟了《埃涅伊德》中讲述的特洛伊帝国被迁至拉提恩（Latium）这样一个大致的情节，即愚昧女神"将她的帝国位置由城市向文明世界迁移的一次大行动"。② 这里的城市是指带有中产阶级庸俗的商业气息的伦敦，而所谓的文明世界则指代表着上流贵族阶层的宫廷。18世纪的英国仍然把宫廷和贵族视为文明的捍卫者，他们的审美趣味代表了当时文艺价值的标准，而愚昧女神的行动恰恰是将愚昧、腐朽和堕落带到宫廷，是对上流贵族阶层所追求的文雅、得体与适度等价值的毁灭，是对文明和进步的否定。

诗歌中愚昧女神的迁移大行动，被安排在伦敦市长每年从城区到宫廷的游行活动同时，因此，这是一个具有史诗般象征意义的情节，它实际上表现和揭露的不仅是艺术领域的沉沦过程，而且是对整个国家各个领域的腐败和堕落的无情嘲弄和批评。作者抨击与指控的范围不仅仅局限于文学与艺术，而是将矛头指向社会的各个领域包括政治、经济、文化、教育、宗教和道德等。荷马史诗里所描写的道德主题不过是"阿基里斯的愤怒"，但它却包括了整个特洛伊战争的全部历史。而《群愚史记》的作者也是在模拟这样一个简单的举动所涉及的情节中，纳入了愚昧女神和她的子孙们从发生、发展、壮大，直至获得全面辉煌与胜利的全过程。

如果说，蒲柏在早期诗歌如《温沙森林》《论批评》和《夺发记》等中所体现的是较为轻松、惬意与温和的笔调和风格，表现了他

---

① Butt, John, ed. *The Poems of Alexander Pope*. London: Methuen & CO LTD, 1963, p. 343.
② Butt, John, ed. *The Poems of Alexander Pope*. London: Methuen & CO LTD, 1963, p. 345.

对于现存社会秩序的欣然接受和对人性与人类社会相对满足与乐观的态度，从而被有些评论家认为是肤浅的乐观主义，那么，在翻译了荷马史诗之后，他在晚期的创作进入了一个更加成熟的新的阶段。在《人论》《道德论》里他开始采用与以往完全不同风格和题材进行创作，尽管这时他的语调变得较为沉重、严肃起来，读者仍然不时地看到他的乐观主义的火花闪现。而到了最后阶段，当他重新改编并发表长篇讽刺诗《群愚史记》的时候，我们发现，这种乐观主义的气息已经荡然无存，里面充满着阴郁和悲观的语调和气氛。同一期间，蒲柏还写作了系列讽刺诗《仿贺拉斯诗札》多篇。在这些诗里面，他对于御用文人、朝廷官员、议会等的种种丑恶行径与腐败道德的反感和激愤，甚至超越了他一直以来惯有的恬淡、平缓与克制，其讽刺也变得异常辛辣和尖锐起来。

一 愚昧女神——混沌与黑暗的化身

《群愚史记》第一卷的开始即采用了史诗惯用的开篇方式——向诗神缪斯（Muse）的祈祷，以引入"愚昧女神"（Dulness）的角色。"愚昧"（dull）这个词早在《论批评》中就出现了，在蒲柏眼里它带有一丝险恶的意味，当批评家不注重艺术作品的整体和谐，而是把注意力集中在挑剔细小毛病时，他的行为就被称为是一种"恶性的、愚昧的得意"（malignant dull delight，237），作者还把那些喜欢献媚的批评家形容为"妄自尊大的愚昧"（proud Dulness，415）。在《人论》中，作者把"愚昧"与骄傲的恶行紧密联系在了一块（Then shall Man's pride and dullness comprehend，Ⅰ，65-8），这说明了愚昧正是源自于人的骄傲。《群愚史记》描述了愚昧女神是如何出世、成长、壮大，如何逐渐扩大影响，最后如何将她的沉闷气息和愚昧精神深深浸染到整个英国大地的每个角落。

诗的一开头描写，愚昧女神那些与生俱来的特征勾勒出了她的自然属性，她被定义为"混沌与永恒黑暗之女"（Daughter of Chaos and eternal Night Ⅰ, 10）。[①]

混沌和永恒黑暗是指宇宙在未形成之前的情形。《圣经·创世记》第一章中记载：上帝在创世之前，大地是一片空虚混沌、源面黑暗，上帝说："要有光"，就有了光。上帝看到光是好的，就把光明与黑暗分开了。[②] 光明指上帝给人类带来的智慧，黑暗则喻指人类的愚昧、堕落状态。是上帝给世界带来了光明并创造了世界的万物，包括人类，并使它们形成了各种等级和秩序。而在西方古代的神话中，早就有了黑暗与地狱的象征，人因为犯罪而被打入黑暗的地狱中。18世纪欧洲兴起的启蒙运动的主要宗旨，就是要把知识之光带给人类社会，使人们被遮蔽和被愚弄的心灵从思想蒙昧状态中解放出来。

诗中，愚昧女神并不是一个真实的人物，而是一个具有象征意义的道德隐喻。她其实是作者所要描写的黑暗、昏庸、愚昧等品质的具象显现。她所统治的王国中的一切代表着腐朽、堕落、混乱、无政府、反中心和无秩序现象，因此她的形象意义在于其隐喻性道德暗示。总之，从愚昧女神身上所反映出来的统统都是反面、消极的因素：

> 这个愚昧女神注定了众人的昏庸，
> 像她祖先的粗俗，像她母辈的阴沉，
> 吃力、笨拙、忙乎、鲁莽和盲目，
> 以天生的无序，统治着人们的灵魂。（Ⅰ, 11-14）

读者可以看到，诗歌在描写和形容愚昧女神时所采用的都是一些

---

① Butt, John, ed. "The Dunciad", *The Poems of Alexander Pope*. London: Methuen & CO LTD, 1963, p. 351. 以下文中凡出自对该书的诗歌引文，均在文中标注章数和行数。

② 见 *Good News Bible: Today's English Version* (British Edition). American Bible Society. 1976。

意思相近的、具有负面意义的词语，例如，"迷糊"（dotage）、"愚昧"（idiot）、"阴沉"（grave）、"混乱"（Anarchy）等。尤其是第 13 行，一连串用了五个形容词，一字一个顿，特别是后面的三个词又形成了头韵，使人读起来感觉到语气越来越急促，形成一种强烈的紧迫感，更是把愚昧女神的反面或负面特性表现得淋漓尽致。

作者在《群愚史记》里对于其中许多的诗句做了大量的、不厌其烦的注解，这些注解有时候甚至占据了一个页面的大半，这种做法本身其实就是一种模仿和讽刺。作者故意模仿当时学界某些人士烦琐、累赘的注释风格，采用对诗句做大量复杂、晦涩、冗长注解的方式，借以进行嘲笑和讽刺学术的迂腐。其中有许多的地方干脆直接以他们当中某个人的名义，对诗句做一大堆啰唆、烦琐，毫无价值和意义的注解，旨在滑稽、夸张地表现当时文坛流行的庸俗、虚假的学究气，以达到反讽的效果。

比如，对"愚昧女神"这个词本身，作者在后来的 1743 年增订本中就假借当时著名古典学者、批评家理查德·宾利（Richard Bentley，1662–1742）的名义增添了这样的注解："我不知道'斯克里布莱拉斯'是否在诗歌前言中已经告知读者，这里提到的'愚昧女神'不能笼统地理解为愚蠢，而是一个具有扩展意义的词。它代表所有的短见、偏见，所有的愚昧、不明智，所有的领悟力和判断力低下。它包括（如同作者自己所使用的词语）劳作、辛勤，某种程度上的活跃和鲁莽。它受这样一种主导原则的控制，那就是：它绝不是迟钝、懒惰，但可以把人的思想和头脑搞得乱七八糟，并使人陷入内心的无政府和混乱状态。这些话读者应该在阅读时时刻牢记，一不小心，他就容易忽略许多角色的重要性，同样也会误解作者的目的和计划。……"① 通过如此详尽、啰唆、故作夸张的注解，使读者对于愚

---

① Butt, John, ed. "The Dunciad", *The Poems of Alexander Pope*. London：Methuen & CO LTD, 1963, p. 721.

昧女神的本质特征有了更加深入的了解和领悟。

更具讽刺的是，愚昧女神的住所是一孔偏僻、黯淡的粪坑，位于一所疯人院和"格拉布街"（Grub Sreet, Dunciad：Ⅰ，256）[1] 附近，被称作"一孔贫瘠的诗歌洞穴"　（the cave of Poverty and Poetry, Dunciad：Ⅰ，32）。[2] 作者利用头韵的修辞手段，巧妙地将"贫瘠"与"诗歌"联结起来进行类比，以取得讽刺性效果。诗歌对于"格拉布街"也有影射："在愚昧女神四周，是无边无际的黑暗与深渊般的混沌一气，似一堆沉睡中叫不出名字的、不成形状的东西，慢慢从胚芽中苏醒。里面，粪堆一般的诗歌、戏剧作品正像蛆虫和昆虫一样不断滋生，这些不成形、不成调的诗歌就像一堆堆艺术垃圾，从他们昏沉沉的睡梦中产生出来。"（Dunciad：Ⅰ，53-60）这里暗指的正是那些从格拉布街产生出来的低级艺术作品和伪劣书籍及印刷品。

在愚昧女神的无形的、具有威慑力的影响之下，五颜六色的意象在她奇特、狂乱的幻想中相互交织、混杂，如下：

> 她的幻想打造着各种混杂的意象，
> 胡乱搭配的修辞，不答调的比喻。
> 一大堆乱七八糟的隐喻蜂拥而来，
> 令人昏眩的疯狂跳动令她欣喜若狂；（Ⅰ，63-66）

不但是意象和隐喻被堆砌起来进行滥用，更有甚者，在愚昧女神昏庸、颠倒与胡乱的统治和指挥之下，"悲剧与喜剧不分家，闹剧与

---

① 格拉布街原本是位于伦敦北部贫困区的一条小街，曾经住着许多不知名的业余小作家、诗人和编辑者，后来它渐渐演变成为所有低劣作品的代名称。因此，这里"格拉布街"是文学艺术行业的低级水平的隐喻。See Pat Rogers, *The Alexander Pope Encyclopedia*. p. 143. See also Ian Watt. *The Rise of the novel*，Berkeley：University of California Press，1957，chapter 1。

② 这里"the cave of Poverty and Poetry"，是作者影射和挖苦蒂博德曾经发表过的一首模仿莎士比亚的诗歌——"诗歌的洞穴"（the Cave of Poetry, 1714）。

史诗混为一谈，时间停滞，地点混乱，海洋变成陆地。把埃及人描写成喜欢下雨天①……把寒冷的十二月描写成鲜花盛开的季节，在大雪中反映丰收的喜悦，等等"。（Ⅰ，67–76）

作者对这一段的描写在注解里作了如下说明：上述的描写是比喻有些诗人不恰当、不得体的艺术创作，他们把一大堆相互冲突、矛盾的事物勉强联系在一起，或把互相不相称、不搭调的季节和情景硬摆在同一个画面。显然，这里对于各种不同事物和景物的描写都是违背自然、缺乏理性、不合时宜的，因此，这样的艺术行为也是不合道德要求的。

为了突出愚昧女神这种暧昧、隐晦和模糊的特征，作者特地运用了云和雾的隐喻。请看对她的这种特征的描写："她高高雄踞在层层乌云笼罩的王位上，闪烁发亮。"（'Twas here in the clouded majesty she shone；Ⅰ，43）。诗中，愚昧女神始终被弥漫的乌云（cloud，Ⅰ，77）、大雾（fogs，Ⅰ，78）或薄雾（mist，Ⅰ，152）包裹着、遮掩着，总是模糊不清，读者从来就看不清楚她的真实面目，这便放大或扩散了她那可怕、憎恶、危险的一面。这种对于事物透过云和雾来观察而被放大并造成模糊、扩张的效果，正是艺术创作和诗歌批判中愚昧、短见与堕落的表现。比如，在《论批评》中，此类的隐喻早已出现过：

> 愚昧总是容易虚张声势，
> 正如事物透过云雾都显肥大。（392–3）

这种云雾般的特征说明：愚昧女神从本质上是无形的、虚幻的和乌有的，暗示了她在价值上的缺失以及道德的虚伪。她代表的是一种

---

① 因为尼罗河下游经常洪水泛滥，所以下雨不会被埃及人欢迎。

黑暗、混乱与无序，从而也是不道德的化身，如下所述：

> 更有甚者，这位云雾缭绕的女王
>
> 穿过云层，看到的全是夸大了的情景：
>
> 她披着五颜六色的俗丽长袍，
>
> 为自己那狂乱的杰作而自鸣得意，
>
> 看着那些怪物时隐时现、沉浮翻滚，
>
> 用她的愚昧色彩将它们统统覆盖。（Ⅰ，77–82）

实际上，愚昧女神是消极或负面价值观和道德观的诗化体现。在诗中，她被象征性地比喻为强大、黑暗、堕落势力的发源地或摇篮，从她那罪恶、黑暗的子宫里，孕育了无数"瞬间的妖怪"（momentary monsters，Ⅰ，81）和"疯狂的创作"（wild creation，Ⅰ，80）。

既然愚昧女神总是被乌云和浓雾掩盖着、包围着，是朦胧、模糊与黑暗的化身，也是诗中最大、最重要的隐喻，那么，她的这些特征同样地遗传到了她的后代身上。她的子孙们也不可避免地打上了相同的烙印，即向往与追求黑暗和愚昧，象征着那些批评家、诗人和书商们的种种低劣和庸俗行为。作者对于他们的语言和行为的描写，也时时与黑暗的意象分不开。比如，群愚首领蒂博德是这样向愚昧女神祷告：

> 请永远对困惑迷惘的人类亲切友好，
>
> 给我们的心灵蒙上抚慰的迷雾层，
>
> 免得我们在智慧的闪烁光芒中犯错，
>
> 让我们待在那原始黑暗的保护中。（Ⅰ，151–4）

这一段祷告词故意模仿人们在教堂进行祷告时的严肃和迫切心

情，仿佛在极力表现祷告者内心的虔诚。然而，通常人们向上帝祷告，是请求上帝给他们以光明的指引，带领他们走出黑暗和愚昧。而这里群愚所请求的恰恰相反，是请求愚昧女神让他们留在黑暗之中，因为他们是智慧与光明的对立面，这就使读者真切地领略到了诗人的反讽力度。

下面，愚昧女神将她所创造的艺术作品和她的艺术观点一一展示出来，充分暴露了她对于各种艺术概念以及道德价值的混淆和颠倒：

> 诗歌不像诗歌，散文不像散文；
> 思想混乱不堪，偶尔意义闪现。
> 一会儿又毫无意义、缺乏理智：
> 序言与前言的内容混为一谈，
> 或又都变成注解中的不连贯碎片。
> 学习只需要查看索引、轻轻松松，
> 做学问只抓住表面的一点皮毛；（Ⅰ，227–233）

愚昧女神从不接受法国的进步文艺思想，更不学习和继承希腊、罗马的优秀文化传统。她新旧不分、今古不分，把固有的知识当成捏造，把未来当成过去，把复古当做创新。总之，杂乱无章、黑白颠倒、指鹿为马，就是她关于艺术创造和艺术观点的突出特征。

二 群愚横行

第二卷延续了第一卷戏仿英雄史诗的路子。为了突出戏仿的特征和效果，《群愚史记》为读者描绘了一幅"群愚横行"的荒诞画面。作者采取反英雄的叙事策略，从人物和性格到局部细节和片段，都进行了某种降格或贬低的反讽性描写，通过对群愚令人作呕的种种行为的叙述和描绘作为反衬，作者影射和抨击了当时社会在文学、艺术以及道德领域的龌龊、污秽和堕落的内在本质。

　　首先是主要人物的出场，他就是当时的剧作家兼莎学者蒂博德。[①]
蒂博德的形象是蒲柏受到约翰·德莱顿（John Dryden，1631–1700）
的《麦克·弗莱克诺》（*Mac Flecknoe*，1682）启发之下的结果，德莱
顿借弗莱克诺这个角色对他的文坛敌人沙德威尔（Thomas Shadwell，
1642–1692）进行讽刺和攻击。[②] 如同弥尔顿在《失乐园》第二章的
开头对撒旦的描写一样，蒂博德被安置在"一个高高的华丽位置上"
（High on a gorgeous seat，Ⅱ，1）。他被愚昧女神选中，继承了她新建
立的愚昧王国的王位，成为群愚的首领。这里，作者塑造的主人公形
象与史诗里高贵的英雄人物形象刚好相反，因为蒂博德所表现出来的
恰恰是他的渺小和卑微，因此，在诗中他是一个反英雄人物形象。读
者看到，在蒲柏描述的这个群愚横行的世界里，到处都是弥尔顿式的
地狱景象，而蒂博德正是撒旦式"反基督智慧"（Antichrist of Wit，
Ⅱ，12）的典型代表。

　　作者用嘲讽的笔调描写道：伟大的蒂博德高高地坐在那里，如同
诗神一般高傲地冷笑着，他的脸上是装出来的假笑、妒忌和猜疑的混
合表情。众愚人就如同《失乐园》中的众魔鬼，他们邪恶的目光都聚
焦在他的身上，而他们越仰视他，脑袋瓜子就越变得越愚笨。这里暗
示了蒂博德的撒旦形象。除了类似于撒旦之外，蒂博德的形象还似乎
是当时的英王乔治二世与德莱顿《麦克·弗莱克诺》里的主角弗莱克

---

① 蒂博德是一位严格、古板、挑剔的沙学者，曾指责蒲柏编辑的《莎士比亚戏剧集》措辞
　　过于雅致，不符合沙氏的原始、粗俗风格，没有反映出沙氏作品的真实原貌；蒲柏注重
　　文雅、得体和规范的艺术观，与蒂博德吹毛求疵、拘泥于细枝末节的学术态度相左，故
　　此两人之间产生出矛盾与冲突。颇为戏剧性的是，这两位文坛上的敌人，却是出生在同
　　一年，又在同一年去世。See Pat Rogers，*The Alexander Pope Encyclopedia*. pp. 295–297.
　　See also Maynard Mack，*Alexander Pope：A Life*，pp. 743–744。
② 德莱顿在诗歌中常常借用人物形象塑造对他的文敌进行影射和讽刺，这种创作方法对蒲
　　柏有很大的影响和启发，以弗莱克诺的形象来讽喻沙德威尔是其中著名的一例。See
　　Joseph Spence，*Anecdotes*，*Observations and Characters of Books and Men*，Carbondale and
　　Illinois：Southern Illinois University Press，1964，p. 64。

诺这两个人物的混合体，他继承王位的举动也是对乔治二世的加冕礼和对弗莱克诺的伪加冕礼的讽刺性模仿。毫无疑问，《群愚史记》抨击的不仅仅是艺术，也涉及了政治和宗教等其他领域，是对当时朝政的影射与讽刺。

愚昧女神为蒂博德的继承王位主持了盛大的加冕仪式，并开展了一场大型公共体育比赛活动。这些比赛片段的叙述模仿了荷马史诗《伊利亚特》中阿基里斯为他死去的朋友普特洛克勒斯举行丧礼时所进行的各种比赛活动，如赛跑、拳击、摔跤、比手赛、扔铁饼和箭术等。这些精彩的情节和片段后来也被维吉尔在《埃涅伊德》的第五章里做了生动、逼真的模仿和改写。同样，《失乐园》是弥尔顿在继承上述这两部古典史诗的基础上以《圣经》为原型而改装的一部伟大史诗。而蒲柏的《群愚史记》，则是在对上述各经典名作的综合性模仿基础上的进一步发挥和戏拟。

在愚昧女神的授意之下，群愚们举行了大型体育表演比赛活动。通过对群愚们开展的声势浩大的"英雄竞赛"活动的描写来作为反衬，反映和抨击了当时英国社会在文学、艺术以及道德领域的龌龊、污秽、混乱与无序的内在实质。

比赛开始。愚昧女神以她那无形的魔力和影响力，制造出一个幻影诗人（phantom，II，46）。这个诗人有着人的身形（image II，38），一双单调、无神的眼睛，发出空洞的声音和词汇。然而，他不过是一个虚无、徒然的幻象（Idol void and vain，II，41）：

> 她造出一个影子，俨然如人的身躯，
> 他的脸上一双单调、无神的眼睛，
> 嘴里发出一串串空洞的声音和词汇，
> 但毫无意义，没有生气，空虚无益！
> 从来没有一次运气，让他脱颖而出，

　　　　只是智者的复制品，一个地道的愚人；

　　　　如此相像，让评论家和延臣们都发誓，

　　　　他是一位智者，但更是一个幻影。（Ⅱ，38—46）

　　愚昧女神宣布，"幻影诗人"是田径比赛场上的奖赏品，谁要是能够追赶和捕捉到他，谁就获得了赛场上的最高荣誉。为了争夺这个奖赏和荣誉，在出版界执行官——高傲的林托（Lofty Lintot，49）与书商——大胆的科尔（Dauntless Curl，54）之间展开了激烈的赛跑：

　　　　如拧紧的发条，像游吟诗人一样飞奔，

　　　　超过高大的林托，把执行官抛在脑后。

　　　　就像一只笨鸟挣扎着飞过小树林，

　　　　手脚并用，又是飞，又是跑，又是蹦；

　　　　肩膀，脑袋和双手，一齐使力，

　　　　全身伸展，好似一架风车在旋转。（Ⅱ，57—62）

　　作者这里对于科尔在赛跑时的滑稽、可笑动作做了细致描写。作者的语气里充满了鄙夷和轻蔑，他像一只刚刚穿越林子的笨拙的幼鸟，头、手、脚和肩膀都同时使劲用力，就像一架转动的风车，展开了他全身所有部位。实际上，这是蒲柏借此隐射书商科尔曾经采用卑鄙、不正当手段，获得了他早年的部分书信并擅自公开发表的事情。他通过对科尔那滑稽、可笑、令人讨厌动作的夸张描写，讽刺了科尔当时在伦敦出版界唯利是图的不光彩形象。

　　赛跑时，有人在书店门口不远处泼洒了一滩"溜滑的污水"（the plash，72），冒失的科尔不小心踩在上面被摔了个跟头。诗中将他描写成为一个卑鄙无耻的人，是个淫秽的、肮脏的家伙，他倒在垃圾堆里的狼狈样子暴露出了他邪恶和不道德的嘴脸。

与此类似的情节和描写在蒲柏翻译的《伊利亚特》中曾经出现过。[①] 里面，尤利西斯向雅典娜女神（Pallas）发出了求助信号，女神听到了呼喊声，于是让跑在最前面的阿加克斯（Ajax）跌倒在"黏糊糊的粪堆"（slimy Dung, 908）上面，如下所述：

> Besmear'd with Filth, and blood o'er with Clay,
>
> Obscene to sight, the ruefull Racer lay.
>
> Thus sow'rly wail'd he, sputt'ring Dirt and Gore;
>
> A burst of Laughter echo'd thro' the Shore. (XXⅢ, 911 - 22)[②]

另外，在德莱顿翻译的《埃涅伊德》第五章第 410 行至第 450 行中，也叙述了相似的情节。[③] 其中描写了耐瑟斯（Nisus）在一摊"神圣的淤血"（holy gore, 433）中滑倒的情形。但有所不同的是，他是故意倒下的，目的是为了堵住其他的赛跑者，好让他的朋友跑到前面去赢得比赛胜利。

而蒲柏在对此古典故事情节的模仿中做了大胆的想象和变动。他没有让落在后面的人求救于神，而是让赛跑中的跌倒者向神发出了呼救。于是，科尔的呼救声到达了朱庇特（Jove）的耳朵里：

> 粪便的支撑力量使他焕然一新，
>
> 如同为奔跑注入了神奇的润滑剂，
>
> 他精神抖擞；从强烈的臭气当中，

---

① 参见 Pope, Alexander. *The Iliad of Homer* (Books XXⅢ), Mack, Maynard, ed., London: Methuem & CO LTD and New Haven: Yale University Press, 1967, p. 525。

② 为了使读者对原文进行更加直观的对比和对照，故此处不做翻译。

③ 参见 Kinsley, James, ed. *The Poems' of John Dryden.* (BooksⅤ) London, Amen Rouse: Oxford University Press, 1958, pp. 1182–1183。

　　焕发新的生命，带着臭味急速前行，

　　超过了林托，赢得了胜利，

　　顾不得自己脸上那粪土的丢脸标记。（Ⅱ，91-100）

　　果然，科尔受到了朱庇特主神的青睐，他从粪堆的臭气中重新吸取了力量，从泥地里爬了起来，带着满身臭味赢得了比赛的最后胜利。无不具有讽刺意味的是，他在得意之下却忘记自己的脸上还带着褐色粪土留下的不光彩印记（brown dishonours，Ⅱ，100）。

　　接下来是撒尿比赛，比的是看谁可以将尿抛撒得更高、更远。这次比赛仍然是在科尔与另一名书商谢伍德（Chetwood，159）之间展开。首先由谢伍德先撒。第一次他拼命把尿撒出去，在天空中形成一道弧线，第二次却因为太用力，撒到了自己的脸上，狼狈不堪。这时，厚颜羞耻的科尔站了起来，他猛地用力，只见那股热浪般的溪流滚滚冲出，从他头上越过（就像动乱中发出的号角），滚烫、奔流的水柱从天而降，如同高悬的尿瓮从半空中倾泻而下，这使得天上的波江星座（Eridanus，Ⅱ，174）都为自己那卑微的喷泉感到自惭形秽。诗歌这里的象征性描写极尽嘲讽之能事。这一次又是科尔战胜了谢伍德。但令人捧腹的是，谢伍德虽然战败了，他却得到了一件中国瓷器——尿壶（China-Jordan，Ⅱ，157）作为安慰奖。他头顶着尿壶，心满意足地回家了。

　　林托、科尔和谢伍德都是格拉布街（Grub Sreet，Ⅰ，256）① 的那些唯利是图的书商或出版商的代表，他们在赛场上表现的种种丑态和施展的恶劣诡计，象征着他们在出版和发行商业活动中为了争夺利

---

① 格拉布街原本是位于伦敦贫困区的一条小街，曾经住着许多不知名的业余小作家、诗人和编辑者，后来它渐渐演变成为所有低劣作品的代名称。因此，格拉布街是对文学艺术行业的低级水平的隐喻。参见 Rogers, Pat, ed. *The Alexander Pope Encyclopedia*. Westport, Connecticut·London: Greenwood Press, 2004, p. 143。

益而采取的种种欺诈和不正当手段，隐射了格拉布街所代表的新闻界、文艺界那些投机商们的愚昧、低级和庸俗，以及他们在道德上的腐败与堕落。在这一段貌似华丽、夸饰的赞誉之词掩盖之下，实则暗含着作者极度的轻蔑和厌恶。

撒尿比赛结束，一位富有的资助人到场了。群愚们开始进行另一场比赛——逗乐比赛。比赛内容就是：谁最能够取悦于这位贵人，使他乐起来，谁就会受到他的宠幸，成为幸运儿。（He wins this Patron who can tickle best，Ⅱ，188）这里 "tickle" 一词运用得十分巧妙，它有 "挠痒" 和 "逗笑" 的双层含义。于是，为了取悦这位富人，群愚绞尽脑汁，纷纷想出各种献媚之词，极尽吹捧之能事。他们这种恬不知耻的恶劣行径，暴露了他们在人格、品行和道德上的低俗和下贱。

接下来，众人在愚昧女神的昭示下，全部集合到伦敦市臭名昭著的公共下水道（fleet-ditch）区域。所有废物和垃圾都汇集到这里，变成了臭水沟。那些漂浮物比如死狗之类的东西都从这里注入泰晤士河。在这里，将进行的是潜水比赛①。只见那些蹩脚的雇佣文人和二流政客以及肆无忌惮的造谣、诽谤分子，都先后扑进了臭水沟。最后的获胜者是斯梅德利（Smedley，Ⅱ，279）。他一头扎到臭水沟最底下，待的时间是如此之久，似乎臭烘烘的水下世界给他提供了无比丰富的想象画面。

诗中第 279 行对斯梅德利的注解中，作者假借他人之口解释：明显地，这个角色的扮演者需要是一个满身丑闻、专门干卑鄙勾当的家伙。② 而斯梅德利在当时刚好是这样一个说话粗鄙、恶劣和嘴损的作

---

① 参见对 259 行的注解：Butt，John，ed. *The Poems of Alexander Pope*. London：Methuen & CO LTD，1963，p. 392。

② 英文原文：The Allegory evidently demands a person dipp'd in scandal，and deeply immerse'd in dirty work… 参见 Butt，John，ed. *The Poems of Alexander Pope*. London：Methuen & CO LTD，1963，p. 394。

家，他出版了许多漫骂、攻击别人的文章，曾在一些周刊杂志上用低级、粗俗的语言称呼和指责斯威夫特和蒲柏。

　　如果说在第一卷里，蒂博德对愚昧女神的一席表白，表达了愚昧女神的追随者们庸俗、扭曲的文艺价值观，而这里，群愚们争先恐后地扎到臭水坑中，在泥泞、肮脏的沟里翻滚、拼比的这种荒唐、令人恶心的动作，则更加生动形象地、更加戏剧性地表现了他们在道德本质上的肮脏与下流。群愚的表演既使人觉得滑稽、可笑，又令人厌恶、憎恨，他们向下俯冲、沉潜的动作极具象征意义，从几个层面反映出来：（1）表现了群愚们向往黑暗和愚昧的道德实质；（2）暗示着他们动物般低级与粗俗的本性；（3）象征着以格拉布街为标志的愚昧文人的学究和迂腐；（4）象征着文学艺术的堕落与沉沦。这种对文艺价值堕落与沉沦的描写在诗歌中到处可见。第二卷从第 260 行开始描写潜水比赛开始到第 308 行，作者提到 Dive（269，279，289）及其扩展词三次，使用 sink（278，293，307）一词也是三次。另外，还有多处意思相近的词如 leap in，dash，plunge，downward 等等，都是些描写"向下"或"下沉"动作的词语。这自然使我们联想起蒲柏在这期间曾撰写过的"论艺术的沉沦"（The Art of Sinking，1727）一文，作者在这篇文章中所论述的文艺观点与在《群愚史记》里所要表达的主题思想是完全一致的。① 它有力地抨击了那些庸俗书商、出版商和蹩脚文人们，揭露了他们为了获得商业利益而不择手段，想尽办法谋取利益，因此而败坏文艺界的风气的种种罪行。

　　在进行了多项激烈运动的厮杀与比拼之后，女神最后宣布，以一个温和的运动项目结束全天的比赛，即"保持清醒"比赛。这项比赛将考验大家的耐力，看谁在倾听亨里（Henley）的演讲文或布莱克莫

---

① See Alexander Pope, "Peri Bathous: Of the Art of Sinking in Poetry", in Bertrand A. Goldgar, ed., *Literary Criticism of Alexander Pope*, p. 43.

（Blackmore）的长诗的时候能够始终保持清醒，而不会打瞌睡（If there be man who ov'r such works can wake，Ⅱ，340）。

负责朗诵的职员走上台，翻开了那厚厚的书本。一页接着一页，冗长的句子从他慢吞吞的读声中缓缓地爬行，渐渐地，在那软绵绵、昏沉沉的朗读声中，人们纷纷伸懒腰、打哈欠，低头打起瞌睡来：

> 愚昧女神雄踞于她的徒子徒孙中，
> 如同地心的联动力，一圈又一圈；
> 从正中央发起震波，向外围扩散，
> 一环套着一环，直到淹没全体脑袋。（Ⅱ，375-8）

这一次，没有一个人能够取胜。愚昧女神将她阴沉、幽暗的影响力慢慢渗透到她儿孙们的头脑里，就像一种连锁反应，从天体中心轴的微微颤抖（nutation，Ⅱ，377）开始，层层传递下去，最后，由人头组成的整个海洋全都淹没在她散发出来的昏暗、愚昧的气息之中。"nutation"一词兼指"垂头"的动作和天文学上的专业名词——"章动"，其双关义的讽刺性利用表现了蒲柏非凡的用语才能和卓越的巧智。

《群愚史记》第二部是对古代史诗中英雄人物、事迹和语言刻意的滑稽模仿，诗中采用各种戏拟的手法以形成讽刺性并列和对照。诗歌的反英雄叙事模式不但表现出了愚昧女神以及群愚们的龌龊、肮脏、猥琐和淫秽，引起了读者强烈的厌恶和痛恨，还表达了作者对那些伪劣、庸俗的批评家、诗人和书商们的愤恨和谴责。

三 末世景象的幻想和预言

《群愚史记》在第三卷中再度模拟了《埃涅伊德》里的情节，诗歌运用象征性手法，将群愚的活动范围和空间从地面转移到了地下，实则是从对现实情景的描写转为对梦幻中景象的叙述。诗歌中群愚首领蒂博德在幻觉中下降到阴间并进行游历的过程，是对《埃涅伊德》第六章中埃涅阿斯造访地下世界情景的全面戏仿。通常，人们的幻想或想象被形容为向上飞腾，如同插上了翅膀；而这里，蒂博德的幻想却是向下滑翔，深入到地下，这个举动既象征着他内心深处所做的一次冒险，也意味着他在精神上和道德上的彻底堕落。蒂博德对末世画面展开疯狂幻想的象征性情节，揭示了愚昧女神和群愚的荒谬和虚假的本质，如下：

> 在女神隐秘的殿堂深处，他开始休眠，
> 将施过涂油礼后的头颅靠在她的膝上。
> 女神用蓝色的雾气将他紧紧环绕，
> 软绵绵地洒上了幽暗阴凉的露水。
> 于是，理性大肆膨胀，狂乱扩张，
> 唯有那理智修炼的大脑方能领悟。
> 因此，疯人院的先知抓住了救命稻草，
> 他听见神谕高唱，与上帝对起了话。
> 于是有了愚人的天堂，政治家的计谋，
> 有了那空中楼阁，金色的美梦，
> 有了少女的浪漫心愿，化学家的热望，
> 以及诗人对名垂千古的想象。（Ⅲ，1–12）

众所周知，《埃涅伊德》里的英雄埃涅阿斯是亲身周游了底下冥府（Hades），但这里，反英雄人物蒂博德却是在梦幻中下降到了阴间，这暗示愚昧女神的引诱力和影响力是无形的，且强大无比，作用于人的无意识活动。在她的渗透和迷惑之下，蒂博德在不知不觉中进入疯狂的幻想，他如同梦游般地对黝黑、阴暗的地下世界进行了一次精神旅行：

> 那么，在幻觉的轻盈翅膀带领下，
> 国王下降到了地狱底层的黑暗中。（Ⅲ，13-4）

诗中描写，蒂博德在幻觉中来到了阴沉的地下，在这里，他遇见了已故的城市诗人瑟托（Elkanah Settle，1648-1724）。瑟托将取代愚昧女神的位置，扮演起蒂博德在地狱中的导师兼"父亲"角色，蒂博德将成为他精神上的"儿子"。这个情节是作者对传统史诗中经典情节的模仿和继承。在《埃涅伊德》第六章中，女巫将埃涅阿斯引导到了地狱中，在那里，他见到了他死去的父亲，父亲向他介绍了那些即将成为他的后裔及接班人的英雄们。而这个情节又是从荷马的《奥德赛》中第十一章中演变而来，尤利西斯下降到地狱并与特洛伊战争英雄们的鬼魂进行交谈。而到了《失乐园》里，也有相似情节的复述，不过，这次是天使长麦克将亚当带到一座高耸的山头，指给他看历史发展的未来景象以及他的子孙们将来的命运。

不言而喻，《群愚史记》在古典史诗传统情节模式的提示下，重述了这个情节中所包括的几层寓意：（1）对过去历史的回顾；（2）现有权力与职责的认同和继承；（3）受到启示、发现奇景。当然，这些情节统统都是用戏剧性的滑稽笔调对古典情节所做的讽刺性歪曲模仿。

诗歌运用反讽手法，对当时以蒂博德为代表的伦敦文艺界的腐败和堕落进行辛辣的讥讽。诗中描述，瑟托将蒂博德带到一个云雾缭绕的山头，指给他看预言般的未来景象。到那时，愚昧女神将彻底战胜科学和知识，将书本、城市和人民全都毁灭，展示了知识在野蛮、愚昧面前是多么的软弱、不堪一击。这个场面恰恰是对古典史诗的反向叙述或歪曲模仿。因为埃涅阿斯在他父亲安喀塞斯（Anchises）的预言里，看到的是罗马大帝国的最后胜利和兴旺，而亚当看到的未来景象也是上帝对人类的救赎。

　　瑟托在幻觉中将目光伸向远处（喻指过去），他仿佛看到了远离文明世界的边缘地带，在那里，曾孕育了各种野蛮部落，他们是野蛮、不开化的哥特人（Goths，Ⅲ，78），和摧毁与破坏文化艺术的汪达尔人（Vandals，Ⅲ，82），他们都曾经蹂躏、践踏过奥古斯都时期的罗马大帝国。再后来，这些地方又被迷信彻底淹没和摧毁。这种回顾使我们不由得联想起爱德华·吉本（Edward Gibbon，1737–1794）在他的《古罗马帝国的衰亡史》（*The History of the Decline and Fall of the Roman Empire*，1776–1788）里的类似描写。瑟托将目光收了回来（喻指现在），他告诉他的"儿子"，英国将成为愚昧女神所"青睐"的国度（fav'rite Isle，Ⅲ，117）。在幻想中他召唤着接连不断的画面，仿佛看见愚昧女神的儿孙们一个个冒出来（as they rise to light，Ⅲ，122）。愚昧女神高高在上、荣耀无比，在众愚人的拥戴下，洋洋得意地穿过格拉布街，就像登上了象征着诗坛的帕那瑟斯山脉（Parnassus，Ⅲ，128）。她向下扫视，满意地发现，她成百上千的子孙们个个都是十足的愚人（Behold a hundred sons, and each a dunce. Ⅲ，130）。他们中有庸俗的政客，如 Hornek Roome（146）、Goode（147）和 Jacob（149）等，有低级、尖刻与恶毒的批评家，如 Ralph（159）、Dennis（167）和 Gildon（167），还有蹩脚诗人和二流作家。其中，重点描写和讽刺了蹩脚诗人卫斯特（Leonard Welsted，163）和沃米斯（Wormius，184）。这里，作者对于人物形象做了"反英雄"化的艺术处理，极尽挖苦、嘲讽之能事。

　　下面一段是作者以卫斯特的口吻，对德纳姆的《库柏山》中诗句的滑稽模仿。通过这种对优秀诗歌进行拙劣的滑稽模仿，一来可以表现出蹩脚诗人卫斯特缺乏理性、违反自然的创作风格，二来表达了蒲柏对卫斯特低级、拙劣的艺术作品的嘲笑和轻蔑：

> 唠叨吧，卫斯特！就像激发你灵感的啤酒，
> 陈酿，却不香醇；淡薄，但不清澈；
> 如此的甜得发腻，如此的平淡无味；
> 猛烈却没有力度，充满泡沫却只有半杯。（Ⅲ，163-6）

让我们比照德纳姆的《库柏山》中第 188 行至第 191 行与之相对应的诗句，[1] 作者的反讽意味便可以得到充分的领略和体会，请看：

> 哦！多渴望我的歌，像你的清泉一样流淌，
> 我永恒的旋律，成为我的榜样。
> 幽深却很清澈，温柔而不迟钝；
> 有力却不狂暴，丰富而不过剩。

在蒲柏妙笔生花的滑稽模仿中，卫斯特的诗句与《库柏山》原有的艺术效果完全相反。虽然从表面的形式上保持了德纳姆原诗句的平衡和对称，但从意义上和内容上却完全颠倒过来，处处都是冲突和矛盾，就连象征着诗歌的清泉到了卫斯特那里，也变成了发出怪味的、浑浊的啤酒。

在牛津大学一间灰蒙蒙的房子里，读者看到了另一位作家。在诗中他被化名为"沃米斯"（Wormius，Ⅲ，184）：

> 他是谁？在那房门紧闭的密室里，
> 一张阴沉的脸上布满了学问的灰尘？

---

[1] 参见 Butt, John, ed. "The Dunciad", *The Poems of Alexander Pope*, London：Methuen & CO LTD, 1963, p. 410。

　　这里所暗指的其实就是当时编辑了好几本中世纪典籍册子的古文献研究者赫恩纳。① 沃米斯向读者展示出来的是一种与时代完全不同的、与常理相左的古怪文风。这时，诗句有意采用直接对话的形式，模仿中世纪那种咬文嚼字的语言，读起来晦涩、古怪、难懂：

　　　　'Right well mine eyes arede the myster wight,
　　　　On parchment scraps y-fed, and Wormius hight. （Ⅲ，183 -
　　4)②

　　很显然，作者凭借着他那高超、精妙的作诗技艺和语言天赋，活生生地呈现给了读者一个个愚人的形象。蒲柏极尽嘲讽之能事，通过对语言本身进行恰如其分的模仿，巧妙地突出他们各自不同的文字风格和特征。正是由于作者的巧智使得他在对于这些低劣材料的运用中，仍然能够保持自身的平衡、得体和优雅。
　　诗歌中，瑟托假惺惺地模仿着父亲的声音吩咐他的子孙们，希望每个人都能够分享到一点牛顿智慧的光芒或培根的理性和知识：

　　　　啊！就给一次不朽的赐予吧，就一次，
　　　　牛顿智慧的光源，培根理性的理智！(Ⅲ，215-6)

　　这里"Light"一词兼指牛顿创造的光学原理以及他带来的科学理性之光。科学的目的和作用是要擦亮人们的眼睛，给他们被蒙蔽的心灵带来启蒙和理性。无不具有讽刺意味的是，愚昧女神与她的儿孙们

---

① 作者在诗的注解中说明，这里 Wormius 是一个编造的名字，它实际上是指古籍研究者托马斯·赫恩纳（Thomas Hearne）。参见第 184 行的注解：Butt, John, ed. *The Poems of Alexander Pope*. London: Methuen & CO LTD, 1963, p. 412。
② 这里的诗句为了真实反映出诗中刻意模仿的中古文字，使读者领悟其中的讽刺效果，故不做翻译。

的目标和作用却恰恰相反，他们代表和追求的是黑暗和愚昧。

瑟托装模作样地告诫大家："愚人们，你们要学会不要嘲笑上帝！"（But learn, ye Dunces! Not to scorn your God. 222）。霎时间，瑟托俨然成为了智慧的传播者。然而，蒲柏故意让这句格言般的警句从这样一个愚人嘴里说出，如同维吉尔在《埃涅伊德》中让同样的话从一个邪恶之人（Phlegyas）口中说出一样，[①] 在这种平行模仿的暗示之下，使读者无不感受到了其中那充满的嘲讽、鄙夷的意味。果然，读者看到，理性之光还没有来得及穿过他那幽暗、漆黑与顽固的心灵，就昙花一现，马上被席卷过来的乌云遮蔽得严严实实。于是，这位先生欢欣地说："看哪！愚昧女神和她的儿孙们所赞美、着迷和羡慕的，就是不受自然的约束和不被艺术熏陶的愚昧心灵。"（Ⅲ，226-8）

接下来，在瑟托的幻觉中，一个《启示录》里的新世界模型被搬到剧院里上演了。这个场景的描写源于当时英国社会上流行着哑剧与滑稽剧，里面表演种种怪诞、奇异、不合逻辑的宏大场面与夸张情节，但它们却获得了极大的成功，这表现了当时的英国剧院追求高、空、大的低级艺术品位。它们与外来的意大利歌舞剧一起，将威胁着英国的传统剧目。瑟托热心地向他的"儿子"宣布，愚昧女神将带来一个辉煌灿烂的新世界的诞生！下面描写的是瑟托在幻觉中观看到的剧中情节：

> 只见一位身着黑袍的魔术师站起来，
> 他的手中飞快地舞动着一册书卷；
> 突然，女怪嘶嘶作响，群龙怒目闪烁，

---

① 参见对第 222 行的注解：Butt, John, ed. *The Poems of Alexander Pope*. London：Methuen & CO LTD, 1963, p. 415。

十角魔鬼和巨人族冲进战斗。

这时山包隆起，天空下塌，大地翻动，

神灵，小鬼，妖怪，音乐，怒火和嬉笑，

火灾，快步舞，战争，舞会，混为一团，

直到一场大火把一切都吞没。

于是一个新世界，与自然法则背道而驰，

迸发出一片另类的天地，耀眼辉煌：

另一个月亮女神踏上新的征途，

别样的行星围绕着新型的太阳：

森林跳起舞蹈，江河通通倒流，

鲸鱼在森林里玩耍，海豚飞上天空，（Ⅲ，229-242）

原来，这即将到来的所谓新世界是一个完全抛弃自然法则、没有秩序的世界。这里所描写的大量剧中情景刚好影射了蒂博德的剧作——《普洛塞尔皮娜女神遇劫记》（The Rape of Proserpine，1725）。该戏剧充满着大量荒唐、可笑、不可思议和不合情理的描写。比如地狱上升、天堂下降；森林跳舞、河流升天；鲸鱼在森林里漫游，海豚在天空中飞翔，等等。总之，到处都是黑白颠倒、混乱不堪、违背自然的景象，好像整个世界全部都被颠倒过来，统统都乱了套似的。作者在对第 233 行的注解中明确指出："实际上，这里表现的巨大荒谬就发生在蒂博德的《掠夺普洛塞尔皮娜》里情景。"这使得我们想起贺拉斯在他的《诗艺》中，就曾经嘲笑过那些不合时宜、背离自然的艺术作品，而蒲柏则在《论批评》中对这位前辈的文艺思想也做过非常精辟的复述和阐释。归根结底，《群愚史记》里描写的种种荒唐、怪诞、超自然、非理性和不协调现象，统统都表现为对自然法则的违背（to Nature's laws unknown，Ⅲ，237），它们将导致宇宙自然、理性、和谐与秩序的彻底毁灭。

　　舞台表演的荒诞剧画面继续着在瑟托梦幻般的预言中闪现，但它们荒谬、滑稽和不真实的本质变得越来越明显。在瑟托想象性的描绘中，一连串未来不真实的幻影不断地晃荡在他的眼前，他仿佛看到在愚昧女神和她的接班人蒂博德的领导之下，文明世界变成了一个巨大的舞台，上演着愚人们的各种幻想和白日梦。每一个人都可以自行其是、任意妄为，无视于一切法则和规定，将自然、明智、文雅、适度、得体、秩序等一切有价值的东西视如敝屣，统统抛弃在脑后。此刻，读者看到的是群愚横行、理性颠倒、艺术沉沦和道德堕落，好一派混乱、无序与黑暗的末世景象啊。蒲柏通过对古典史诗进行戏拟的艺术手法，向读者展现了一个荒诞、离奇、破碎和堕落的戏剧性黑暗世界，制造了一个巨大的反讽。

第二节　幻灭的体验

　　蒲柏对于当时的二流文人、作家的强烈鄙夷、蔑视和咒骂，以及对他们那些肮脏、龌龊、令人作呕行为的描写，使得他在当时被有些批评家指责为纯属发泄个人私恨。无疑，蒲柏在《群愚史记》中将靶子对准他文坛上的某些宿敌，其中包括批评家丹尼斯（John Dennis，1657-1734）、[①] 吉尔敦（Charles Gildon，1665-1724）[②] 等人，从而也发泄了他的一些积怨；那些曾恶意取笑过蒲柏残疾的格拉布街的蹩脚文人和势利书商们，在这里也遭到了无情的嘲弄和回击。但是，蒲柏并没有将他的创作目标局限于此，而是超越个人情感，表达了一种对

---

　　① 丹尼斯为英国戏剧家、诗人，尤其是一位批评家，他甚至有时被看做英国文学史第一位批评家，两人曾经相互批评、指责，从而产生矛盾与争吵。See Pat Rogers, *The Alexander Pope Encyclopedia*. pp. 83-85. See also Maynard Mack, *Alexander Pope: A Life*, pp. 178-180。
　　② 吉尔敦为英国戏剧家和批评家，因嘲笑和攻击过蒲柏，故两人之间产生过节。See Pat Rogers, *The Alexander Pope Encyclopedia*, pp. 138-139. See also Maynard Mack, *Alexander Pope: A Life*, pp. 148-149。

于整个 18 世纪英国文艺界乃至全社会的深度关注，这种对于文艺价值以及英国整个社会、文化的关注和忧患意识，是蒲柏与他同时代的其他作家和诗人所共有的。《群愚史记》实际上是对当时文艺创作以及批评标准和水平的下降和堕落的抗议和声讨，因为，在作者看来，伴随着艺术价值的下降和贬低，将导致人们在思想、道德价值方面的滑坡和堕落。蒲柏看到了资本主义商业对文学、艺术的入侵和腐蚀并为之痛恨，因此，他猛烈地攻击以格拉布街为象征的新闻、报章和杂志界的那些低俗、伪劣的雇佣文人和书商们。当然，他个人的积怨也加大了他讽刺和抨击的力度。然而，从真正意义上来说，正如他本人在诗歌的序文之一中所解释的：这首诗的创作目的并不是为了要攻击那些令人可鄙的文人与作家，而诗中之所以提到并抨击了那些文人与作家，只是为了更好地满足创作这首诗本身的需要。①

　　1741 年蒲柏在《群愚史记》前三卷的基础上增写了第四卷，并将它们再次结集出版。他改编并重新出版这部讽刺史诗时有着明确的目的性和针对性。当时，以辉格党代表的新兴商业资产阶级的利益掌握了政府。英国政府长期处在首相沃波尔的控制之下致使他独揽大权，与王室与朝廷官员沆瀣一气大搞不正之风，投机贿赂。②蒲柏曾在《道德论》（*Moral Essays*，1731－1735）中对以沃波尔政府为代表的辉格党腐朽政权进行过严厉谴责。《群愚史记》不仅对格洛勃街所象征的庸俗文学观和城市流行的金钱至上观进行了嘲讽与抨击，而且还对宫廷官员以及王室成员的腐败和堕落，也做了大胆的揭露和讽刺。蒲柏反对社会上一切不符合文明与道德的罪恶现象，他主张，诗人的任务就是揭露和批判那些背离自然、理性、秩

---

① 参见 Butt，John，ed. "The Dunciad"，*The Poems of Alexander Pope*. London：Methuen & CO LTD，1963，p. 433。

② 关于英国在这一段的历史和社会状况的记载，详见肯尼思·O. 摩根主编《牛津英国通史》，王觉非等译，北京：商务印书馆，1993，第 382～395 页。

序等不道德的行为和观念，诗歌的目的就是为全社会、全人类的文明进程服务的。

一　"建立一个强大的群愚王国"

《群愚史记》第四卷描写了一个失控、混乱，遭到彻底毁灭的现实世界，将读者拉回到了史前那无边无际的黑暗深渊，使他们重新经历了一次末日降临的恐惧。那扑面而来的混沌与黑暗所导致的全面性毁灭向读者表明，蒲柏所崇尚和追求的艺术价值和道德理想离我们越来越远。"蒲柏有着无比强烈的感受是能够被理解的，他在亲眼目睹着整个英国社会与文化正在走向衰亡和遭遇根本性摧毁"。① 蒲柏在1739 年初写给他的好朋友斯威夫特的信中说："你劝我保留原有的抒情诗风格恐怕无效了。……即使写，我也会注重诗歌的思想价值而不仅仅是形式。自从我的'抗议'发表以来，（我这样称我的《1738 年对话诗》）我仅仅写了十来行诗……它们将放进我即将出版的新《群愚史记》里。"② 蒲柏在《1738 年对话诗》的最后一个注解里记载了他"对不可抑制的腐败和道德堕落的抗议"，并为自己在有生之年看到这些而感到无比痛苦。③ 这说明，曾经幻想以艺术的手段来改良社会和警示人类的蒲柏，已经失去了往日的乐观和自信，他对于人性、社会和道德的观察与思考，也显得更为阴郁、沉重和更具悲剧性色彩，可以说，《群愚史记》对末日灾难场景的模拟，表达了诗人内心彻底幻灭的体验。

第三卷以一个象征性的情节作为结尾。在群愚把整个世界一步步

---

① Novak, Maximillian E. *Eighteenth-Century English literature*. London: Macmillan, 1983. p. 96.

② Alexander Pope, "189 Swift", in Erskine-Hill, Howard. ed. *Alexander Pope: Selected Letters*. Oxford University Press, 2000, pp. 296–298.

③ See Alexander Pope, "189 Swift", in Erskine-Hill, Howard. ed. *Alexander Pope: Selected Letters*, p. 300.

推向黑暗和毁灭之际，蒂博德狂呼着穿过了"象牙门"（Ivory Gate，Dunciad：Ⅲ，358）。顿时眼前的幻象全然消失（the vision flies，Dunciad：Ⅲ，358），他从梦幻中醒来。象牙门的典故早已有之，它传统上指虚假、不真实的梦境，维吉尔在《埃涅伊德》第六章第893行至第896行，就曾对它做过描述。

如果说，作者在1718年版前三卷的结尾描写了"从梦幻中醒来"的情景，给读者对未来的憧憬与想象留下一条出路，暗示着获得拯救的可能（如同《失乐园》中亚当对世界和人类获得拯救的向往那样）；那么，在十几年之后再版的《新群愚史记：发现于1741年》（*The New Dunciad: As it was Found in the year 1741*）里，蒲柏对于新增的第四卷却做了特别的强调和说明：第四卷是对前一卷中对未来种种预言的履行和完成（The Completion of the Prophecies mention'd at the former）。就这样，作者将他给读者留下的最后一点幻想彻底打破了。

第四卷一开头，诗人向诗神再次发出虔诚的祷告（Invocation），[①]请求她给诗人留下最后"一线微弱的光亮"（One dim Ray of Light，Ⅳ，1），使自己可以在"隐约可见的黑暗"中（Darkness visible，Ⅳ，3）把某些重要的事件歌颂完毕。这里的描写把我们拉回到弥尔顿的地狱中，在《失乐园》里，就有着这样类似的描写："从这些熄灭的火星里，隐约可见的黑暗。"（from those flames no light，but rather darkness visible，Ⅰ，62-3）[②] 这时，可怕的混沌与永久的黑暗在酝酿、猖狂和横行，一个新的世界将建立起来，重新回到混沌、愚昧的罪恶时代：

---

① 参见诗歌中的注解：Butt，John，ed. "The Dunciad"，*The Poems of Alexander Pope*. London：Methuen & CO LTD，1963，p. 765。

② Milton，John. *Paradise Lost*. Book One. Gordon Teskey，ed. London：W. W. Norton & Company，Inc.，2005，p. 5.

肆虐吧，可怕的混沌，永恒的黑暗！

……

耽于幻想的先知预测到了疯狂时刻的来临：

混沌的胚芽和黑暗的种子在慢慢孕育，

将秩序打乱，将光明熄灭，

打造一个迟钝、污浊的新世界，

带回到愚昧、混沌的原始时代。（Ⅳ，2-16）

作者对上述的第 14 行诗句 "To blot out Order, and extinguish Light" 作了如下详细的注解：愚昧女神的使命有两个；一个是代表混沌之女（daughter of *Chaos*），另一个代表黑暗之女（daughter of *Night*）。*Order* 在这里应被作为广泛的理解，即包括道德秩序和社会秩序，对于社会而言是指等级的高低之分，对于个人而言是指真理与虚伪的区别。而 *Light* 则是单指思想领域，即智慧、科学和艺术。

上一句诗中所使用的寓言性比喻在下一行中得到了延续，诗中对于所谓新世界做了这样的描述，"Of dull and venal a new World to mold"。这里 *dull* 所喻指的是"科学之光的熄灭"，*venal* 则指的是对秩序或真理的破坏。

愚昧女神登上她的宝座，她的头被乌云笼罩着，她统治下的牺牲品在她足下呻吟，它们是：科学、巧智、逻辑、道德、诗歌、艺术等，它们或被折磨，或被流放，或被谋杀。这时，在这个新产生的混沌世界中出现了一个象征性人物。她是一个意大利歌舞剧里的角色，在剧中她穿着五花八门的服装到处穿行，口里一边背诵着离奇古怪的词句。前面曾提到过，蒲柏很反感外来的戏剧，认为它们破坏了英国戏剧的优秀传统，是对良好艺术趣味的败坏。这里，蒲柏让意大利舞剧角色的嘴里发出一连串怪异、破碎、短促的声音，乱七八糟，毫无意义，似乎要"让分割音主宰一切"（Let Division reign），形成一片狂欢的混沌，如下①：

In quaint Recitativo spoke
O *Caro*! *Caro*! Silence all that train：
Joy to great Chaos! （Ⅳ，53-4）②

　　愚昧女神发出启示般的谕旨，越来越多的愚人似乎被她那超强力的旋涡卷入，汇集到这里，臣服于她的脚下。这些人中有贵族赫威（Lord Hervey，1696-1743），在诗中他被称为纳斯瑟斯（Narsissus，Ⅳ，103），他曾赞助了《西塞罗的生平》（life of Cicero，1714）一书的编写；还有就是编辑了著名的莎士比亚牛津版的托马斯汉默爵士（Sir Thomas Hanmer），即诗中所说的蒙塔托（Montalto，Ⅳ，105）。趁着这个大好时机，愚昧女神宣布了她的编撰原则：尽量找出原作的错误，用自己的语言进行全面重写和改写，把原作彻底纠正！

　　愚昧女神的一条重要学术原则就是"物质至上"。在她的文艺标准里，文学写作就如同堆砌砖块那样，变成了一个可机械操作的、具有实用价值的行业，而文学与商品一样，可以根据商品供求关系的规律来进行。这种情形与物欲横流的现代社会里大众消费文化满街流行与泛滥，而精英文化却在日渐衰退的现象倒颇有几分相似。

　　于是，无数的社会各界人士包括书商、文人、政客、批评家、教育家和神学家们等，全都蜂拥而至，争先恐后地向她汇报，大家互相讥笑，各不相让。一个幽灵冒了出来，他就是著名的威斯敏斯特学院校长巴斯比博士（Dr. Busby）。他以实行严厉、极端的教育规范和制

---

① 诗歌这里对分割音（Division）的注解如下：它喻指音乐中的一种虚假趣味，它玩味于将音乐分成无数的细小部分，而不顾及在意义和情感上的整体和谐。参见 Butt，John，ed. "The Dunciad"，*The Poems of Alexander Pope.* London：Methuen & CO LTD，1963，p. 769。
② 为了让读者更加真实感受到诗歌对意大利舞剧中角色发出的怪异声音的模仿，故此处不做翻译。

度而著称，主张灌输僵化的知识，抑制思想和能力的自由发展。他开始了发言：

> 因而，自从人类从畜生进化而来，
> 词语是人的学习范围，教育的唯一。
> 当理性困惑，如同萨摩斯岛字母，
> 给他指出两条道路，越狭窄越好。（Ⅳ，149–52）

巴斯比校长认为，人们生下来要学习的无非就是语言、文字，那么，我们就只需要教他们识字、说话即可。他的教育理论是：当学生不理解词语的内涵和意义时，教给他们两种方法就行了，越狭窄越好（the narrower is the better，Ⅳ，152），那就是死记硬背、专攻语言。假如谁要展开想象的翅膀，胡思乱想，我们就约束它，进行层层封锁，让他们使劲背诵古典著作，把脑袋填得满满的。这样他们就停止自由发挥的思想，一辈子都关在词语的牢笼里，只需玩弄辞藻、练习会话即可。凡是有才能的人，或是任何的发明创造者，我们统统给他的心灵套上枷锁（hang one jingling padlock on the mind，Ⅳ，162）。这里对语言文字的过分强调，与 20 世纪以来所流行的结构主义语言学家和哲学家们的学说颇有类似。通过对巴斯比校长讲话的滑稽模拟，诗歌表达了对当时腐败、僵死教育理念和制度的讥笑与讽刺。

巴斯比的这番讲话引起了愚昧女神的回忆。那是在詹姆斯一世的时代，国王本人就是一个迂腐的学究，他信奉使用神权（RIGHT DIVINE，188）来衡量和约束一切对与错，因而受到愚昧女神的赞赏。那些愚昧的学究们一齐响应她的观点，都围绕在她身旁随时恭候她的派遣。他们中的发言人是一位古代批评家阿里斯塔修斯（Aristarchus，Ⅳ，210），他曾评论和修订了荷马史诗。因此"Aristarchus"一词在现代英语里成为"严厉的批评家"的代名称。

作者在这里借用阿里斯塔修斯的名字，来影射理查德·宾利，当时英国一位最为著名的古典学家，前面我们已经提到过，作者正是借用宾利的名义对愚昧女神这个名称做了补充注释。作者借以"斯克里布莱拉"的口吻无不嘲讽地在注解中说：我们的作者之所以采用这么一个伟大的名字来比喻和赞扬这位出色的教授，是因为这位教授对于表扬他本人的这一段没有进行评注，因此我们在这里尽可能地作点补充。①当时，宾利曾是贺拉斯和弥尔顿作品的编注人，《群愚史记》中多处模仿他的语气并以他的名义作出注解，以对他那烦琐、挑剔、吹毛求疵的注释风格进行影射和讽刺。这是对宾利的描写：

> 精力充沛的注释家，你不厌其烦，
> 让贺拉斯乏味，让弥尔顿黯淡无光。（Ⅳ，213-4）

由于宾利不厌其烦的注释和大量的补充说明，使得贺拉斯的《诗论》读起来索然乏味，使弥尔顿的史诗变得粗陋不堪。两位大作家原初的目的是要创造优雅、美好的诗的意境，而经过批评家如此烦琐、冗长的注释之后，诗歌的原汁原味丧失了，反而变成了乏味的散文。

宾利的另一个特点就是喜欢用显微镜式的挑剔眼光来看待作品（The critic Eye, that microscope of Wit，Ⅳ，233）。他在进行编辑和注释的时候，过分追究作品的细枝末节（Sees hairs and pores，Ⅳ，234），而不顾及各个部分之间的连贯和协调，更不注重从整体上去把握结构的和谐与思想的统一（The body's harmony Ⅳ，235）。诗歌通过这样的描写，更加突出了宾利的迂腐和学究气。

诗中列举了许许多多值得讽刺的对象。比如，两位仿古硬币收藏

---

① Butt, John, ed. "The Dunciad", *The Poems of Alexander Pope*. London: Methuen & CO LTD, 1963, p. 769.

家；两个幼稚、无知、肤浅的学生，他们分别学习园艺和昆虫；一个自由神论的牧师，他认为人的理性是认识上帝的唯一途径；还有一位刚从欧洲大陆游历回来的青年。这些人都是自以为是或刚愎自用的庸才，是当时片面、狭隘的教育体制和观念培养出来的结果。愚昧女神决心把人类的思考能力变得狭隘、片面和极端，因此，每一个愚人都以不同的方式表现出不同程度的自我迷恋和自我陶醉。他们目光短浅，故步自封，把自己局限在于一个狭窄的领域和个人的目标中，而不把事物放到一个更加广阔、更加远大的领域中去思考。这些愚人的行为都表现出他们只是从局部观察自然、看待自然，即从整体上忽略了创作者所要表现的主导风格和精髓，从而违反了真正的自然。在神圣、宏观的宇宙体系的整体观照下，仅仅关注这些发生在物质世界的支离破碎的小事，都是对《人论》中曾论述的理性、自然、和谐与秩序的背离和颠倒。

下面是对一位表情"阴沉的教职人员"（gloomy clerk，Ⅳ，459）的描写。他表示：不相信神秘启示、怀疑上帝、不盲目信仰。他还认为，人们可以靠数学方法来计算道德的消亡速度。就这样，在各种理性主义学说的迷雾中，他陷入了极端教条主义的唯理论。

> 发誓与迷信为敌，自己却神秘隐晦；
> 他虔诚地渴望看到某一天
> 当道德将彻底腐朽与堕落，
> 谴责信仰，咒骂神圣，
> 生搬硬套，乐于教条。（Ⅳ，460-4）

然而，这位盲目追随理性的教职人员的一席话，却从一个侧面说出了作者内心所崇尚和主张的价值观念。他这样说道：

让人们迈着小心谨慎的步伐吧，

积累平常的经验打下坚实基础。

依靠常理去获取普遍的知识，

最后顺应自然，走自然之路。（Ⅳ，465-8）

　　需要指出的是，蒲柏虽然一直崇尚理性，但并不希望走向极端的唯理论。他所主张的，是从古代文明的优良传统中吸取营养和精华，并根据我们对自然客观世界进行的观察和思考来认识事物，扩大我们的知识面，加强我们的判断力，而不是简单、机械地照搬前人的各种经验和理论。一句话，就是要遵循自然，以自然作为判断事物的最终标准。"自然"并非单指外部大自然环境，而是指自然法则（natural Law），它主要指自然天生的人性，即人情事理之常。因此，蒲柏所强调的自然就是合乎人的常识或理性。而这种合乎理性的自然同时也是上帝的自然，它代表着宇宙的和谐与秩序，是人们在社会生活中表现出来的明智、得体与适度的体现，也是中庸道德的要求。

　　然而，这种以"自然"为基石而建立起来的道德观和价值观，与愚昧女神所主张、所推行的路线完全背道而驰，其蕴涵的道德理想在愚昧女神那混沌与黑暗的世界里当然是无法实现的。因此，在诗中，她的影响力最终以"一个老巫师举起他的杯子祝愿"（With that, a WIZARD OLD his Cup extends，517）达到了高峰。这个举动象征着众愚人对愚昧女神的效忠。作者对于杯子（his Cup）的注解是："自私之杯。"（the Cup of Self-love，517）①

　　所有的人都聚集在了愚昧女神的周围，并举行了最后的狂欢般的

---

① 作者在注解中对"自私之杯"进一步解释：它导致对友谊、荣誉和对上帝与国家的责任和义务的统统忘记。这一切价值都成为虚荣、阿谀奉承，甚至更加卑微的追求如钱财、享乐的牺牲品。参见 Butt, John, ed. "The Dunciad", *The Poems of Alexander Pope.* London：Methuen & CO LTD, 1963, p. 793.

仪式。愚昧女神模拟国王或大学校长的样子，分别给众愚人授予头衔和级别。在仪式的结尾，她对众愚人发出呼吁和祝愿："我的子孙们，你们要骄傲、要自私、要愚昧！"（Ⅳ，581-2）最后，她命令大家统统赶去完成一项伟大的使命——"建立一个强大的愚昧王国！"（And MAKE ONE MIGHTY DUNCIAD OF THE LAND! Ⅳ，604）。这一行诗全部采用大写字母，以突出夸张、强调的语气以及故作庄严、神圣的态度，刻意渲染一种史诗般庞大、隆重的气氛，使蕴涵其中的反讽意味得到了充分的显露，强烈的讽刺效果发挥到了极致。

二 "寰宇黑暗将一切全埋葬"

群愚在愚昧女神的鼓动下，在众声喧哗中将气氛推向了一个高潮。就在此刻，愚昧女神忍不住打了一个大大的呵欠。瞌睡和打呵欠的行为在第二部里曾经描写过，让我们回顾群愚们在"保持清醒"比赛中的滑稽场面，他们经不住那乏味、冗长诗句的折磨，最后纷纷打起呵欠和瞌睡来：

> 文字一个接着一个轻轻爬行，理性休眠，
> 朗读中人们伸懒腰，打呵欠，打瞌睡。
> 头重脚轻的松树在微风中前后摇摆，
> 它们时而抬头，时而弯腰，
> 时而挺立，时而前俯后仰，
> 如同呼吸，或停顿，或喘息。（Ⅱ，357-362）

读者看到，众愚人在愚昧女神那阴沉、幽暗的影响力作用之下，开始昏昏欲睡起来。他们纷纷伸懒腰、打呵欠，左右摇晃，东倒西歪，好似疲倦的上帝在给大家传递着催眠的信息。

这里，愚昧女神的呵欠如同一个英雄史诗般的壮举，它就像一阵

狂风刮过大地，具有超神圣的、遍及全球的传染力，顿时引发了思想与行动的全面瘫痪。在愚昧女神具有传染性的呵欠作用之下，整个宇宙世界都开始打起了盹，她的催眠像将无数条射线扩散并覆盖到了整个国内甚至国外。这里蒲柏用无不充满揶揄、嘲弄的口吻说道："有哪个凡人能够抵挡得住神的呵欠呢?"于是，这种类似于传染性疾病的影响迅速、广泛地蔓延开来，全国上下顿时都陷入昏迷状态。首先，受到感染的是那些最具有权威性的教堂（Churches and Chapels，Ⅳ，607），读者可以从头韵的运用体味出它的反讽，接踵而来的是大学学院、政府机关和军队。我们看到，大学会堂里的人们都变得神志不清，在毕业会上打着呵欠，说不出话来；蒸汽般的影响力笼罩着每个职能部门，那些官员们还没有完成谈判条约就开始发困，一个个在办公室里昏睡过去（in each Office slept，Ⅳ，616）；还有群龙无首的军队在战争中开始打盹，海军舰队也在苦等着陆地向他们发出靠岸指令，哈欠连连。我们联想起第一卷开始不久描写过的"昏睡"意象："沉睡中一堆不可名状的东西"（Where nameless somethings in their causes sleep，54），它隐含的寓意正是"愚昧与堕落"，象征着上帝创造宇宙之前的混沌与黑暗。而关于"上帝的呵欠"（the Yawn of Gods，Ⅳ，606）这一举动，模仿了荷马史诗的典型叙事手法，[①] 它用来作为一个故事情节的结束，是一个具有象征意义的举动，影射整个英国社会各个领域的昏庸、腐败和无能。

诗人再次向诗神缪斯请求，请求她允许自己叙述完整个事件发生的来龙去脉，可是，话音未落，愚昧女神的黑暗迅速笼罩了他和他的诗歌。这便呼应了诗的开头诗人对诗神发出的呼告——留下最后"一线微弱的光亮"，好让他完成他的诗歌。可是：

---

① 参见对第 606 行的注解：Butt, John. ed. "The Dunciad", *The Poems of Alexander Pope*. London: Methuen & CO LTD, 1963, p. 797.

理性和羞耻、正确和错误被渐渐淹没——

啊唱吧，让人们在你的歌唱中安静聆听！（Ⅳ，625-6）

　　大地一片寂静和漆黑，道德、艺术、思想、灵感的火花，都在羞愧中慢慢熄灭，无论是理性还是羞耻、正义还是错误的声音，全部被黑暗统统淹没！这里，作者在诗句中间使用了一排星点符号，以割断与上面诗行的连贯性，让读者似乎感到了那可怕的黑夜正铺天盖地而来，再也没有任何光亮残留。这时诗神缪斯也无能为力，只有屈从和退却，于是她悲叹：

徒然啊，徒然，——人类所有的杰作

全都化为虚有：诗神也屈从于淫威之下。（Ⅳ，627-8）

　　此时，诗人在恐惧中隐约看到了那可怕的愚昧女神正在一步步逼近：

"她来了，正在逼近！她那昏暗的王国

笼罩在那原始黑夜和古老的混沌之中"！

在她的神威面前，想象的金色云朵衰败，

它那五彩缤纷的美丽彩虹消失殆尽。

智慧之火顷刻间迸发即成枉然，

如同流星划过天空，昙花一现。

如一颗颗恒星，在美狄亚的魔咒中，

被驱逐着从广袤的天空中陨落；

如阿耳戈斯遭受了赫耳墨斯的棍棒

那一只只明亮眼睛，永远闭上；

就这样她步步逼近，散发着神秘威力，

艺术之光——熄灭，沉陷入无边黑夜。（Ⅳ，629-640）

　　上面的情形使我们联想起《夺发记》里的描写。贝林达的卷发经过诗人的艺术变形，超越世俗凡尘的障碍，飞升到了一个更高、更神圣的领域——艺术的领地。故事的最后眼看着将要以狂乱与毁灭告终，但就在这关键的一刻，诗人让诗神缪斯的灵感闪现，顿时贝林达的美貌在艺术家富于想象的妙笔底下成为定格，获得了永恒的生命。诗人借此告诉人们，现实生活中的种种荣耀、美貌、财富等等都是短暂的，都会稍纵即逝，但艺术的生命力是经久不衰的，诗歌的魅力是永恒的。可是，这一次同样是在诗的最后，宇宙将要遭受灭顶之灾之际，就连诗神也无能为力、爱莫能助，也挽救不了世界的崩溃、宇宙秩序的颠倒以及世界末日的来临。可见，曾经幻想着依靠艺术的手段来启发人类和改良社会的蒲柏，此时显然没有了往日的自信和乐观。这里，在他充满悲愤和绝望的笔下，所有的艺术、政治、正义、道德、文化、宗教和哲学等，统统都无济于事，全都抵挡不了黑暗、混乱、无序和愚昧的强大势力的反攻倒算，一切将被彻底葬送和毁灭，化为乌有。

　　在上面这段诗里，作者运用了古典神话中的典故来表现在愚昧女神的淫威之下，大地是如何趋向黑暗、全面进入昏睡状态的精彩过程。比如，在希腊神话中，著名的美狄亚（Medea）以巫术著称。在她的可怕曲调（strain）中，人类智慧的星星渐渐陨落，从广阔无边的天空中消逝；又比如，知识和艺术的光明如同希腊神话中的百眼巨人阿耳戈斯（Argus）的眼睛，然而，它们在赫耳墨斯（Hermes）无情的棍棒之下，一只只永久地闭合。赫耳墨斯是奥林匹斯山众神之一，他负责为众神传递信息，这就为下面将要发生的事件做了预设和铺垫，那便是，神秘、黑暗的恶势力正在一步步逼近，各种艺术将遭受全面破坏和毁灭，最后，大地陷入沉寂，一切将回归到原始的黑暗与虚无。

不出所料，全诗以群愚们的全面、辉煌胜利而告终，整个宇宙世界又回到了上帝创世之前的黑暗与混沌状态：

只见真理逃之夭夭，回到老洞穴，
伪辩论铺天盖地、压在了她头上！
哲学，原本有上帝的撑腰，
如今退居二线，不见踪影。
医术向玄学哀求保护，
玄学向理性申请救援！
又见迷信向数学飞奔，
枉然啊！它们瞪眼、眩晕、咆哮，直至完蛋。
……
看！混沌，你已恢复可怕的帝国；
你破世之言熄灭了圣灵之火；
你那巨手让大幕落下来；
寰宇黑暗将一切全埋葬。[①]（Ⅳ，641–656）

愚昧女神和群愚终于在人间得了势，将整个宇宙都埋葬在黑暗之中。如同弥尔顿《失乐园》里罪恶的撒旦和众魔鬼一样，实现了他们将黑暗与死亡重新带回宇宙世界的险恶目的。至此，蒲柏内心的愤懑与不平，终于在他那善于讽刺的诗歌艺术中得到了极大的宣泄，达到了顶峰。

《群愚史记》表现了蒲柏那绝妙、高超的作诗技艺，仿佛是对他

[①] 最后四句译文引自安德鲁·桑德斯《牛津简明英国文学史》，谷启楠等译，北京：人民文学出版社，2000，第430页。

献给牛顿的那首墓志铭予以的无与伦比的诗化阐释和精彩注释。让我们再重温一下这两行诗的深刻内蕴：

> 自然和自然法则在黑暗中隐藏，
> 上帝说："让牛顿降生！于是一切全被照亮"。①

　　这里，"黑暗"喻指人在思想和观念上的落后和蒙昧状态，而以牛顿为代表的自然科学新发现、新知识则给人类带来光明和启蒙。人类要扫除黑暗和愚昧，使头脑和心灵明亮起来，就必须认识自然、遵循自然法则。而上帝作为世间万物的造物主，为这一切提供了一个神圣的基础，他是整个宇宙秩序的最高主宰者。《群愚史记》采用戏仿英雄体史诗的体裁，以充满反讽的叙事手法，在对"光明与黑暗"意象的运用中，表达了作者对启蒙和进步的推崇，对愚昧和堕落的反对。

　　《群愚史记》所控诉与鞭挞的，不仅是文学、艺术价值的沉沦，同时也是社会道德价值的堕落和退化。它表面上描写的是充满滑稽、荒唐与可笑的情节和事件，实际上却反映了作者对于道德严肃的思考和对社会严厉的谴责。现代社会中的种种腐败、黑暗现象在古代英雄事迹的衬托下使我们不由得感慨万分：作者所属时代的人们在思想上和道德上如此的退化和堕落，与古代英雄们的伟大理想和崇高追求相比是多么的相去甚远啊。

　　《群愚史记》中的愚昧女神是一个代表着混沌与黑暗的道德隐喻，对群愚种种龌龊行为的描述影射了当时文学、艺术以及道德领域的肮脏与堕落，群愚首领对末世的幻想揭示了愚昧女神和群愚荒

---

① 参见 Butt, John ed. *The Poems of Alexander Pope*. London：Methuen & CO LTD, 1963, p. 808。原文是：Nature, and Nature's Law lay hid in Night, God said, Let Newton be! And All is Light。

谬、虚假的本质；诗歌最后对末日灾难场景的模拟则表达了诗人内心幻灭的体验。《群愚史记》以反讽的艺术形式，通过揭露和谴责18世纪英国文坛的虚假、庸俗和腐败现象，构成了对现代文化的第一次重要批评。

三 幻灭的体验

蒲柏从创作《群愚史记》到1742年对它进行修改的同一时期，即从1733年开始到1738年的这段时间里，他还创作了"仿贺拉斯诗札"（Imitations of Horace）多篇，这些都属于他的讽刺诗歌系列。前面提到过的《致奥古斯都》（First Epistle of the Second Book of Horace：to Augustus，1737）便是其中之一。

1738年的对话诗《跋讽刺诗》（Epilogue to the Satires，1738）是仿贺拉斯讽刺诗系列的最后一篇，由两个对话诗组成。诗歌中以对话和辩论的形式展开，主要在代号为"Fr."（朋友）的人与作者本人"P."（蒲柏）之间进行。在第二个对话里，蒲柏再次着重讨论了诗歌本身的教益作用，并最后宣布了他作为一个诗人所坚持的道德立场。在诗中，当回答朋友关于他何以成为一个讽刺诗人时，他这样说：

> 你问我为何如此的激愤，
> 是因为良善对邪恶的憎恨。
> 当真理和美德都被辱没，
> 那就是对我，也是对你的冒犯。①

蒲柏在此表示，作为诗人，他应该以真挚的情感和谦逊的态度来

---

① Butt, John ed. *The Poems of Alexander Pope.* London：Methuen & CO LTD, 1963, p. 701.

进行诗歌创作。不仅如此，他还表达了自己维护自由、真理和美德，反对愚昧、腐朽和邪恶的信念。

第二篇对话全篇主要围绕着讽刺诗是否可以作为用来维护正义、鞭挞邪恶的工具或武器展开辩论。然而，令人不安的是，读者清楚地看到，在这场大辩论中，社会上的邪恶势力和不利于讽刺诗写作的反对力量明显要强大得多。当这场激烈辩论成为一篇公众演说的时候，蒲柏的语调变得更加激昂、犀利起来。这时，他试图撇开或回避眼前世俗社会的种种堕落现实，将自己的视野与现实世界隔离开来，最后转入道德的领域去获得精神上的力量和支撑，他无比骄傲地说：

> **朋友：**你太骄傲。　**蒲柏：**我骄傲，却不屈服：
> 我是如此放肆无礼，但不是胡闹，
> 因为我国家的腐败使我黯然神伤。
> 是的，我很傲慢；我必定自豪地看到，
> 那跟上帝作对的人，却害怕我的诗歌。（Ⅱ，205-9）

蒲柏在诗中陈述，国家的腐朽与堕落使他变得无比的沉重和痛心，他为自己成为一名讽刺诗人而感到自豪，因为他可以用诗歌来鞭挞那些罪恶现象和不法分子。但是，诗歌中在与朋友的激烈辩论中，诗人却始终无法不去面对残酷的、不可逆转的社会现实，他无不伤感、无比沮丧地发现，即使借助于高贵的心灵和纯洁的道德境界，仍旧不能回避和超越这个已经被毁灭了的真实世界。最后，那位愤世嫉俗，对世界持悲观态度的朋友以两句话结束了全诗，他劝说诗人：放弃吧！还是回到过去那些充满理想的关于人的哲学创作中去，去描绘宇宙和谐与秩序的美好画面。如下：

> **朋友：**唉，算啦！快停止你的攻击，

还是多写些人生的哲学道理吧！（Ⅱ，254-5）

　　这里，朋友的意思是劝说蒲柏放弃"仿贺拉斯诗札"的辛辣写作方式，重新回到他以前创作《人论》等作品时较为乐观的风格。这便从侧面揭示了这样一个事实，那就是，面对如此强大的社会黑暗与邪恶势力，诗人自己不得不承认，即使是他那锋利、尖刻、富于巧智的诗笔也无济于事，也改变不了这已经彻底腐朽、堕落了的黑暗世界。"仿贺拉斯诗札"讽刺诗系列表达了诗人对这个世界深深的厌倦和失望，以及他作为一名讽刺诗人肩负社会改良责任和启蒙作用的失落感和挫败感。写作讽刺诗也无力改变这个根深蒂固了的罪恶社会的事实，使得蒲柏决定停止对"仿贺拉斯诗札"的创作，并以《跋讽刺诗》为他的这一系列诗歌创作做了个总结。在最后的两个对话诗里，作者暴露了他对于人类前途彻底悲观、失望的情绪。

　　这种悲观和绝望情绪同时在大型史诗《群愚史记》里得到了最后的演绎。蒲柏在十几年后决定重新改编并增补这部仿英雄体叙事诗时，有着他明确的目的性和针对性。这时，蒲柏已经终结了对"仿贺拉斯诗札"的写作，而以沃尔浦为首的英国政府那独断、专制、不道德的统治给社会和国家造成的严重后果，似乎兑现了《群愚史记》第三卷结束时对末世景象的预言。诗人贯穿于"仿贺拉斯诗札"（尤其是后阶段）的悲观和愤怒情绪，激发着他决定修改并再版《群愚史记》。新增补发行的《群愚史记》中暴露的悲观、消极观点与"仿贺拉斯诗札"系列一样，表现出作者对于社会、人性、道德、艺术等方面的新的认识，变得更为成熟，但也更为微妙的思想转变。这种思想的转变表明，诗人此前在《温沙森林》《论批评》《人论》和《道德论》等中所表达的宇宙和谐与秩序的乐观主义道德理想，现在开始让位于对人性、社会和道德更为阴郁、沉重，更具悲剧性色彩的观察和思考。

　　18 世纪前半时期，英国实现了君主立宪与民主联合，从宪法上保证了合理的政治制度，反映了资产阶级追求和平与自由的道德理想。但是，在社会现实中，真正理性、和谐和秩序并没有得到保证。蒲柏反对社会上一切不符合文明与道德的罪恶现象，他主张，作为一位有良知和社会责任感的诗人，他的目标和义务就是要揭露和批判不合理、不道德的行为和观念，因为诗歌是为全社会、全人类的文明进程服务的。然而，人性的复杂、堕落，以及残酷的社会现实使他认识到，他只是一名讽刺诗人，他感到无力改变自己所面对的种种腐败和罪恶。无疑，这一切反映到他的文学创作当中，便是隐藏在对价值和意义追求背后的虚无与幻灭情绪。

　　蒲柏在 1743 年发表了《群愚史记》的扩充版一年之后，便带着疾病和痛苦离开了人世。从《群愚史记》里所描述和反映的一切，使我们强烈地感受到了这位诗人在他临终之前的彻底幻灭。然而，总的来说，蒲柏始终是一位对人类、对社会和整个宇宙秩序抱有积极、肯定态度的诗人，他对于自然、理性、和谐与秩序的追求在这部诗歌中以更加特殊，或者说更加极端的方式表达了出来。

　　《群愚史记》虽然包含着作者某些个人情感的成分或因素，但经过艺术的锤炼使得它最终上升到了一个更高、更为广阔的视阈和目标。如果说，《群愚史记》是受到德莱顿的《麦克·弗莱克诺》启发之下的创作，两部作品所探讨和批判的也主要是愚昧与文明相对抗的问题，那么，从德莱顿在诗歌中给他的文敌沙德威尔加冕，到《群愚史记》中愚昧王国的宝座被学究蒂博德所继承，以及后来在对它的修改和扩展中，作者再次将王位位置换成了朝廷桂冠诗人考莱·锡伯，这一切的变化和发展都表明，蒲柏对于这部诗歌的考虑和构思并不是局限于某一个方面的问题，从其规模到范围，都已经远远超越了纯个人的攻击和谩骂的狭窄性，而由私人情感上升到了对具有普遍意义事物的思考和追问。

　　让我们来重新审视《群愚史记》的最后诗行，便可以感受它所包含的激越、高亢的情感和潮水般的愤怒：

　　　　宗教羞怯地将圣火遮掩，
　　　　道德在不觉中气息奄奄。
　　　　公私之情都不敢表露；
　　　　人性神灵皆难逃劫数！
　　　　看！混沌，你已恢复可怕的帝国；
　　　　你破世之言熄灭了圣灵之火：
　　　　你那巨手让大幕落下来；
　　　　寰宇黑暗将一切全埋葬。① （Ⅳ，641–656）

　　在这里，超现实主义的混沌与黑暗所导致的全面性毁灭，给读者同时在视觉上和听觉上带来极为强烈的震撼。那不可逆转的磅礴气势，诗行本身所携带的悲剧性意味，甚至超越了讽刺诗所能把握的尺度和分寸，从而在读者心灵上唤起了某种崇高的情感。我们分明感受到那滚滚而来的、势不可挡的黑暗与混沌，以及那惊心动魄、铺天盖地的灾难和毁灭向我们席卷而来。现在，可怕的预言终于实现，上帝那世人皆知的创世之言——"要有光！"，现在被愚昧女神的"破世之言"（the uncreating word，Ⅳ，654）彻底抹杀、灭绝，上帝的所有创造和智慧，包括艺术、真理、哲学、数学、宗教、道德等，统统都化为乌有。在这种对《圣经·创世记》可怕场面的模仿中，世界回归到愚昧女神所象征的史前那无边无际的黑暗状态，令人不寒而栗。这便赋予了诗歌一种无比崇高的品质和悲剧性韵味，而将其意义推向了

---

① 译文引自安德鲁·桑德斯《牛津简明英国文学史》，谷启楠等译，北京：人民文学出版社，2000，第430页。

一个新的高度。

　　如果说，《夺发记》中作者那略带嘲讽、诙谐的口吻给读者带来了几分轻松和快慰，使它从各方面来说都可以被称得上是一部典型的"英雄体喜剧史诗"。那么，在某种意义上说，《群愚史记》本身所带有的某种严肃与庄重特质，使它似乎不再是一首单纯的仿英雄体史诗（mock-heroic），甚至也不完全是一部反英雄讽刺诗（anti-heroic）。尤其那些最后的诗行，是如此庄严、厚重和高亢，充满了激越与奔腾的情感，已经完全没有了贺拉斯式诗歌表面的轻松、恬淡、明快以及幽默的语调和风格，而更倾向于朱文纳式诗歌的辛辣、尖锐、无情与锋利的鞭挞和控诉。那蕴涵其中的具有古代经典史诗特征的崇高情感和庄严气氛，分明就是弥尔顿式气势辉煌的伟大史诗的再现。

　　综观蒲柏的整个诗歌创作轨迹，很显然，从整体来看，以和谐为基本点的自然、理性、中庸与秩序，是贯穿于蒲柏诗歌创作中重要而突出的思想，也是他毕生追求的道德理想和政治追求。《温沙森林》中初步显露了诗人的自然与和谐思想的萌芽。在《论批评》中，蒲柏吸收与继承古代各种诗歌创作原则与批评方法的传统，并从自然出发，试图来协调各种文艺观点与批评方法的矛盾与对立，凭借着他精湛而高超的作诗技艺，创造性地丰富并发展了前人的思想和艺术。《人论》和《道德论》中则更多地表达了作者理性主义道德观，即主张在理性的指导下调和理智与情感之间的矛盾关系，并极力将两者统一起来，使它们和谐一致。蒲柏还继承与发扬古希腊哲学中的一个重要伦理思想——"中庸"，并幻想着将它推进一步，以实现他理想中调和的目的。《夺发记》与《仿贺拉斯诗札》讽刺诗歌系列，则通过对艺术形式的深度关注，试图以戏仿、隐喻、反讽等艺术手段，来消除和纠正某些庸俗、虚假和堕落的社会风气和道德习俗，使偏离了理性和常识的社会重新回到正确的轨道。

　　当我们读到蒲柏最后的作品《群愚史记》时，我们意识到，他所崇尚与追求的艺术价值和道德理想似乎离我们越来越远。它讲述的是一个即将崩溃的道德标准和破灭了的道德理想，描绘的是一个失控、混乱、无序、遭到彻底毁坏的现实世界。虽然作者在该诗创作中尽力维持着它特有的仿英雄体史诗风格与特征，但是，当我们读到那些结束全诗的最后段落时，我们仿佛看到了"奥古斯都时期"的文明和价值正在走向消亡。或许，正是通过《群愚史记》里这种特殊的反讽形式，蒲柏为自己内心深切感受到的隐痛与幻灭找到了最后出路，那就是用艺术的手段使情感与理智在诗歌中得到平衡与调和。而通过诗歌所倾力表达出来的自然、理性、和谐与秩序等诸多理想，大概就是诗人现在唯一能够追求和实现了的吧。

在修改并出版《群愚史记》之后，蒲柏离开了这个他曾经热爱的世界。然而，他那炉火纯青的、无与伦比的诗歌艺术却给无数读者留下了无尽的遐想和莫大的精神享受。可以断言，始终震撼读者的心灵、并唤起人们的崇高情感的，仍然是他在诗歌艺术中对普遍、永恒的宇宙和谐与秩序的执著和追求。

结语：缪斯视野中的伦理
道德世界

诗歌从它出生的那天起就与宗教、政治以及人们的社会生活紧密地联系在一起。在古希腊时期，由于诗歌像音乐、歌唱和舞蹈一样在庆典活动中起着举足轻重的作用，与宗教仪式不可分割，所以古希腊的诗歌必然具备了公众的、社会的以及民族的特性，用来表达公众的情感和力量。例如，梭伦（Solon）[①] 的哀歌基本上是政治性的，赫西俄德（Hesiod）[②] 的诗歌是对社会不公平的抗议，阿乐凯奥斯（Alcaeus）[③] 的抒情诗是对暴君的控诉，而第欧艮尼（Theognis）[④] 的诗却是失去地位的贵族的抱怨。古希腊的诗歌理论认为，诗歌与真理、善和美有机地结合在一起，真理是诗歌追求的目的，不去反映真理的诗不是好诗。除此之外，诗歌应该体现出"善"，也就是说，诗歌如果在德行上能够教育和引导人们才能称为"善。"[⑤] 由此可以看出，西方诗歌在早期的时候既与庆典活动和宗教仪式有关也与社会问题相连，在人类的社会活动和人们的道德规范中起到了积极作用。

同样，中国上古时期，诗歌、音乐和舞蹈三者是紧密结合而不可分割的，并在庆典活动和宗教仪式中起着重大作用。《论语》中记载，孔子曾对他儿子说："不学诗，无以言。"可见，诗在当时成为了人们

---

① 古雅典政治改革家和诗人，传为古希腊"七贤"之一。

② 公元前 8～前 7 世纪希腊诗人，主要作品有《工作和时日》和《神谱》。

③ 公元前 620～前 580 希腊抒情诗人。

④ 公元前 6 世纪希腊贵族诗人。

⑤ 参见 Wladyslaw Tatarkiewicz, *History of Aesthetics*（*Vol. I*）：*Ancient Aesthetics*, Pwn-Polish Scientific Publishers, 1970, pp. 21, 239。

日常生活交往中不可或缺的部分。但是，当时诗的需要主要还是体现在道德修养上的，例如，孔子曾提出"兴于诗，立于礼，成于乐"基本原则，认为诗、礼、乐是人们进行以"仁"为核心道德修养的几个必然阶段。要修身一定要先学诗，因为人的道德修养可以从具体、感性的榜样学起，而在孔子看来，《诗经》为人们提供了许多符合当时伦理道德的典范，让他们在言谈立身行事方面有了可靠的合乎礼仪的依据。可见，中国的诗在当时伦理道德教化上像西方诗歌一样同样起到了很大的作用。

诗歌在伦理道德方面的教化作用具有长远的历史文化传统，特别是在时代转型期，当人们的思想意识出现迷惘混乱的时候，诗歌的教化作用显得尤其重要。一个愿意肩负历史使命的伟大诗人是不会忘记自己的社会责任的，他的诗歌创作也一定会带着某种明显的伦理道德倾向。英国18世纪的伟大诗人亚历山大·蒲柏就是这方面的杰出代表，他的诗歌里无不充满了强烈的伦理道德教化色彩。在蒲柏进行诗歌创作的18世纪初期，英国的资本主义经济迅速发展，在政治、经济和文化领域都产生了剧烈变革。在哲学和思想领域，出现了一股代表资本主义发展的社会思潮——启蒙主义。虽然启蒙主义主张平等、自由，热烈捍卫民主和个人权利，代表着那个时代的进步思潮，但是人们传统的思想意识受到了冲击后，新的思想意识形态体系还不可能立刻形成并被广大民众所接受，所以发生思想意识上的迷惘和混乱是必然的。在这种社会背景下，蒲柏在诗歌中积极宣扬"自然""理性""中庸"以及"秩序"的伦理道德观，以"和谐"概念为基础来维护当时英国社会的发展，处处彰显着他对于这些伦理思想所蕴涵的价值的思考与维护；可以说，蒲柏是一位有着强烈历史使命感的诗人，他的诗歌充满一种道德说教的色彩，但他的说教代表着时代进步的思潮，辉映着欧洲启蒙运动的理念，他的这种伦理道德观念在英国历史发展进程中具有一定价值和深远的意义。

一

"自然"这个概念在古希腊时期就已经提出来了，是斯多亚学派理论的核心思想，它强调人与自然、自然规律与人类律法相统一的观念。以斯多亚哲学来说，他们所谓的自然并不是通常意义上的"自然"，而是一些超感觉的存在物，他们将这样的自然视为至善。① 因此，当"自然"概念被引入到了伦理学领域之后，它就成为德性和幸福的终极前提，从而具有了价值性，逐渐成为了一个伦理概念。当我们评论蒲柏诗歌中的"自然"的时候，它是与和谐与秩序概念紧密联系在一起的，是指存在于事物之中永恒的宇宙和谐与秩序，所以"自然"便具有了明显的目的性，它一方面指某种笼罩着"和谐"光芒的至善之美，另一方面，又是指终极意义上的自然。蒲柏对于自然与和谐的思考首先在《温沙森林》里得到了比较好的展现。

《温沙森林》通过对英格兰南部田园景色的描绘，融入了对英国历史上暴政的回顾和指责，和对当时安妮女王统治之下的斯图亚特王朝温和政治的赞美，初步显露了蕴涵在"自然"之中的"和谐"思想。

诗的开头，诗人眼里的温沙森林好像是一座人类远古记忆中的伊甸园。在这里，诗人把温沙森林的绿色幽境比作诗神——缪斯的怀抱，对森林地区的自然景色赋予了《圣经》意象，使读者联想到伊甸乐园或古希腊、罗马神话故事，把一幅幅犹如画廊般的田园美景呈现在人们面前。在接下来的诗行里，他以花神、果树女神、畜牧神和谷物女神作为大自然的象征，读者似乎看到英格兰大地到处都是一片美

---

① 摩尔：Principia Ethica, p. 113. 转引自 A. A. Long 所著 "The logic basis of Stoic", *Studies of Stoic* (Cambridge：Cambridge University Press, 1997), p. 135。

好、安详和繁荣的图景，人们在平静、温馨与幸福中生活。这样一幅自然和谐的图景通过读者大脑的加工、过滤后，升华为一种理想世界的至善之美，是人们追求的具有终极价值的目标，其结果就与伦理道德联系在了一起。

蒲柏在这里提到的伊甸园以及神话故事中众神的自然意象，把大自然中的自然上升到了"伊甸乐园"这个具有哲学意义的"自然"的高度。如果说前面说的自然是大自然的实体的话，那么后面的自然便是从大自然中抽象出来的"自然"，是一种自然状态的精神的体现，也是人们追求的至善之美。

然而，自然界还存在着种种对立、冲突和矛盾的因素，例如，山川、河流、森林、平原等自然现象呈现出不对称、不规则、不一致的面貌，它们之间巨大的差异、变化和反常，构成了自然界广袤、纷乱与杂多的图景。因此，作者在赞叹大自然的杰作同时，对早已潜伏其中的"和谐"思想的内涵作了明确的表述，它们是：并非杂乱无章、一团乱麻，而是和谐地交织在一起；我们明白，变化中有秩序，一切的千差万别，都和谐相处。(13-16)

这种"和谐交织在一起的""千差万别"的自然图景也反映在人类社会里。诗中还回顾了历史上暴君们颁布的残酷森林法，暴君们对自然界生灵的屠戮和对生态自然环境的破坏等恶劣行径，反映了他们对于人类社会文明秩序与和谐的人际关系的破坏，也意味着对人的自然情感和权利的否定。不但如此，也打破了人与自然的和谐相处，暗示着他们对于自然人性与自然情感的背离。自然主义认为，自然界与人类社会具有同构关系。诗人此刻把大自然的纷乱、对立与人类社会的纷乱、对立作了类比：在大自然中，存在着碰撞与对立现象；在人类社会也同样存在着冲突与对立现象。通过这种对比，诗人眼中的大自然升华到了哲学意义上的自然，与人和人类社会的伦理、道德结合在了一起，给读者敲响了警钟，起到了很好的警示作用。

《温沙森林》所要强调的是，蕴涵在自然中的历史、社会和人性的种种差异和对立，正是导致与产生和谐的前提和基础，因为"互相排斥的东西结合在一起，不同的音调造成最美的和谐；一切都是斗争所产生的"。① 这里，蕴涵在自然中的"和谐"，是一个具有辩证意味的思想，有对立才有和谐，和谐寓于矛盾之中。

最后，诗人把大自然和人类社会的自然融合在一起，为读者描绘了英国理想社会的现在和未来，他们仿佛看见了到处井井有条、和谐安详的景象：无数小支流从古老原始地区流出，经过各大繁华都市，最后汇入横跨英国的泰晤士河，流入广阔的海洋。泰晤士河像一位神圣的和平使者，"将为全世界人民奔流不息"，把各大洲的所有民族连接起来，好一派世界大同、宇宙和谐的美好景象。大自然的自然与人们头脑中理想社会的自然有机地整合在一起，从而上升到了一种至善之美的境界，一种具有终极意义的和谐社会理想。

这种自然与和谐思想不仅体现在《温沙森林》里，还体现在《论批评》和《夺发记》等其他诗歌里。例如《论批评》中，蒲柏主要阐述了他的审美观念和艺术见解，他提出，艺术来源于自然，艺术要模仿自然。因为，"正确无误的自然，神圣而辉煌……它是艺术的源泉、艺术的目的、也是检验艺术的标准"。(70-3)

一直以来，在西方主流传统文化中，人们普遍认为真正的艺术是模仿真实与自然的结果，自然是艺术的源泉，被当做检验真正艺术的唯一标准。艺术作为对自然的模仿，其本身便携带了人类普遍的思想、情感和趣味，它能够被每一个人所共同理解和欣赏。

"自然是由联合对立物造成最初的和谐，而不是由联合同类的东西。艺术也是这样造成和谐的，显然是由于模仿自然。"② 在"自然"

---

① 北京大学哲学系美学教研室编《西方美学家论美和美感》，北京：商务印书馆，1980，第16页。

② 北京大学哲学系美学教研室编《西方美学家论美和美感》，第15页。

的统一指挥与协调下，作者在《论批评》里使各种艺术创作原则和各种批评观念得到了协调统一，它们相互补充、互相包容、和谐相处。蒲柏借此告诉人们：天人合一的自然与和谐，是一种值得人类永远追求的至善之美。

二

　　蒲柏刚刚步入创作生涯的 18 世纪初期，正值启蒙主义所代表的"理性时代"降临，他在文学创作上遵循新古典主义思想原则，这与当时提倡理性的社会趣味是合拍一致的。新古典主义的两大理论基石是自然和理性，它追求用理性驾驭作品，主张艺术要模仿自然。新古典主义作家们模仿和推崇古希腊罗马文学大师们的艺术创作和美学方法，把他们的作品视为诗歌艺术最优秀的典范，认为诗歌的任务就是模仿自然。新古典主义眼中的"自然"是一个被概念化了的抽象名词，并非单指外部大自然，而是自然法则（natural Law），它主要是指自然天生的人性，即人情事理之常。因此，从这种意义上说，合乎自然就是合乎理性。斯多亚学派认为，"自然"是支配整个人类和宇宙的普遍性规律，自然规律与道德规律是统一的，它们二者都体现了"理性"，自然法就是"理性法"（law of reason）。因此，人是自然的产物，人必须服从于自然法则并与自然协调一致。

　　生活在启蒙主义时代的蒲柏必然会受到启蒙思想的影响。所谓启蒙（enlightenment），就是用理性之光去照亮和启迪人们被封建迷信所蒙蔽的心灵，它的核心内容和重要支柱是"理性"。理性并不是一个笼统的、固定不变的概念。在笛卡尔那里，"理性"就是人"天生的判断和辨别事物的能力"，它使人先验地发现事物的某种秩序、规律和原理。但是，到了 18 世纪启蒙主义者那里，"理性"增添了新的时代意义，它是指一种引导我们去发现真理、确定真理的具有独创性的理智能力。它采用实证分析的方法，首先对经验材料进行观察与研究，然后再从事实中得出规范和原理。

启蒙思想家认为，自然法则的基础在于人性的自然，人性中包含着两个方面的内容：一是自我利益和自我保护，二是人的社会交往性。人的社会性意味着人除了追求自我，还有与社会交往和过理智的生活的需要，而理性的社会生活要求人们和谐相处。自然法则源于人的理性和社会性，人可以凭借理性发现和认识这一自然法则，而理性的要求也就是对自然法则的遵从。这样一来，一个理性的世界便是符合自然法则的世界，而遵从了自然法则的世界便是一个和谐的世界；因此，理性是对自然法则的认识，是一种值得人类追求的至善的、和谐的美。我们从蒲柏为牛顿所写的墓志铭上可以清楚地知道，他是理性启蒙思想的拥护者："自然和自然法则在黑暗中隐藏，上帝说：让牛顿降生！于是一切全被照亮。"蒲柏的诗歌里无不渗透着这种对和谐与理性之美的追求。

在《论批评》里谈到了人容易犯下的种种错误和人性的种种缺点时提到了"骄傲"。骄傲可以使人失去理智，偏离对至善之美的追求；因此，诗中提出，正确的理性（right Reason，211）才是引导人们认识自然、遵循自然的有效途径。理性能够引导人们正确地认识自然的真谛，从而认识真理，对艺术做出正确判断。它不仅仅是一种智力才能，还与人的道德能力有关，即人能够正确认识自己在宇宙中所处位置的能力。如果人产生了骄傲的情绪，超越了自然给他安排的位置，就会看不到自己的愚昧和无知，从而犯下各种错误。因此，批评家要运用正确的理性来驱赶遮蔽人头脑里的乌云，而不要过于相信自己的主观判断。只要这样才能够达到理性的境界，才能够使社会步入秩序，走向和谐。

根据理性的要求，文艺作品应该讲究整体美。在蒲柏看来，真正能够打动读者的心灵、使他们感动与震撼的文艺作品，并不是某个局部的突出，而是各个部位的适宜搭配和整体构造上的和谐一致。只有从艺术作品的整体结构来观察，才能判断出它是否符合自然的普遍规律；任何的畸形、冷僻、怪异和夸饰等，都是不可取的。一句话，既要大胆、鲜明，又要匀称、规则，还要整体上匀称和谐。

蒲柏以整体效果为依据来做出艺术判断是很有意义的，他直接针对时弊，讽刺和抨击了那些向权贵阿谀奉承而使艺术作品屈从于某种特殊用途的批评家。因为他们这样做的结果是为了满足局部的利益而损害了整体的利益，破坏了整个艺术作品的价值，是一种因小失大、本末倒置、缺乏理性的愚蠢行为，从而也是不道德行为。

因此，蒲柏在诗歌中指出，对于艺术要做出正确的判断，便要求人们在生活中、行动中具备理智（Sense）或明智（Good-Sense）的品格；而这就意味着必须要认识自然，遵循自然，因为自然是永恒不变的真理和法制，如下：

> 自然与理智永远携手并肩、和谐统一，
>
> 人虽然不断犯错，但上帝包容一切。（524–5）

"理智"不仅指我们通过感官去认识事物的方式，还指我们从中得出思想以及我们根据这些思想而做出决定的能力。"理智"与"明智"在蒲柏诗歌中意义上近似，但"明智"并不单指一种能力本身，还意味着人具备所有这些能力的良好心态，它使人们能够将认识与理解和他们的行动紧密联系起来。

《论批评》中抨击的缺乏理性的愚蠢行为，在仿英雄体长篇叙事诗《夺发记》中再次受到诗人的批评。蒲柏通过《夺发记》为读者展示这样一个道德主题：不和谐的因素蕴涵在人失去理性后对"诚实"规则和"节制"规则的背叛中。由此作者再次提出，人们需要培养"明智"，并保持良好的心态（good Humour），才能够拥有真正的美德。而"明智"作为人在行动中做出正确理解和判断的思维能力，始终是在人的理性观照之下的。正如亚里士多德所主张的："有自制力的人服从理性，在他明知欲望是不好的时候，就不再追随。"①这说明人们只有依照理性的引导，使欲望得到控制，才能使自己的言行得体、适度和正确，才能应对和解决好一切问题，给社会秩序带来和谐与稳定。

由于缺乏"诚实"作为理性的基本原则，贝林达失去了"明智"和"良好的心态"，所以不可能运用"节制"来达到内心世界的平静与和谐。相反，她对"诚实"和"节制"的背离使她远离了对至善之美的追求，结果肆意放纵自己的情绪，使自己及其周围相关成员都不由自主地卷入一场无休止的讨伐和争斗之中。这也许正是蒲柏在诗歌里想要留给我们的启示：和谐存在于自然当中，同时也孕育于理性之中。

三

对于人的理性与欲望之间的矛盾问题，蒲柏在《人论》中这样论述道：人生来就是被自爱法则与理性法则同时支配着的生物，因而人的情感与理智经常发生矛盾和冲突，这就应该以理性来指导或支配情感和欲望。只有在理性的引导下，使欲望得到有效的调节、控制，使之变得更为合理、适度，使得两者能够和谐共处，从而维护人类社会与文明的伦理秩序。

基于这种对人性的复杂性与矛盾性的清醒认识，蒲柏在诗歌创作中继承并发扬古希腊伦理学说的思想精华，主张遵循"中庸"的道德原则，并幻想着将它推进一步，以实现其调和的目的，体现了他追求

---

① 《亚里士多德全集》第 8 卷，北京：中国人民大学出版社，1992，第 139 页。

自然、理性、和谐与秩序的伦理思想。

"中庸"是贯穿一切善行和美德的最普遍、最根本，也是重要的道德规范和道德品质。[①] "中庸"道德观不但是西方传统伦理思想史上一个重要而光辉的思想，而且在中国古代也早已有之，它指一种品德，一种伦理行为。孔子曾说："中庸之为德也。"[②] 但是，中庸并不是指任何伦理行为之"中"，而是指"适当地"遵守道德的德行，因此亚里士多德说："过度与不及都属于恶，中庸才是善。"[③] 这就是说，要建立符合理想社会的和谐伦理秩序，人们就需要平衡与协调自己的思想和行为，树立各种正确、适当的道德行为规范；亚里士多德将自古以来的"中庸"思想从理论上做了系统的归纳，它是调和人的欲望与理性之间矛盾与冲突的"和谐"之道。

"中庸"思想从一开始就弥漫在蒲柏的诗歌创作当中。例如在《温沙森林》中，为了将参与社会和政治的嘈杂、热闹的公共生活，与平静、单纯、隐退的农村生活很好地协调起来，作者提出要"遵循自然"（To follow Nature, 252）。而如何在生活中达到"遵循自然"的目的，这就要求人们"遵守中庸"（T' observe a Mean, 251）。在《温沙森林》里，向自然回归的潜在意义在于，它能够使人从远距离观察社会，更加清醒地面向现实与生活，并同时从大自然中获取心灵的恬淡、宁静、平衡与和谐。

《道德论》则通过对一个个活生生的人物形象和具体事例的描写，向人们阐述了日常的生活中所应遵循的"中庸"规则。《道德论》第一封信札的副标题是"论人的性格"（Of the Characters of Men）。在这首诗体信里，蒲柏重点描述了一个典型人物——沃顿公爵。他的政治立场、宗教信仰以及人生态度都往往自相矛盾、趋向极端。由于受到

---

① 王海明著《伦理学原理》，北京：北京大学出版社，2001，第303页。
② 转引自王海明著《伦理学原理》，北京：北京大学出版社，2001，第301页。
③ 《亚里士多德全集》第8卷，北京：中国人民大学出版社，1992，第36页。

"哗众取宠"或"沽名钓誉"这个"主导情欲"（Ruling Passion）的支配，他丧失了理智，在生活的各个方面都做出不明智的举动，结果使他的一生到处碰壁，常常陷入矛盾、尴尬的境地。沃顿公爵的种种反常、过激与不恰当行为说明他偏离了"中庸"道德规则，其欲望与理性之间存在激烈的矛盾和冲突，是极其不理智、不道德的做法，必然受到人们的指责和嘲讽。

"中庸"作为一种道德德性，离不开理性原则，是理性的要求。这里，沃顿公爵的性格分裂，极其不稳定，缺乏应有的节制，没有在理性的引导下调和理性与激情之间的关系，因此在行为上把握不好分寸，使得他做任何事情的时候都走向相反的极端。例如，他心里并非不爱妻子，但行为上却显得非常残暴；他并非不热爱自己的君王，但结果却恰恰成为了反叛君王的人。最后，他落得一个悲剧性的下场：由于声名狼藉，至死都被任何一个教堂和国家拒之门外。沃顿公爵的例子生动地告诉人们，凡事都必须遵守"中庸"这个最基本、最普遍的道德规则，讲究得体与适度，否则就会产生不平衡、不协调的心理与行动，从而堕入悲剧人生。

《给一位女士》是《道德论》的第二封信札。蒲柏专门针对女人的独特性格进行了讨论。他以嘲讽的语气，通过对一组个性独特、神态各异的女性画像的描绘，将女性反复无常、极端矛盾的性格特征惟妙惟肖、栩栩动人地展现在读者面前。蒲柏认为，人的性格包涵了深刻的伦理意义，与人的道德属性密切相关，因此作者在这里对于女性复杂、矛盾的心理和易变、不稳定性格的揭示和议论，也主要是从伦理道德的层面来进行的。例如，西利雅平日里看上去性情温柔，举止优雅、得体；但是，突然间，她大发雷霆，歇斯底里地怒吼起来，好像变了一个人似的。究其原因，不过就是因为她的鼻子上长了一个小疙瘩。

外表优雅得体的西利雅为了一件微不足道的小事而勃然大怒，使读者联想起《夺发记》里的贵族小姐贝林达为一卷头发被剪的区区小事而大吵大闹，搞得满城风雨的事件。作者在这里想要向读者揭示的是，与贝林达一样，西利雅缺乏节制的美德，从而违背了"中庸"的道德规则。发生在她们身上的这种不明智行为，使人与人之间、人与社会之间和谐的人际关系和社会秩序遭到了破坏。

在第三封信札《给巴瑟斯特》里，蒲柏议论了财富（或者金钱）的正确使用问题。他在这封诗体信札里正式提到了"中庸"的概念，即"适当的中庸，以及财富的真正运用"（The due Medium, and true use of Riches），这就把"中庸"规则作为正确运用财富的方法明确地提了出来。作者认为，金钱是自然之物，它本身没有恶与善、好与坏的区别，它的价值是人给加上去的，体现在人如何对它的运用当中。但人往往不懂得节制，放任欲望的膨胀，在运用它的时候不可避免地会落入两个不道德的极端。他们要么贪婪、吝啬（Avarice），要么挥霍、铺张和浪费（Profusion）。诗歌从第 179 行到第 198 行专门描写一个吝啬鬼、守财奴（Miser）的形象，而从第 199 行到第 218 行则描写了有的人是如何成为浪荡子、败家子的（prodigal）。各 20 行的对称、平行描写，表现了这两种极端的典型都是对"中庸"道德的背离。

在鞭笞了两个极端之后，蒲柏高度赞扬了本诗札的受献者——贵族巴瑟斯特。巴瑟斯特所具有的明智使他能够正确地使用金钱，把财富运用得恰到好处，这是因为他掌握了所谓"行于极端之中的宝贵秘诀"（That secret rare, between th'extremes to move, Ⅲ, 227），即"中庸"道德规则。蒲柏仿佛在告诉读者，人们只有像巴瑟斯特那样遵循"自然、理性和中庸"，才会避免走向"守财奴"或"败家子"的极端，才能达到心理上的平静与和谐，也才会让"慷慨"（gen'rous）与"仁爱"（charity）等美德在"中庸"的怀抱里放射出光彩。

《道德论》的最后一部《致伯林顿》，论述了建筑艺术的品味与人的道德修养之间的关系问题。诗人指出，在艺术审美中拥有良好的品味就意味着必须讲究"适度",它是"明智"的体现。这再次与前面谈到的人们在运用财富时的"中庸"道德概念联系了起来。总之,无论是艺术审美中,还是在生活中,一切都要顺其自然(Nature shall join you,Ⅳ,69),让每一个局部相互协调起来,使它们形成一个和谐的整体。作者通过"自然"这座桥梁,将人的品味、明智与中庸道德紧密联系在一起了。

蒲柏的诗歌中所反映的就是这样一种浸透着自然、理性与和谐的"中庸"思想,它似乎是沙甫兹伯利的"均衡与和谐"的美的原则在作者对至善的追求中的诗化实现。可以说,蒲柏的诗歌艺术实际上是一种对西方传统伦理思想的诗化阐释,是作者用以表现古代以及他同时代的各种伦理学说的独特艺术形式。

四

古希腊人认为,秩序意味着安排和结构上的完善与美,秩序的概念是与宇宙的和谐完满相关联的。早期思想家曾用"科斯摩斯"(κόsmos)这个词来表示"秩序",后来这个词在英语里逐渐演变为"世界、宇宙"(cosmos)的含义。"科斯摩斯"从原来的"秩序",转变为"世界秩序"或"有秩序的世界"——即宇宙,表明人类从混沌的世界中发现了其"内在的秩序"或"内在的规律",产生了对万物有序的信念。

从广义上来看,世界万物都处于某种有序的状态之中,我们把这种状态称为"自然状态",它是一种最原始的、和谐的秩序。历史表明,人类社会从它诞生的那一天起就存在于一定的秩序之中。原始社会、氏族、部落以及奴隶制的城邦、封建的等级制度、资本主义的财富差别等都是秩序的典型表现。一个群体要存在和发展,就必然具有基本稳定的秩序,防止某些明显的诸如暴力、非法侵权、过度贪婪以及欺诈等反社会、非理性行为的发生，所以，一个合理的社会制度必须符合自然与自然法则的核心要求——和谐与秩序。因此，我们认识到，蒲柏诗歌中反复强调和表述的自然、理性以及中庸等思想，都会通过"和谐"思想的光芒从各个方向反射过来，最终统一到神圣不变的宇宙秩序之中。

蒲柏生活在18世纪的启蒙主义时代，启蒙主义思想家用自然神论和无神论否定君权神授和封建教会的权威，提出了"天赋人权"和"法律面前人人平等"的伦理观念和道德理想。这是一个破旧立新的时代，旧的道德风俗与思想观念逐渐离人们远去，而资本主义新的伦理体系尚未建立或完善，人们不可避免地在思想和观念上产生了迷惘、混乱和矛盾。因此，为了维系一个和谐社会，对于秩序的强调是必不可少的。作为一个颇具社会责任感的诗人，蒲柏在诗歌里大力张扬和谐与秩序的重要性，这在当时乃至现在对促进社会的稳定发展和进步都具有一定的意义。

自然、和谐与秩序思想在蒲柏早期的田园诗《温沙森林》里就得到了充分体现。在对自然景物的描写中，蒲柏用"和谐地交织在一起"（harmoniously confus'd）来描写自然界的状态。它表明，虽然自然界是混杂多变的，但绝非像上帝创世之前那样，是混沌一气，杂乱无章，而是"杂多中有秩序"（Order in variety）。宇宙中的万事万物虽然表面看上去是矛盾、复杂的，但都有其内在永恒不变的运行规律和秩序，所以说，"一切的千差万别，都和谐相处"。温沙森林既是大自然的典型代表，也是整个英格兰的象征，或者说，它的伊甸园形象是整个人类世界的象征。自然界也存在着纷乱、对立与冲突的地方，但是一切最终要回归到自然秩序的原来轨道，就像蒲柏在《温沙森林》里所叙述的罗多娜（Lodona）那样，她其实是泰晤士河的支流罗东河（Loddon）的化身。虽然她不慎偏离了生活的正确轨道，但最后还是回到了父亲河——泰晤士河的怀抱，与之和谐交汇。这种存在于矛盾中的和谐与秩序既是大自然中万物的和谐与秩序，也是人类社会与人类发展历史的秩序象征。

在《夺发记》里，为了一缕卷发被剪这样的小事情，贝林达失去了节制，让愤怒和疯狂的情绪任意泛滥，造成了一个无秩序的混乱局面。那些在平日里装得一本正经、文雅得体、彬彬有礼的绅士、太太和小姐们，此时完全失去了应有的风度和冷静，都不约而同地卷入到了一片混乱的争吵中。汉普顿宫女主人克拉丽莎劝导人们面对现实、讲究"明智"的发言，并没有赢得贝林达以及她所属的贵族圈子里的人们的赞同和响应；相反，人们失去了理智，被疯狂、愤怒的情绪所淹没。他们吵吵嚷嚷，转眼间这里仿佛变成了战场。男男女女乱成了一团，漫骂声、尖叫声直冲天空。

正当大家忙于喧闹和打斗，秩序大乱之时，唯独"诗神的慧眼"（quick Poetic Eyes，Ⅴ，124）敏锐地注意到，那象征着贝林达的美丽外表的卷发化作了一颗彗星，飞升上了天空。于是，失落的卷发在艺术家神奇的笔下成为永恒，而所有被打乱的秩序此刻又都恢复了往日的平静与和谐。诗人借此告诉人们，现实生活中的种种荣耀、美貌、财富等，都会稍纵即逝，成为过眼烟云；而被颠倒或打乱了秩序的事物仍然还会回到自然的轨道中去，形成新的和谐，因为，神圣的宇宙秩序是永恒不变的。

蒲柏对于和谐与秩序理想的追求还在他后期长篇讽刺诗《群愚史记》里以反讽的艺术形式表现出来。在这首长诗里，蒲柏塑造了一个代表着腐朽、堕落、混乱、无政府、反中心和无秩序的"愚昧女神"形象，描写她如何出世、成长和如何把她的沉闷气息和愚昧精神深深地弥漫到英国各个角落的罪恶过程。"愚昧女神"总是被乌云笼罩着，模糊不清，让人看不见她的真实面貌，这更显示出她那阴险、狡诈、可怕的狰狞面目。她是负面价值观和道德观的典型代表，是强大的黑暗、腐朽势力的发源地或摇篮，从她罪恶、阴毒的子宫里孕育出了无数"瞬间的妖怪"和"狂乱的创造物"。在愚昧女神的影响和指挥下，一切都被颠倒了，人们失去了理智，事物失去了秩序。这是一个群愚横行的混乱世界，到处都充满了弥尔顿式的地狱景象。

蒲柏的高明之处在于，他运用隐喻的手法以及巧妙的作诗技艺，穷尽嘲讽之能事，把他笔下刻画的愚人形象一个个活生生地展现了出来，例如，瑟托假惺惺地模仿着父亲的声音吩咐他的子孙们："啊！就给一次不朽的赐予吧，就一次，牛顿智慧的光源，培根理性的理智！"（Ⅲ，215-216）

蒲柏故意让这样充满智慧的语言从一个愚人的嘴里说出，由于言与行的极度不协调，从而造成滑稽、可笑的反讽效果；因为他的子孙们所追求的恰恰是与之相反的目标：骄傲、自私和愚昧，是要"建立一个强大的愚昧王国"。我们看到的是：大地一片寂静、漆黑，道德、艺术、思想、灵感的火花，都在愚昧无知中淹没、熄灭；不论是理性还是羞耻、正义还是错误，全都被黑暗埋葬。可怕的预言终于实现，上帝那世人皆知的创世之言——"要有光！"，现在被愚昧女神的"破世之言"（the uncreating word，Ⅳ，654）彻底抹杀，上帝的所有创造和智慧，包括艺术、真理、哲学、数学、宗教、道德等，统统都化为乌有。

在对古典史诗近乎残酷的戏仿中，"愚昧女神"和群愚都是非理性的、反自然的、偏离了"中庸"道德的象征，他们非理性、不道德的思想意识和行为摧毁了神圣的自然宇宙秩序，破坏了和谐的至善精神，直接导致了一个混乱、黑暗与邪恶世界的产生，使整个人类和社会遭受了灭顶之灾。至此，蒲柏的讽刺艺术达到了巅峰。

人的存在是残缺不全的，但人的这种残缺性同时也赋予了他充分的施展空间，使他拥有了自由意志，同时使他肩负着追求完美的神圣使命，这便是人的思想意识能够在和谐与秩序的泉水中涌动的根源。蒲柏的存在也是残缺的，这不仅体现在他的身体上，而且还体现在他对于至善至美的孜孜不倦的追求上。然而，他的存在的残缺性使他在伦理道德的价值王国里，获得了充分的拓展空间和新的生命力，这新的生命力成为他所追求的伦理道德价值在诗歌艺术王国里不断涌动的源泉。我们从蒲柏诗歌的泉水里听到了他对于理想道德追求的吟诵，并朝着泉水流动的方向望去，便发现一个以和谐为主旋律，由自然、理性、中庸和秩序组成的美妙世界。这，就是缪斯视野中的伦理道德世界，她正等着人们进一步去探索和追求。

参考文献

英文著作（包括论文和论文集）

Butt, John, ed. *The Poems of Alexander Pope*. London: Methuen & CO LTD, 1963.

Baines, Paul. *The Complete Critical Guide to Alexander Pope*. London: Routledge, 11 New Fetter Lane, 2000.

Barnard, John, ed. *Pope: the Critical Heritage*. London and Boston: Routledge and Kegan Paul, 1973.

Berry, Reginald. *A Pope Chronology*. Hongkong: The Macmillan Press LID. , 1988.

Blocksidge, Martin. *The sacred Weapon: An Introduction to Pope's Satire* Sussex: The Book Guild Ltd. 1995.

Brower, Reuben A. *Alexander Pope——The Poetry of Allusion*. New York: Oxford University Press, 1959.

Brown, Laura. *Alexander Pope*. Oxford: Basil Blackwell, 1985.

Brooks, Cleanth. *The well wrought Urn: Studies in the Structure of Poetry*, Harcourt, Brace & World, Inc. , New York, 1947.

Buckley, Vincent. *Poetry and Morality: Studies on the critisicm of Mattew Arnold, T. S. Eliot and F. R. Leavis*. London: Chatto &Windus, 1959.

Clark, Donald B. *Alexander Pope*. New York: Twayne Publishers. Inc. , 1967.

Cleanth Brooks, *The well wrought Urn*: *Studies in the Structure of Poetry*, Harcourt, Brace & World, Inc. New York, 1947.

Dennis, John, *Age of Pope.* London: G. Bell and Sons, LTD. , 1928.

Dixon, Peter. *The world of Pope's Satires.* London: Methuen & CO LTD, 1968.

Erskine-Hill, Howard, ed. *Alexander Pope*: *Selected Letters.* Oxford: Oxford University Press, 2000.

Erskine-Hill, Howard. *The Social Milieu of Alexander Pope.* New Haven: Yale University Press. 1979.

Erskine-Hill, Howard and Smith, Anne, ed. *The Art of Alexander Pope.* Plymouth and London: Vision Press Limited. 1979.

Fairer, David. *Pope's imagination* . Manchester: Manchester University Press. 1984.

Fairer, David. *The Poetry of Alexander Pope.* London: Penguin Books Ltd, 1989.

Fraser, George S. *Alexander Pope.* London: Routledge & Kegan Paul, 1978.

Fowler, Alastair. *A History of English Literature.* Oxford: Basil Blackwell Ltd. , 1987.

F. W. Bateson and N. A. Joukovsky. *Alexander Pope*: *A critical Anthology.* London: Penguin Books Ltd, 1971.

Johnson, Samuel, *Lives of the English Poets*, (in 2vols), vol. II. London: The Aldine Press, 1925.

Jones, Tom. *Pope and Berkeley*: *the Language of Poetry and Philosophy.* Palgrave Macmillan, 2005.

Garrett, John. *British Poetry Since the Sixteenth Century——A*

Student' Guide. New Jersey: Barnes& Noble Books, 1987.

Gorden, I. R. F. *A Preface to Pope* (Second Edition) . New York: Longman Publishing, 1993.

Gooneratne, Yasmine. *Alexander Pope*. London: Cambridge University Press, 1976.

Goldgar, Bertrand A. ed. *Literary Criticism of Alexander Pope*. Lincoln: University of Nebraska Press. 1965.

Griffin, Dustin H. *Alexander Pope: The Poet in the poems*. Princeton: Princeton University Press. 1978.

Hammond, Brean S. *Pope and Bolinbroke: a Study of friendship and Influence*. columbia: University of Missouri. 1984.

Hammond, Brean S. *Pope*. Atlantic Highlands: NJ. Humanities Press International, INC. 1986.

Hooker, Edward Niles. "Pope on Wit: The Essay on Criticism" . *Eighteenth-Century English Literature: Modern Eassys in Criticism* [G] . London: Oxford University Press, 1959.

Hardy, J. P. *Reinterpretations: Essays on poems by Milton, Pope and Johnson*. London: Routledge &Kegan Paul, 1971.

Jackson, Wallace and Yoder, R. Paul, Eds. *Cirtical Essays on Alexander Pope* [G] . New York: Macmillan Publishing Company, 1993.

Jain, Nalini and Richardson, John. Eds. *Eighteenth-Century English Poetry ——The Annotated Anthology*. Herfordshire: Harvester Wheatsheaf, 1994.

Jackson, Wallace. *Vision and Re-Vision in Alexander Pope*. Detroit: Wayne State University of Press, 1983.

Kinsley, James, ed. *The Poems' of John Dryden*. V. III, Amen Rouse, London: Oxford University Press, 1958.

Knight, Douglas. *Pope and the heroic tradtion.* . New Haven: Yale University Press. 1951.

Leopold Damrosch, JR. *The Imaginative world of Alexander Pope*, London: University of Califoria Press, 1987

Leranbaum, Miriam. *Alexander Pope's ‘ Opus Magnum ’* . Oxford: Clarendon Press. 1977.

Lovejoy, A. O. *The Great Chain of Being*: *A Study of the Histroy of an Idea.* Cambridge: Mass. , 1936.

Leavis, F. R. *Revaluation.* Harmondsworth: Penguin Books, 1972.

Mack, Maynard, *Alexander Pope*: *A Life.* New Haven and London: Yale University Press, 1985.

Mack, Maynard and Winn, James A. eds. *Pope*: *Recent Essays by several hands* 〔G〕 . Hampden, Connecticut: The shoe String Press, Inc. , 1980.

Mccutcheon, Roger P. *Eighteenth-Century English Literature.* New York: Oxford University Press, 1949.

Morris, David B. *Alexander Pope*, *The Genius of Sense.* Cambridge, Massachusetts, and London: Harvard University Press. 1984.

Mason, H. A. , *To Homer Through Pope*: *An Introduction To Homer's Iliad and Pope's Translation.* Bristol: Bristol Classical Press. 1972.

Nicholson, Colin, ed. *Alexander Pope*: *Essays for the tercentenray.* Aberdeen University Press. 1988.

Noggle, James. *The Septical Sublime*: *Aesthetic Ideology in Pope and the Tory Satirists.* . Oxford: Oxford University Press. 2001

Novak, Maximillian E. *Eighteenth-Century English literature.* London: Macmillan, 1983.

Pope, Alexander. *The Iliad of Homer* (Books X – XXIV) . Maynard

Mack. , ed. , London: Methuem & CO LTD, 1967.

Rosslyn, Felicity. *Alexander Pope, A Literary Life.* Basingtroke: Macmillan Distribution Ltd, 1990.

Rogers, Robert W. *The Major Satires of Alexander Pope.* Urbana: The University of Illinois Press. 1955.

Root, Robert Kilburn. *The Poetical Career of Alexander Pope.* Princeton: Princeton University Press, 1938.

Rogers, Pat. ed. *The Cambridge companion to Alexander Pope .* Cambridge: Cambridge University Press, 2007.

Rogers, Pat. *The Alexander Pope Encyclopedia.* Westport, Connecticut • London: Greenwood Press. 2004.

Rogers, Pat. ed. *Essays on Pope .* Cambridge: Cambridge University Press, 1993

Rogers, Pat. ed. *Restoration and 18-th Century Prose and Poetry.* London: Macmillan, 1983.

Rogers, Pat. *Pope and the Destiny of the Stuarts.* Oxford: Oxford University Press, 2005.

Tillotson, Geoffrey. *Pope and Human Nature.* Oxford: Clarendon Press, 1958.

Sitter, John, ed. *The Cambridge Companion to Eighteenth-Century Poetry.* Cambridge: Cambridge University Press. 2000.

Stack, Frank. *Pope and Hoarce: Studies in imitation.* London: Cambridge University Press, 1985.

Sherburn, George, ed. *The Correspondence of Alexander Pope.* 5 vols, Oxford: Clarendon Press, 1956.

Sherburn, George. *The Early Career of Alexander Pope.* Oxford: Clarendon Press, 1934.

Smith, David Nichol. ed. *The Oxford Book of Eigtheenth-century Verse*. Oxford: Clarendon Press, 1946.

Spack, Patricia Meyer. *An Argument of Images*. Cambridge: Harvard University Press. 1971.

Wasserman, Earl R. *The Limits of Allusion in The Rape of the Lock*. reprinted in Mack and Winn (1980), pp. 224–246. 1966.

Wasserman, Earl R. *The Subtler Language*. Baltimore: John Hophkins University, 1959.

Warren, Austin. *Alexander Pope as Critic and Humanist*. Princeton: Princeton University Press. 1929.

中文著作（包括译著和论文）

安妮特·T. 鲁宾斯坦：《从莎士比亚到奥斯丁——英国文学的伟大传统：之一》，陈安全等译，上海：上海译文出版社，1987。

安德鲁·桑德斯：《牛津简明英国文学史》，谷启楠、韩加明等译，北京：人民文学出版社，2000。

阿尼克斯特：《英国文学史纲》，戴馏龄、吴志谦等译，北京：人民文学出版社，1980。

包尔生：《伦理学体系》，何怀宏、廖申白译，北京：中国社会科学出版社，1988。

柏拉图：《理想国》，北京：商务印书馆，1995。

卞之琳译《英国诗选》，长沙：湖南人民出版社，1983。

E. 卡西勒：《启蒙哲学》，顾伟铭等译，济南：山东人民出版社，1988。

侯维瑞主编《英国文学通史》，上海：上海外语教学出版社，2002。

黄伟合著《欧洲传统伦理思想史》，上海：华东师范大学出版社，1991。

哈里·布拉迈尔斯：《英国文学简史》，濮阳翔、王义国等译，成都：四川人民出版社，1987。

罗国杰、宋希仁编著《西方伦理思想史》，北京：中国人民大学出版社，1985。

狄德罗：《狄德罗美学论文选》，张冠尧、桂裕芳等译，北京：人民文学出版社，1984。

克林斯·布鲁克斯：《反讽——一种结构原则》，载赵毅衡编选《新批评文集》，天津：百花文艺出版社，2001。

李耀宗等编《伦理学知识手册》，哈尔滨：黑龙江人民出版社，1984。

列奥·施特劳斯：《霍布斯的政治哲学》，申彤译，南京：译林出版社，2001。

宋希仁主编《西方伦理思想史》，北京：中国人民大学出版社，2004。

斯宾诺莎著《伦理学》，贺麟译，北京：商务印书馆，1997。

斯托洛维奇：《现实中和艺术中的审美》，凌继尧等译，北京：三联书店，1985。

锡德尼、杨格：《为诗辩护·试论独创性作品》，钱学熙、袁可嘉译，北京：人民文学出版社，1998。

列·斯托洛维奇：《审美价值的本质》，凌继尧译，北京：中国社会科学出版社，1984。

苗力田主编《古希腊哲学》，北京：中国人民大学出版社，1989。

马弦：《论蒲柏"温沙森林"中的"和谐"伦理思想》，《外国文学研究》2006 年第 1 期，第 77～81 页，再转 89 页。

马弦：《论"夺发记"的道德主题》，《外语教学》2006 年第 5

期，第 85～89 页。

马弦：《蒲柏"论批评"中的和谐思想》，《国外文学》2006 年第 2 期，第 15～20 页。

马弦：《"夺发记"对英雄史诗的"戏仿"》，《外国文学研究》2008 年第 2 期，第 100～105 页。

马弦：《"打造一个迟钝、污浊的新世界——〈群愚史记〉对初现的英国现代社会的批判"》，《外国文学评论》2011 年第 3 期，第 91～104 页。

聂珍钊等：《英国文学的伦理学批评》，武汉：华中师范大学出版社，2007。

聂珍钊：《英语诗歌形式导论》，北京：中国社会科学出版社，2007。

聂珍钊：《关于文学伦理学批评》，《外国文学研究》2005 年第 1 期，第 8～11 页。

聂珍钊：《关于文学伦理学批评：文学批评方法新探索》，《外国文学研究》2004 年第 5 期，第 16～24 页。

王佐良：《英国诗史》，南京：译林出版社，1997。

王海明：《伦理学原理》，北京：北京大学出版社，2001。

王海明：《伦理学方法》，北京：商务印书馆，2004。

王海明：《新伦理学》（修订本）上、中、下册，北京：商务印书馆，2008。

吴景荣、刘意青主编《英国十八世纪文学史》，北京：外语教学与研究出版社，2000。

亚里士多德：《尼各马科伦理学》，苗力田译，北京：中国社会科学出版社，1990。

亚里士多德：《诗学》，陈中梅译注，北京：商务印书馆，1996。

亚理士多德、贺拉斯：《诗学·诗艺》，罗念生、杨周翰译，北京：人民文学出版社，1984。

亚里士多德：《政治学》，北京：商务印书馆，1981。

约翰·奥尔著《英国自然神论：起源和结果》，周玄毅译，武汉：武汉大学出版社，2008。

张玉能主编《西方文论》，武汉：华中师范大学出版社，2002。

章海山：《西方伦理思想史》，沈阳：辽宁人民出版社，1984。

赵红梅、戴茂堂著《文艺伦理学论纲》，北京：中国社会科学出版社，2004。

北京大学哲学系美学教研室编《西方美学家论美和美感》，北京：商务印书馆，1980。

《英国作家论文学》，汪培基等译，北京：三联书店，1985。

《马克思恩格斯全集》第十四卷，北京：人民出版社，1964。

《马克思恩格斯选集》第四卷，北京：人民出版社，1972。

《亚里士多德全集》第8卷，北京：中国人民大学出版社，1992。

中国大百科全书编辑部译编《简明不列颠百科全书》，北京：中国大百科全书出版社，1985。

后　　记

　　我对于蒲柏及其诗歌的关注以及后来对他的研究，其实是因为一个很偶然的机会。2004年，我考入华中师范大学文学院，师从我国著名外国文学专家聂珍钊教授，攻读比较文学与世界文学专业的博士。我虽然满怀欣喜，但同时背着思想包袱，因为据说，要写好博士论文并通过评审和答辩是一件比较痛苦的事。在入学前，我曾发表过几篇有关哈代小说的论文，于是我心里暗暗打着算盘，就在过去哈代研究的基础上进行一番扩充和整理，变成博士论文，这样我就轻松毕业了。因此，当聂老师问我有什么学习计划时，我试探地说出了这个想法，谁知他说：你做过去的研究，读博士还有什么意义？得换个题目。我的心情立即变得凝重起来，看来，想混个博士是行不通了。然而，读博士的生活是紧张而有意义的，在奔忙于各门课程的同时，我还接受了额外的任务，那就是我的导师聂老师主持的课题"英国文学的伦理学批评"，计划写成一部专著。聂老师根据英国文学史各个阶段分成了十几个章节，我们大部分博士和访问学者都承担撰写其中某个章节的任务，当他拿着书的目录给我看并让我挑选时，就剩下了中世纪文学和18世纪诗歌。我犯了难，老实说，这两个时期的英国文学对于我来说都是比较陌生的，除了上文学课时给学生简单介绍过乔叟和他的《坎特伯雷故事集》。至于蒲柏，我唯一的印象就是，他是个新古典主义诗人。除此之外，知之甚少。最终，我选择了18世纪诗歌，因为，比起中世纪文学来，18世纪诗歌的语言至少在时间上离现代英语要近一点。领到了导师的任务，我便整天忙碌着收集资料，广泛查找和阅读；可是，武汉的各个大学里关于蒲柏的研究资料不多，我也没有太多时间和精力外出收集和复印资料，只能依靠有限的资料开始写作。终于，在大半个学期里我完成了近4万字的稿子，竟然发现，关于蒲柏的评述就有1万余字，毕竟，他算得上是那个世纪最著名的诗人了。为了不浪费这几个月的功夫，我试着向聂老师提出，博士论文是否就写蒲柏？他的回答是：可以，国内没有多少人研究蒲柏。但是诗歌是很难研究的，更何况是18世纪诗歌，不过，我相信你可以做。就这样，从此我便与蒲柏和他的诗歌结下了不解之缘。

三年后，怀着忐忑不安的心情，我拿出了一篇近20万字的博士论文。蒲柏的诗歌在国内被翻译过来的很少，所以里面大部分的诗歌引文甚至没有来得及翻译成中文。但时间不等人，我只有硬着头皮就这么提交了。没想到，顺利通过。评委们（包括匿名评审专家和答辩专家）对于我的论文给予了充分的肯定，对于他们的宽厚和包容，我充满了感激之情。至于我周围的老师、家人和朋友对我的关心、帮助和支持，我在当时的博士论文后记中作了记载，摘录如下：

攻读博士学位的学习和生活终于要结束了。三年来，我经历了许多变故，其中的酸甜苦辣，三言两语不能穷尽。然而，我心中最想要表达的是感激之情。

首先，我要感谢的是我的导师聂珍钊教授。六年前，我第一次来到美丽的桂子山，在文学院进修，得到聂老师的指导，自此以后，我在学术研究的道路上一步步地向前迈进。两年后，我幸运地成为他的博士生。这些年来，聂老师在我的学业上倾注了大量的心血，无论是对单篇论文的构思和写作，还是这一次博士论文的撰写，从大小标题到主要内容，再到论文的结构和思路，都是在他的悉心指点下完成的。如果说这些年我能够在学术上取得一点点成绩，都与聂老师的关心和鼓励分不开。师恩难忘。

感谢我们学科的老前辈王忠祥教授。王老师严格、认真、一丝不苟的学术作风和他诙谐、豁达的处世态度，给了我很大的启发。王老师每一次给我们杂志评刊时都写有厚厚的讲稿，他的这种敬业精神永久印在了我的脑海里。

感谢我们学科的博士生导师胡亚敏教授。我永远忘不了入学面试时她平和的笑容和中肯的提问，她讲课时流畅的语言、严谨的风范和睿智的思想，都使我受益终身。

感谢外国文学教研室、《外国文学研究》编辑部、外国语学院的所有老师和朋友们。感谢给我的开题报告提出了宝贵意见的老师们。还要感谢我的同门师兄弟姐妹们，他们的友情和鼓励值得我一生珍藏。另外要提及的，是在博士生宿舍里与我建立了深厚友谊的赵冬梅、周瑞敏两位才华横溢的女博士，衷心祝愿她们明天的道路越走越宽。

感谢我的父母，他们不但在生活上帮助了我，而且从精神上给了我极大的支持。

最后要感谢的是我的儿子。2004 年我考上博士时他刚进入初中三年级，正值他即将参加中考，我担心我离开他去武汉读书会疏忽对他的照管。然而，儿子先是以优异的成绩取得了直升重点中学的资格，接着又考上了录取分数线最高的长郡中学省理科实验班。这三年来，儿子变得越来越成熟，在生活和学习上都很自立和自觉，这使我能够保持稳定的心态进行论文的写作。我常常感慨：假如有一天我能戴上博士帽，有一半应该归功于他无形的支持。

一个人的一生当中都在朝着某个目标不断努力。读博士的三年只是我人生当中的一小段跋涉，尽管每走一步都很艰难，但我知道我还不能松懈，还要朝着下一个更高的目标走下去，以回报所有关心我、善待我的人，他们对我的关爱永远是我不断进取的动力。

读博士的生活结束了，然而，对于蒲柏的研究却还只是开了一个头。在毕业后的这几年时间里，我先是花费大量时间将论文中诗歌原文全部翻译了过来，然后，利用去剑桥访学的这段时间，我在原文基础上对论文作了大量的增补、调整和修改工作，对注释和文献资料进行了大量更新，同时还拜访了剑桥大学朋布罗克学院的著名蒲柏专家H. 厄斯金希尔，向他请教并同他进行了一些关于蒲柏诗歌的探讨。其间，我也陆续发表了多篇关于蒲柏诗歌的论文。在这个过程中，我对蒲柏其人其诗有了更多的认识，也有了新的思考和新的理解。或许，我对蒲柏及其诗歌的认识和研究远远没有穷尽，大概永远也不可能穷尽，但有一点是肯定的，他的非凡才能和对艺术的执著程度着实令我惊讶，时时让我赞叹不已。蒲柏出生于一个在宗教上受到排挤的罗马天主教家庭，他自幼患有结核性脊椎炎造成驼背，身高不足 1.4 米，并终生与病痛相伴；然而，在短短 50 多年的生命里，蒲柏创作出如此丰富而卓越的作品，即使是正常人也没有几个能够做到的。更令人称奇的是，这样一位身体羸弱，没有任何身世背景的诗人，竟然通过翻译荷马史诗，成为英国文学史上不依靠赞助者而自食其力的第一人。

蒲柏在《论批评》中描述和批驳了文学批评中的种种盲见和错误，比如一知半解、狂妄自负，等等；这些道理看起来虽然很平凡，但直到今天仍然是值得我们思考和讨论的问题。他在《群愚史记》中描写"格拉布街"蹩脚文人、二流作家的种种肮脏、龌龊、令人作呕的行为，展现了一个失控、混乱，遭到毁灭的现实世界，将读者拉回到史前那无边无际的黑暗深渊，使他们重新经历了一次末日降临的恐惧。作者旨在对 18 世纪英国文坛的虚假、庸俗和腐败现象进行讽刺和深刻揭露，然而我们却从中仿佛看到了当今社会中许许多多类似的活生生的例子。这证明，在这样一个学术腐败泛滥、道德滑坡的时代，蒲柏的诗歌并没有过时，而是极为适用的。

这部专著主要研究蒲柏的诗歌以及诗歌中表述的伦理思想。然而，蒲柏是一个极为特殊的作家，他的生活与他的艺术是不可分割的，也从来没有一位诗人像蒲柏那样将他的创作与社会紧密联系，可以说，他的诗歌全面、深刻地反映了他的时代。这也使我打算继续写一部有关蒲柏的生活与创作的书，希望我将会有更多的收获。

最后要说明的是，文中疏漏和错误之处在所难免，某些观点和陈述或许会引起学术争鸣。但本人以为，学术争鸣并不是一件坏事，而是学术繁荣和进步的极好体现。殊不知，历史上每一件新事物的产生和每一个新思想的出现，都会引起广泛而强烈的反响和争论。得不到社会反响和争鸣的任何新思想，很难说是真正有价值的思想。在任何学科和领域，正是因为有了"百花齐放，百家争鸣"，才会有更新、更高水平、更有价值的思想和成果产生。

十几年来，我的导师聂珍钊教授在学术上对我的关心、指导和鼓励从来没有间断过，他还在百忙之中最后审读了书稿并替拙著作序，他给予我的一切实在太多，我无力回报，只有将这份师恩刻在心底，作为我在学术的道路继续前行的动力。

在本书的最后修改和完善过程中，得到了我所在单位杭州师范大学人文社科办和外国语学院领导尤其是殷企平院长的大力支持，允许我使用了一个学期的学术假，使得本书能够在计划时间内顺利完成并出版。特此鸣谢。

马　弦

2012 年 6 月 15 日

于杭州下沙多蓝水岸

图书在版编目（CIP）数据

蒲柏诗歌研究/马弦著.—北京：社会科学文献出版社，
2013.4（2017.9 重印）
（国家社科基金后期资助项目）
ISBN 978 - 7 - 5097 - 4311 - 9

Ⅰ.①蒲… Ⅱ.①马… Ⅲ.①蒲柏，A.（1688～1744）-
诗歌研究　Ⅳ.①I561.072

中国版本图书馆 CIP 数据核字（2013）第 029757 号

· 国家社科基金后期资助项目 ·

蒲柏诗歌研究

著　　者/马　弦

出 版 人/谢寿光
项目统筹/宋月华　黄　丹
责任编辑/宋淑洁

出　　　版/社会科学文献出版社 · 人文分社（010）59367215
　　　　　　地址：北京市北三环中路甲 29 号院华龙大厦　邮编：100029
　　　　　　网址：www. ssap. com. cn
发　　　行/市场营销中心（010）59367081　59367018
印　　　装/北京京华虎彩印刷有限公司

规　　　格/开　本：787mm × 1092mm　1/16
　　　　　　印　张：19.25　字　数：248 千字
版　　　次/2013 年 4 月第 1 版　2017 年 9 月第 2 次印刷
书　　　号/ISBN 978 - 7 - 5097 - 4311 - 9
定　　　价/89.00 元

本书如有印装质量问题，请与读者服务中心（010 - 59367028）联系